丫頭有福了 3

文創風 617

秋鯉 著

目錄

第六十章

褚翌見清湯麵裡面連蔥花都沒有，本想嘲弄她一番，抬頭卻看見她正在用袖子擦汗，到嘴邊的話又嚥了下去，端起碗喝了一口湯，發現並不難喝，湯頭略帶點鹹味。

泡了澡，吃完麵，再躺下果然頭疼就減緩不少，想起自己在栗州下的決定，褚翌喊了武英。「去院子外面守著，誰來也不許打擾。」

隨安本能地感到危險，略動了一下，聽見他咳嗽一聲，立即不敢動了。

武英跟武傑還有圓圓都溜得飛快。

褚翌沈下聲音喊隨安。「過來。」說完又迅速地加了一句。「不許說話。」她狗嘴裡絕對吐不出象牙，沒得壞了自己興致。

隨安不情願得很，兩步路恨不能走成二十步，可還是站到他面前。

褚翌也不說話，一心一意地扯她的衣裳。

隨安立即伸手阻止，褚翌不為所動，反而問：「是想我撕碎了，還是好好地給妳解開？」

隨安兩頰染上瑰麗的紅色，眼睛裡卻露出「不願意」的意思，兩個人一個攻、一個守，對峙起來。

隨安不敢說出明確的拒絕，不是怕褚翌傷心，是怕他生氣，然後自己的未來又變成未知。要知道，拒絕並不難，難的是以後的日子還能不能繼續平和下去？

而褚翌則是因為想起上次看過的一片桃紅，那顏色印在他的腦海裡，這段日子以來時不時地跑出來誘惑他。

他漸漸等煩了，神色中又染上暴躁，粗魯地道：「我就是看看，不做什麼。」

男人說這種話能相信嗎？可不相信又如何，她的反抗對他簡直不值一提。

兩個人在這種事上，一個懵懂，一個驚恐；一個覺得新奇中夾雜著愉快，一個覺得或許自己真的可以試著去喜歡女人了……

褚翌咬著她的耳朵哄道：「妳聽話，我以後都不胡亂對妳發脾氣了。」他額頭上布滿了汗珠，宿醉的頭痛早不知所蹤，烏黑的眸子閃過繁星般細碎的光芒，頭漸漸往下，終於將那惦記多時的桃花花苞含在嘴裡，肆意妄為起來。

很快，他就意識到自己對這個顏色的喜愛超過了一切。他將她夾裹在懷裡，像蛛網纏住小蟲，一口一口地吸去她的精氣……

接下來的幾日，隨安都有意無意地躲著褚翌。

好在褚翌的心情不算太壞，丫鬟們敢上前伺候，隨安藉機閃遠點，也沒有旁人說什麼，反倒覺得她知道給別人讓位置，不搶功勞。

褚翌曉得她羞惱了，臉面下不來，也不敢狠纏。

可巧，飯後老夫人單獨留下他說話。「你八哥媳婦進了門，接下來該說你的親事了，你心裡可有喜歡的？」

褚翌想了想，發現這麼多年自己看上眼的就隨安一個，可他若說娶她，那是要她的命，果斷地將她劃到一旁，然後對老夫人搖了搖頭。「沒有，母親替我相中了誰？」態度並不熱衷。

老夫人笑。「我看了好幾個，可婚姻是結兩姓之好，雙方都要你情我願，沒有你一個人單方面挑剔的道理，等我去給你求求菩薩，保佑你婚姻美滿。」

褚翌無所謂地點點頭，隨口就問：「外祖母當初沒替母親求求菩薩嗎？」

老太爺正好從外面進來，脫下鞋子就扔他，老夫人氣得大怒，拍了桌子。「你們父子要鬧，給我找個不教人瞧見的地方，將來媳婦進門也這樣給人家看嗎？」

老太爺不服。「小王八羔子說的什麼話！妳跟了我難道不好？」

老夫人趕他離開。「聘禮單子我叫柳姨娘拿回去了，你看看有沒有給他添減的？」

老太爺恨恨地走了，屋裡又剩下他們母子和幾個丫鬟。

老夫人先淡淡掃了一眼站在角落的隨安，而後斟酌著開口。「芸香跟梅香是留給你的通房，你不喜歡她們？」

「不喜歡，母親打發了吧！」褚翌毫不在意。

老夫人皺眉。「總要收一、兩個才成樣子，哪怕成親前再打發出去呢！」

褚翌坐在老夫人下首，右手支著下巴，左手把玩著手裡的一只茶盅，上面的花瓣是桃紅色，可惜紅得淺了些，顯得有些浮。

老夫人見他不搭腔，乾脆直接問道：「隨安呢？你倒是習慣她伺候，我也看她還好。」

褚翌這才懶懶地抬起頭，瞟了一眼恨不能縮到棋佩後面去的隨安，心思一轉。「跟豆芽似的。」卻沒說喜歡還是不喜歡。

老夫人便道：「那就先這樣吧，芸香、梅香也留著，等你有了喜歡的再說。」

褚翌起身告辭。「兒子想出去看看幾個鋪子，選一個給八哥做新婚賀禮。」

老夫人允了，囑咐隨安跟著。「妳好好跟九老爺說說他那幾家鋪子的情況。」

隨安道是，跟著一併出來。

武英早已備好了車，褚翌一上車，便一把將隨安抓了過去。

褚翌前幾日知道滋味，現在正在興頭上，自覺給她時間讓她緩緩已經是開了天恩，這會兒上了車，從裡面關上車門，他就去拽她的衣裳。

從前，他自覺並不是個膚淺的人，很厭惡這種急色的行為，但現在卻覺得，急色好似跟膚淺沒什麼關係，對「食色性也」有了如醍醐灌頂般的體會。

可隨安只有惶恐跟不適。那日兩人雖然沒到最後一步，可肌膚相親這件事算是坐實了，他一寸一寸地蠶食，她就是想要賴不承認，也得先忍住臉紅。

她不想弄出動靜教馬車外面的人笑話，可更不想讓褚翌繼續胡作非為下去，便咬著唇傾力掙扎。

誰知褚翌一隻手就握住她的兩手，扣在背後，倒是教他更為方便了。

溫熱的氣息撲到她的脖頸上，褚翌敷衍地親了一下她的唇，低聲道：「乖些。」

隨安急了，慌亂地扭動身子，想遮掩被他散開衣衫的肌膚。「我不。」

褚翌就知道她開口無好話，略揚了揚手。「要不我打暈妳，也替妳省點反抗的力氣。」

隨安低下頭像牛一樣頂著他的肩膀，急急地低聲道：「你有兩個通房！」

「太蠢了，我不喜歡。」她們看見他，那眼神恨不能將他吞了。是他要女人，還是那些女人要他？

「我也很蠢，你常罵我蠢貨。」

「她們比妳更蠢。」

沒法交流。褚翌並不想浪費時間，他能等這幾日已經到了極限。

他的手抓著她往前一拉，她便被送到他嘴邊。

他抬著的眼簾微微掀動，往上看了她一眼，然後張嘴含住了。

隨安手推著他的肩頭，腳尖都繃緊了。他的頭髮磨蹭著她的臉，馬車裡面的聲音透出一種浮靡。

褚翌將她從身上往下抱了抱，換了一邊又繼續親了過去，空出來的手揉捏著剛才親過的地方。

隨安吸了一口氣，眼中含淚討饒。「疼。」

褚翌鬆了一點手勁，聲音裡帶了點笑。「喊我聲相公聽聽。」

「滾。」

褚翌笑了。三年前，她要是敢這般跟他說話，這會兒墳上的草應該老高了。

他使勁咬了她一口。「慣得妳。」

話雖是這麼說，到底還是留了一丁點的溫柔給她，可沒想到他這點仁慈並沒有換來隨安的感激涕零，她趁著他鬆開她時把衣裳穿好，然後撲過去對他拳打腳踢。

褚翌吃了個半飽，心情愉悅，雖然失了些力氣，可制住她還是輕而易舉，伸著腳將她按在車壁上。「妳想造反？」

「呸！你無恥！」隨安氣喘吁吁。

褚翌嗤笑一聲。他早就發現褚隨安異於常人，別的女子被人占了便宜，不是哭哭啼啼，就是絞盡腦汁想著索要好處；她倒好，想著怎麼打他一頓，難道不曉得她那點拳頭給他捶背都嫌輕？

他懶懶地將弄髒的衣裳換下來扔到一旁，示意她替他從包袱裡面拿條褲子。

隨安氣不過，將包袱扔到他身上，噘著嘴道：「我救你的時候說好了的，你不會動我。」

褚翌愣然而笑。「我什麼時候說過，我怎麼不記得？」說完挑眉看著她，是篤定她沒憑沒據。

他也不管包袱了，傾身上前，輕聲道：「妳不說我還忘記了，咱們要不要算一算妳私自離府的帳，嗯？要曉得，至今為止，老夫人可還不知道真相呢！」

話裡話外都是濃濃的要脅。

隨安冷冷地看著褚翌。這人分明無恥到一定境界，還好意思要脅她。

褚翌瞧著她冷若冰霜的樣子，心裡竟然詭異地十分受用，用指頭勾了一下她的腮幫子，然後道：「既是一樁算不明白的糊塗帳，不如咱們都將那事揭過去，重新另打一個賭怎樣？妳贏了，我便聽妳的；我贏了，妳也乖乖的，別每次親熱都像老子調戲良家婦女似的。」

「你怎麼聽我的？」

褚翌笑。「妳就這麼篤定妳能贏？好，自然是妳說不讓親，我就不親。」

隨安將他的手推開。「怎麼賭？」

「我給妳一刻鐘的時間躲藏，然後我用一刻鐘的時間找妳，找到了，算我贏；找不到，算妳贏。」

隨安伸手撥開車簾看了看，此處是鬧市，想躲個人不難，不過未免他用詭計，她還是同他講清楚。「我躲的時候你不許偷看。」

「自然。」

隨安低頭檢查了一遍衣裳，然後就聽褚翌叫停了馬車，她很快地下去。

褚翌偷偷掀開車簾一角去瞧，見她竟然回頭觀望，嗤笑一聲。「陪妳玩玩，妳還當真了。」不過還是將簾子放了下來。

隨安一邊回頭，一邊往巷子裡跑，不留神地撞上一個賣花姑娘，她靈機一動，拉著那姑娘說道：「娘死了，我哥哥非要將我嫁一個殺豬的粗漢子，我想去我外祖家尋尋法子，可哥哥跟得緊，姑娘妳能不能幫幫忙？」

見那姑娘猶豫，忙道：「妳的花我全買了，花籃我也買了，這些我都不要，妳只須跟我換換衣裳，然後妳再提著這花籃從這裡出去，依舊賣妳的花就行。」然後合掌拜託。「求求妳啦！」

賣花姑娘遲疑地點了點頭。兩個人找了個避人的地方飛快地換下外衣。隨安多長了個心眼，幫她梳了個跟自己一樣的髮型，自己卻散開頭髮，重新紮了兩條辮子。

她心裡估算著時間，問那賣花姑娘可知哪裡有「浴肆」？這裡的浴肆其實就是後世的澡堂，男女分開，這也是聽褚秋水說的，每次一文錢，宋震雲曾領著褚秋水去過，兩個人同去，還省了搓背錢。

「出了這巷子口，往東有一家。」

隨安傻眼。褚翌的馬車就在那裡，早知道那裡有浴肆，她直接跑進去就好了，褚翌再不要臉，他能跑進女浴肆裡？到時候堅持一刻鐘出來，她可就贏了。

忍下捶胸口的慾望，她一把抓住那賣花姑娘。「那咱們就在巷口分別，妳往西，我往東。妳記得千萬要走快一點，最好別被他抓住，要是被抓，妳也……只管招供好了。」

兩個人出了巷子，隨安悶頭就往東邊的浴肆衝。褚翌果真先看到那賣花姑娘，身上是隨安的衣裳，他幾步就追上去，等折回頭來，正好看見隨安的衣角閃進了浴肆。

賣花姑娘還沒來得及說那是浴肆，褚翌就丟下她大步折回。

隨安給了掌櫃兩文錢，說在櫃檯下躲躲，才蹲下就見褚翌追進來。他缺乏常識，根本不知浴肆是個什麼東西，掃了一眼就往女人走的那邊衝了過去。

隨安怎麼也沒料到，他比她這個穿越人還不如，雙手捣眼，已經可以想見裡面的混亂。

隨著裡面傳來一陣女子們的驚呼，隨安徹底沒了想法。

女掌櫃用腳踢了踢隨安。「他來找妳？」

隨安扁著嘴哀怨地點了點頭，女掌櫃嘿嘿一笑。「五兩銀子，幫你們善後，否則他被纏住，進官府都是輕的，說不定會坐牢哦。」

隨安將荷包裡面的銀子拿出來。「就只有這些了。」

女掌櫃點頭。「待會兒妳隨我進去，趁人不注意，妳拉著他往外跑，越遠越好。」

浴肆裡分兩重，外面的供女客們換衣裳，裡面的則是沐浴。可外面的一重，有的露著大腿，有的露著胳膊，有的春光乍洩，褚翌估計這輩子都沒見過這麼多女人換衣裳，一時傻眼，只覺得進了個反世俗的所在，機靈全無地僵在門邊不說，腦子裡懵成一團，連跑路都忘了。

女客們先是安靜，之後發現褚翌，就有人大叫起來。褚翌剛張嘴想要喊隨安，一件肚兜迎面向他飛來，其他人也紛紛拿起衣服攻擊。

隨安進來就看到這一幕，環肥燕瘦的女人，出水芙蓉以後杏臉桃腮，個個蛾眉倒豎，鳳眼圓瞪，衝著褚翌就過來。其中有個最為壯實、唇角還有一圈黑鬍鬚的女漢子，更是三兩步上前就要抓褚翌的衣領。

幸虧女掌櫃是個拿錢辦事的，硬是擠到褚翌跟前，將自己的衣領塞到那女壯士手裡，隨安乘機上前，不管三七二十一拽起褚翌的手就往外跑。

兩個人上了馬車，齊齊大喝。「快走！」

褚翌的臉色青青白白，是從未有過的驚恐神色。

隨安一想到先前那一幕，忍不住發笑。起先還能顧忌著褚翌，忍著不出聲，可後來越想越樂，實在忍不住，面朝車角笑得肩膀不停聳動。

「我的相公、我的相公，他看了我的酥胸！唔……」車外傳來一陣大喊。

隨安往車後門縫裡一看，發現是那女壯士突破了女掌櫃的防線，衝了出來，心裡一緊，幸虧又被反攻上來的女掌櫃捣著嘴拖了回去，頓時渾身放鬆，呼了一口氣躺在車廂裡。

這一場賭，她破財，他受驚，竟是個兩敗俱傷的結局。怪不得家長們都不讓孩子們聚賭，果然賭無好事，又覺得特別對不住那位被看了「酥胸」的女壯士。

然後又悻悻地想，估計那位女壯士應該很樂意當褚翌的老婆，可褚翌鐵定不會樂意。

馬車出了鬧區小跑起來，褚翌看著那浴肆離得越來越遠，一直到看不見了，連忙拽身上的衣裳。他以後再也不穿這身衣裳出門了！

幸好馬車裡面放了兩身衣裳，他胡亂穿上一件天青色的常服，然後像隨安一樣躺在車廂裡面——壓驚。

老夫人皺著眉看兒子。

褚翌跟隨安兩個人出去一趟，回來都換了衣裳，隨安打扮得像村姑，褚翌穿的是自己的衣裳，可那臉色跟被搶劫了似的，頭髮也有些亂。

隨安不知道該怎麼解釋，索性閉著嘴跟在褚翌後面。

老夫人揮手令丫鬟們退下，拉著褚翌正要說體己話，老太爺從外面進來，坐到上首一言不發，褚翌倒了一杯茶呈上。

老太爺問：「你今日做什麼去了？」

「兒子出去在街上轉了轉。」褚翌想起今日之事，心情十分不好，聲音也悶悶的。

第六十一章

老太爺只是隨口一問，接下來的話才是重點。「劉家這一輩的長孫劉琦鶴死了……」

劉琦鶴雖然是名義上的嫡子，但長歪了就是長歪了，就連劉家裡面都有不少巴不得他早死了，好給後面的兄弟騰位置的人，所以他死了，真沒多少人傷心，但不影響有心人想利用他的死弄些好處。

先是永樂樓倒了楣，被劉家叫了些混混大鬧了好幾日，也不知是誰出的主意，挑了糞水去潑在永樂樓用飯的客人，這可得罪了不少人。

之後有人說林頌鸞殺夫，意圖叫她賠命，挑事的卻是劉琦鶴的一位堂舅舅。有人看不慣林頌鸞大奶奶的做派，挑撥了這位堂舅舅，說只要林頌鸞死了，她的陪嫁還有劉琦鶴母親的陪嫁都能給他，這位堂舅舅便去告官了。

林頌鸞的潑悍在宮裡都無人招架，這會兒上了大堂，直接反告劉家巫蠱太子。

這可捅了馬蜂窩。

本隱在人群中看熱鬧的劉家人憤怒異常，上前去拉扯林頌鸞，反被林頌鸞扯住，大聲說了劉家幾個地方埋著人偶，還驚叫道：「劉家還詛咒過陛下，陛下生病便是劉家用的咒法，劉家還四處宣揚是班師大軍的煞氣衝撞了龍氣，連李貴嬪娘娘的胎也是劉家人弄沒的，想栽贓給褚家大軍……」

她越說越覺得自己說的是事實，越來越理直氣壯。「試問那邊關將士浴血奮戰，殺的是東蕃人，東蕃人是什麼好人不成？若是沒有我大梁將士，栗州百姓遭殃的不知還要多多少；兵士們保家衛國，怎麼會有煞氣衝撞了陛下？所有這些都是劉家的陰謀！」

劉家在設計林頌鸞進門時，根本沒想過她的戰力這麼強，這份不要臉、隨口就來的栽贓陷害說得至真無偽，說是舉世罕見都不為過。

老太爺說完自己都打了個寒顫。幸虧褚家對比劉家，還不算太得罪林頌鸞。

「不能因為李貴嬪不是個寵妃就小瞧了林頌鸞的威力。」老太爺總結道。

老夫人皺眉。「劉貴妃無子，劉家不可能巫蠱太子。」若是劉貴妃有親生的兒子，哪怕從小抱養一個，劉家做出巫蠱的事也算合理。

「劉家能娶林頌鸞進門，就知這家裡一堆蠢人了，說不定真有利令智昏的，種子沒發芽，就想把旁邊的大樹給刨了。」老太爺不屑道。

褚翌在一旁聽了，直皺眉頭。他一開始就不喜歡林頌鸞，她那目光跟一把尺一樣，看人的時候度量著利益得失，又自以為天下人都在自己掌握之中，不知天高地厚。

老夫人的擔憂更多了一層。「就算陛下仍舊寵愛劉貴妃，估計皇后也會藉機滅一滅劉家的風頭。」說完與老太爺對視一眼，均從對方眼中看到擔心。

皇上再寵愛劉貴妃，也不能與天下作對；太子再不成器，那也是嫡子、長子，是正統。有劉氏一派在，太子就算對褚家無甚好感，也不會先對付褚家；可若是劉氏沒落，褚家若仍不肯臣服太子，估計到時太子就會伸手來對付褚家了。

褚翌早就跟老太爺商議過，此時明白兩老擔心，直接道：「父親、母親莫不是忘了肅州還有個李氏？」

李玄印雖已死，可他的兒子眾多，尤其是二兒子李程樟不臣之心早就有了，這頭猛虎盤踞在西北，遲早要成為大梁的禍害。

老太爺想到此臉上就帶了笑。「上了年紀，險些忘記。」

只要李氏一反，褚家就有用武之地。

褚翌跟父母說完話，陪著吃了晚飯後出來，看見站在廊下的隨安，一下子又想起今日在街上那些糗事，眉目間頓時覆蓋了一層加厚的冰霜。

隨安已經將那身村姑服換了下來，縮著肩膀抬頭看了他一眼，又飛快地低下頭去。

褚翌走到她跟前。「妳跟我來。」

隨安將今天發生的事在腦子裡過了好幾遍，怎麼想都覺得是自己又救了褚翌一次。若不是她破財，然後冒險進去救他，今日之後說不定他要添一屋子媳婦，其中應該還有些良家婦及女壯士，這種結局就是個色狼也消受不起。

但她雖然這麼覺得，也深知褚翌的脾氣，並不敢義正辭嚴地堅持「真理」。

褚翌沒有回錦竹院，而是去了書房小院。

屋裡彷彿還殘留著上次他醉酒留下的氣味，教隨安越發不自在。

左等右等褚翌不開口，她只覺得被他看得渾身發熱，在落荒而逃之前開口道：「婢子剛才整理了一下您名下幾家鋪子的情況。」一伸手從袖袋裡面拿出一張紙。

褚翌懶懶地掃了幾眼，問道：「妳覺得給老八哪家適合？」

「八老爺應該喜歡鐵器鋪子，不過鐵器鋪子不大賺錢，若是教柳姨娘來選，大概脂粉鋪子最好。」八老爺最愛持刀弄棒，要是有個鐵器鋪子，整天叫人給他打造兵器，那鐵器鋪子肯定得虧本。

「那就將脂粉鋪子給他好了，妳記著把帳結算清楚了。」

隨安應了聲是。

褚翌低咳一聲。「站過來些，妳離得那麼遠做什麼？我能吃了妳？」說到「吃」的時候，腦子立即浮現那片豔色，瞬間口舌生津，身下也繃緊了。

隨安拽著衣襟沒動。褚翌不願意跟她槓上，覺得那樣既耽誤事又浪費時間，因此站起來走到她跟前，「諄諄善誘」道：「老夫人的話妳也聽到，她讓我把妳收了，若不是考慮妳不樂意，我也不會放妳一馬。做人呢，要知恩圖報，這才是好姑娘，妳說是不是？」

隨安不是第一次見識褚翌的無恥，見他這樣說，立即小聲道：「我也救您了。」

褚翌將她拉進懷裡，聞言恨恨地捏她的桃腮。「不是妳哄我進去，我會出那麼大糗？以後那條街都沒法去了，我要是被人認出來，妳就給我等著瞧吧！」幸虧他當時一下子搗住臉，否則真被人認出來可慘了。

隨安不服氣地噘噘嘴。

「妳還不服了？我今日在車裡是沒來得及收拾妳，妳瞧妳笑得那樣，都坐不起來了吧？嗯？」

他的最後一個「嗯」字總是勾人，纏纏繞繞的，教人臉紅。

褚翌的手落在她的衣襟下襬，故意轉移了話題。「對了，那個地方到底是做什麼的？說勾欄院也不像啊！」想起那位被他看了「酥胸」的女壯士，打了個寒顫，賊手則飛快地鑽進她的衣衫，蓋在她的心口上。

雖然不是第一次被他這樣扣住，可她的臉還是瞬間脹紅，心跳得飛快，似要掙扎著跳出胸口。

褚翌的臂力非凡，她這樣的掙扎除了給他更多吃豆腐的機會，毫無其他用處。他用力捻動手心裡的珠子，垂下頭，嘴唇挨著她的脖頸，道了一聲。「快說啊！」就把她的耳垂含在嘴裡開始啃咬。

隨安宛如被抓住七寸的小青蛇，掙扎再無力道，軟軟地縮著，完全落在他懷裡。

他壞心地用了些勁。「不專心，還不回答我的問題？」

「唔……是浴肆，就是專供客人洗澡沐浴的場所……分……分了男……女……你放手啊……」最後一個音直接顫抖了。

「妳不說話，我倒歡喜得多些。」褚翌壞心地嘟囔，又道：「別亂動，教我看看。」心裡覺得那顏色好成那樣，讓人看不夠。

「你說話不算話，今日是你輸了。」隨安氣得哇哇大叫，去抓他的頭髮。

她衣襟已經散開，桃子也露出半顆，明明青澀，偏頂端帶了一點桃紅。

褚翌只覺得一片桃花瓣飄飄蕩蕩地落在自己心頭，可憐又嬌弱，教人不敢大聲喘息，生怕一陣風來將那花瓣吹走了。

他半抱著將她抱上床，揮下了帳子猶自嫌不夠，將鋪在床上的細布拽起來，頂到兩人頭上。空間一下子變得狹小，他敷衍地親了親她冰涼的臉蛋安撫，嘴裡再次說道：「別動，我好好看看。」伸手去扒拉她的衣裳。

隨安直覺今日的他比往日更加危險，死命掙扎，將要跑出帳子外面就被他拖了回去，然後眼前一黑，意識停留在最後，腦子裡只來得及留下一句。「我*你祖宗！」

褚翌摸了摸剛才砍手刀的地方，見沒有腫起，鬆了口氣，然後從床頭的小櫃子裡翻出些藥膏，胡亂幫她抹了，將她衣裳往下脫了脫，摟在懷裡，低頭瞧一瞧那山巒般的美好，神魂顛倒。

今日浴肆的那些環肥燕瘦，他莽莽撞撞地也瞧見不少，可當時的心情一點歡喜都沒有，反而是驚嚇居多。

褚翌將她摟住才確定，他確實是喜歡隨安的，喜歡她的人，更喜歡她的身體。當然，他也確定她是喜歡自己的，這一點毋庸置疑，不說救了他那次，就是今日這事，她若是半分對他的心思都沒有，就不會衝進去拉他了。要曉得，時人重名節，他跑進了女浴肆，要是被人扯住，就算老爹是太尉也不一定能擺平，尤其是想到自己差一點就要娶一個三百斤的女壯士，他就頭皮發麻。

說起來，他還得感謝她的眼疾手快，沒有丟下他逃之夭夭。

可她不肯好好地同他歡好這一點著實教人難受，他也忍得辛苦。「一鼓作氣辦了她」的想法總是冒出來，然而心裡又有幾分猶豫，怕她不高興了，兩個人真鬧生分了去。

想起她嬌軟乖順的時候，心裡就湧起一陣甜蜜，轉眼面前的她又換成嗔怒，他便多了煩惱。

可想來想去，還是愛多一些，惱恨裡面彷彿也裹著蜂蜜，甜不溜丟的。

就因為如此，他嘆了口氣，從床帳裡伸出頭，揉捏著她的後頸跟幾個穴位。

她側身躺在他的臂彎裡，肌膚比玉還要好看，又比玉多了層醉人的溫暖，褚翌忍不住將她往自己身上攏了攏，溫潤的唇落在她光潔的肩頭上。

隨安幽幽從昏沈中醒來，眸子清澈如水，像不諳世事的天真孩童。可惜松也只是片刻，她很快就徹底清醒過來，雙臂推拒著褚翌，咬牙切齒地低聲喊。「你個臭流氓，竟敢打暈我！」

褚翌如同捉小雞一樣，將她的兩隻手都扣在她頭頂上，俯身噙住了她的嘴。

射人先射馬，他決定用實際行動調理她，免得兩個人光打嘴仗，浪費時間。

她本來全身繃緊，想盯著他，看他怎樣再把自己敲暈？沒想到他換了計策，唇舌相接，彷彿被餵了漿糊一樣，腦子裡糊裡糊塗了起來，覺得他有點喜歡自己，她也有點喜歡他，然後腿那兒接觸到他身體的變化，隔著衣服都能感覺到那種熱度跟硬度。

她的臉一下子升了溫，彷彿乾木柴被潑上油燒著了一般。

褚翌從她唇上抬起頭，眼中也帶著瀲灩，唇色濕潤如同塗了一層油脂一般，聲音裡面倒是帶著委屈。「我才壓下去，妳又撩撥我。」

說是這麼說，他卻沒進一步侵犯的動作。隨安歪過頭喘息片刻，聲音低啞。「你起來，穿好衣服說話。」

褚翌的表情有點意猶未盡，又有點依依不捨，但總歸還是壓住了慾望，直起身，卻沒有先整理自己的，而是替她拉攏衣衫，又貼在她身後道：「以後不要再穿束胸了。」大手乘機摸了一下桃子的邊緣。

關於這一點，隨安的看法卻不同。她不喜歡胸太大，跑起來顫顫巍巍，看著比吊著沙袋跑步還累，還嘴。「用不著你喜歡，我這樣正好，等我再有機會去軍中，還要穿的。」

褚翌暗中磨牙，心道，打斷腿讓妳一輩子躺床上，到時候什麼都穿不了。其實他也不是多麼高興，回回只吃個半飽，他又在興頭上，這得虧他「意志堅強、品德高尚」，才沒有粗魯地用強，就是那柳下惠，估計見了自家婆娘也沒有他這樣的好定力。

但是在這件事上，褚翌也承認自己是占了便宜的，是以她委屈胡鬧，他也得忍上三分才夠意思。

他將她的衣帶繫好，攏在懷裡，斟酌著語調，很「深沈」地說道：「今兒我聽見一件事，一直想和妳好好說說，偏妳又一個勁兒地胡鬧。」

隨安就是蝸牛，此時頭上的觸鬚也非要氣直了不可。

褚翌窺見她臉色明顯變得猙獰，連忙道：「劉家出了大事，本來他家出事與咱們不甚相干，可妳知道劉家這事是誰捅出來的？」

能被褚翌稱為劉家的，就只有劉貴妃的娘家了。褚府與劉家交往並不密切，提到劉家，隨安自然想到了林頌鸞。

「難不成是劉大奶奶？」隨安扳著他的手隨口問道。

「可不就是林頌鸞。」褚翌假裝沒看見她忙忙碌碌的樣子，大手扣在她肚子上不為所動，而後將從老太爺那裡聽來的八卦都講了出來。若在平時，他是絕對沒這等耐心，但因是隨安，兩人也算自小一起長大，相知相伴了四、五年，他便努力地遣詞立意，把林頌鸞反轉這場大戲講得繪聲繪色，最後又道：「劉家固然不是好東西，可林頌鸞也不是個善茬，連父親都說小瞧了林頌鸞的威力。」

「可不管怎麼說，林家還有她，都是老太爺帶來上京的，她這一次也算是為褚家正了名了，要不整日擔著個衝撞龍氣的名頭，大家雖然嘴上不說，心裡可都那樣想呢！」隨安皺著眉，總感覺林頌鸞將這事鬧大了，恐怕有許多人要倒楣。她可是記得，漢武帝晚年就因為巫蠱案，不僅死了太子跟皇后，前後還有數萬人也因此而死。

「難不成還要因此感激她？這衝撞龍胎、龍氣，可一直都是李貴嬪跟林家搞出來的事，此時她不過是將褚家撇開來，好一力地對付劉家而已，哪個不長眼的要是覺得她好，儘管將這毒寡婦娶回去得了。」

褚翌說到一個「娶」，又惹出隨安一樁煩心事，只是此時卻不是說的好時機，只得先壓下心思，竭力將自己的心思轉向朝局。「皇后娘娘一向與劉貴妃不對盤，這次林頌鸞反叛，說不定劉家就要被皇后娘娘壓下去了。林頌鸞送了皇后、太子這麼一份大禮，怕她回頭又要幫著皇后、太子來對付……」

褚翌按了一下她的唇角，打趣道：「與她有舊怨的是我，妳這是擔心我？我就說妳喜歡我，妳還不肯承認。」

隨安不悅。「雖然名義上是你，但我是你的丫鬟，出面得罪人，可是我這個狗腿子跑前跑後！」知道林頌鸞是個什麼人之後，她再不敢以為那點舊怨只是一點舊怨，林頌鸞的手段活脫脫是「寧教我負天下人，休教天下人負我」，她再不嚴陣以待，死了也沒地方喊冤。

褚翌屈起手指敲了她一下。「說妳自己是狗腿子，我成了什麼？」說完，他的眉一挑，唇略勾，低聲咬著她的耳朵說了一句。「妳是我的小……」最後兩個字含糊不清。

隨安氣得柳眉倒豎，伸手就去打他，自然無功而返，反被制住。

褚翌按住她，啃了一遍唇，弄得兩人嘴唇都有些腫了才鬆口。

氣得隨安板著臉不豫，可褚翌偏就喜歡她這樣子，外面看似乖順溫柔，其實內裡是隻小刺蝟，不，比刺蝟更可愛一些。他摸一下她的頭髮，道：「我不是那等心胸寬大，能把舊怨不當回事的，她就更不是了；不過她臉皮厚得很，若是能用到褚家，說不定就將那舊怨埋住，可若是用不到就翻臉不認人了。」

隨安點了點頭。提起林頌鸞，她的心裡總是怦怦亂跳，總覺得沒什麼好事發生；而且柳姨娘能將林頌鸞趕出褚家，她雖沒直接出主意，也算是添了一把柴火，柳姨娘會不會事到臨頭將責任推到她頭上？這個可說不準。

褚翌看她蹙眉，一副不開心的樣子，故意蹭了蹭她的臉，笑著問道：「妳還有什麼事瞞著我，還不與我說了？小心以後出了事，我不替妳擋著。」

隨安想了想便把原先老夫人的打算，以及柳姨娘從中作梗，令林家人搬出褚家的事說了。

褚翌點點頭。「我當什麼事呢，柳姨娘這主意用在林家人身上不壞，母親既然知道，斷然不會推到她頭上；與她無干，自然也就沒妳什麼事了。再說，妳不過是說了一件事，這主意可是柳姨娘自己想出來的，何況妳替我管了我的產業，知道些事本就不算奇怪。」

隨安聽得眼睛一亮，覺得自己先前是琢磨宅鬥琢磨入魔，好多事都進了死胡同。

褚翌見她眉頭舒展開來，心裡也高興，卻仍舊捏了捏她的鼻子。「敢駕著馬車將我送回來，敢一個人跑到栗州去，怎麼這麼點家事就嚇住妳了？妳是膽子變小，還是故意在我面前撒嬌？」

隨安真想翻個白眼。她何時在他跟前撒過嬌？她從他懷裡溜下來就往外跑，褚翌有了經驗，這回一把扯住她的衣帶。「做什麼去？」

「如廁！」她咬牙切齒，使勁瞪他一眼，拽回衣帶，轉頭跑了。

第六十二章

隨安跑了，褚翌氣得捶床。「粗俗！煞風景！滾吧！」又覺得這蠢貨白長了個姑娘身子，全沒有一點小娘子的嬌媚，那張嘴總是煞風景，狗改不了吃屎。

他躺在床上，不自覺地給她空了一半床位，一會兒又氣笑了，覺得狗改不了吃屎這話好似在罵自己似的。

世上小娘子千千萬，他為何看她順眼？八成是她給自己下了蠱。

「壞胚子！」褚翌臉上笑容盛開，揉著被子翻了個身，直等了一炷香還沒等回來，皺眉道：「掉茅坑裡面了？」

隨安沒有掉茅坑，只不過回了自己先前住的屋子。

屋裡沒有炭火，冷得很，她乾脆和衣而臥。

褚翌出門，看見值夜的武傑，就問：「看見隨安了嗎？」

武傑伸手指了指隨安的房門。「回九老爺，隨安姊姊回房了。」

褚翌惱火，好歹沒有當著武傑的面罵出來，一甩袖子進屋，心裡暗罵：凍不死妳！

果然第二日，隨安就著了涼。

圓圓跟武英兩個送了炭盆過來，隨安請武英幫忙買了三帖風寒藥，熬著喝下。

幸而這日是褚家老八往女家下聘的日子，褚家兄弟幾個全在前面幫襯，後面安靜，她喝了藥，蓋著被子好好睡了一覺。

褚翌一直忙到天色漸暗才從前面回來，沒看見隨安問了一句，武英這才說了。

「怎麼不早說？請了大夫沒有？」褚翌有些不悅看了武英一眼。

武英不敢造次忙道：「是隨安姊姊不讓聲張的。」

褚翌懶得聽他解釋，去了隨安屋裡。

隨安正睡得一頭汗，感覺到有人在摸自己的額頭，睜開眼瞧見褚翌，也不知為何就先露出一個淺笑。

褚翌放下心，眉又皺起來，罵道：「有好好的屋子不睡，偏要睡冷的，怎麼沒凍死妳！活該！」

或許是生了病，心也軟了，對他的感情沒平日的僵硬，又知道他罵自己是為自己好，隨安便伸出手，拉著他的手輕輕搖了搖，眼裡有討饒。

褚翌稍微默了一下，覺得是不是自己昨夜罵她，她應了咒，這才病的？這麼一想，便反握住她的手，自然地坐在床邊。

隨安問起劉家。「劉家的事，陛下發話了嗎？宮裡跟朝堂有什麼反應？」

褚翌將她額前劉海往兩邊撥了撥。「昨兒才鬧出來，這事有得鬧騰呢！劉貴妃可是皇上的心尖子，我估算著說劉家巫蠱太子，皇帝或許會信，可說劉家詛咒皇帝，皇帝是不信的。劉貴妃又沒有皇子，皇帝死了，她也就完了，不是被皇后弄死，就是從此青燈古佛，所以劉貴妃現在應該是最不希望皇帝死的人了。」

想了想又道：「妳生著病，先不要想這些了，左右是皇后跟劉貴妃折騰，只要不牽累上褚家，我們只當看熱鬧就是。」

起身想給她倒杯水，結果一摸，桌上的茶水冰冷。

隨安皺著眉從被窩裡面爬出來，覺得身上輕快了些，可頭還有些昏沈，裹著被子倚著牆道：「你忙了一整日，快回去歇著吧！明日就該當值了吧？文書和權杖都送過來了嗎？」

「衛甲他們收著了。」褚翌隨口就道，將鞋子脫下來，翻身上了她的小床，還扯過一點她的被子蓋在自己身上。

「這是做什麼。」隨安苦笑。「我沒力氣伺候你，又病著，過了病氣給你可怎麼好？」

兩個人糾纏著，她現在一點跟他吵架的念頭都生不出來。

褚翌也是這個意思，伸手輕輕將她拉到懷裡，道：「這幾日無甚大事，妳好好養一養吧！」按住她掙扎著要起的手，讓她靠在自己肩上，無奈而溫柔地說道：「告訴妳一個秘密。我小時候母親跟外祖母去給我算命，說我是武曲星轉世，命硬得很，百病不侵，妳靠著我睡一覺就好了。」

隨安忍不住腹誹。「只聽過文曲星，沒聽過武曲星。」

氣得褚翌又屈起手指彈她額頭。「五行陰金，化氣為財。妳這個財迷能不知道？」

隨安不服。「武曲星都是心性正直、威武不屈，而且循規蹈矩，你？」

褚翌挑了挑眉。溫情什麼的，實在不適合他們，還是暴力能解決根本問題，他翻身壓住她，口氣陰森森。「我還不夠正直、不夠循規蹈矩是不是？既然妳也覺得我不是個守規矩的，我又何必忍著自己？不如今晚咱們……」

隨安連忙舉手投降。「我錯了！我錯了！」

見他面上沒有一絲鬆動，她放軟了聲音道：「生著病呢，您不要同我計較。」雙手去抱他的胳膊。

褚翌這才哼了一聲，重新將她抱住。「我待妳的心好著呢，妳若是敢不珍惜……」話裡濃濃的威脅。

「珍惜，怎麼不珍惜？」

「既然珍惜，還不過來讓老子親親！」褚翌說完就笑，卻將唇湊了過去。

隨安心裡小小地嘆了口氣。自己這幾日是想得多了，可褚翌也確實對自己好，她知道自己不該貪心，更不該戀棧，可就是忍不住，想對自己好些，也對他好一些。

其實，就是不成親，兩個人真的那啥了，她也不會在意得要死要活。但女生都有那麼個情結，我給了你我最珍貴的，是不想讓你將我當成一片用過的衛生棉撕下來丟了……

她心裡渴望被他永遠珍惜，但又知道這絕對不可能。不說兩個人的身分差距，就是現在他們之間的感情，她也沒底氣這麼要求。

可他對她的誘惑近日來是越來越大，自己的感情也猶如一匹野馬，時常不肯聽話不說，還要試圖掙開理智的韁繩。就如此刻，他眉眼離自己近在咫尺，她就情不自禁地伸出舌頭舔了舔自己的唇。

她一動，褚翌的舌就乘機鑽進了她的口中。

她乖順些，他便溫柔些，他覺得這便是真情的甜蜜之處。

當他的氣息完全籠罩並徹底控制了她的情緒之後，兩個人很快地沈醉其中，衣襟四散，肌膚相貼，褚翌覺得自己的骨頭都酥了。

第二日，天不亮時隨安就醒了。她的床太小，兩個人緊緊地挨著，只覺得肌膚如靠著火爐。

褚翌睡顏美好，沒有白日的那些霸道跟暴躁，只有微微上挑的眉頭昭示著他的壞脾氣。隨安直覺覺得自己感情危險，似乎再踏足一步就要淪陷。

她看著他，心跳就會加速，尤其是昨天夜裡，他的心也跳動得厲害；而她，被他的情緒感染，彷彿他一呼喚，她的心就能飛到他手心裡，任由他揉圓搓扁。

那個時候，她真的是願意為他做任何事情。前世的時候，她沒經歷過這種感情，更未體會過這種衝動。

若不是他最後將她捲在被子裡面，今日或許她真的成了他的人了。

一想到這裡，她就忍不住臉紅耳赤。

頭頂響起褚翌慵懶的聲音。「一大早的，臉紅成這樣，妳說說剛才在想什麼了？」

隨安的臉更紅了，偏又無處可逃。

褚翌愛死她這模樣，追了上去，昨夜未盡的慾火一下子重新燃燒起來。他一手固定她的頭，一手用力地按著她的腰，吻得用力，一副將她拆吞入腹的架勢。

大清早發情的結果就是隨安的唇破了。褚翌的慾火無處發洩，拚了命似地在她唇上輾轉，隨安的唇又紅又腫，一碰就痛得要死。

褚翌出門去叫武英拿冰塊，又對他道：「以後我的事誰問你也不許說，包括老太爺跟老夫人，知道嗎？」

武英忙應下。

褚翌拿了冰回來，隨安不讓他動手，用手搗著嘴道：「你還要當值，快走吧！我自己弄。」

褚翌笑著去拉她的手。「是我弄的，難不成我還要笑話妳？」

隨安被他拉開，使勁盯著他的眼睛。

褚翌看著又紅又腫還破了皮的嘴唇，極力忍著，可眼中還是溢滿了笑意，眼疾手快地攥住她的手，噴笑道：「扯平了，妳想想妳笑話了我多少次？大不了我讓妳咬回來得了。」

「不用，你放我幾天假，我想去我爹那裡住。」

褚翌不樂意。「他不也是租賃的房子？妳睡哪兒？」

「讓我爹去跟鄰居擠一擠，我睡他的屋子。」

褚翌還是不高興，隨安噘著嘴生氣。「教人看見我這樣，我也不要活了。」背過身不去看他。

褚翌硬扳過來一瞧，眼眶紅了，竟是難得地有了一點小女兒的嬌態，頓時有點心軟。

「好了，去吧，在家老實待著，等嘴唇好了再回來。正好家裡這幾日忙亂著，免得教人使喚妳東奔西跑。」

隨安歡歡喜喜地應了一聲，眼中帶著笑意。

褚翌看了又有些吃醋了，揉了揉她的耳垂，低聲道：「記得我說的話，老實點。」別給老子勾三搭四的啊！

隨安躲在房裡用冰塊冰敷，把手都弄冰了才讓嘴唇消了些。她躲躲閃閃地出了門，武英卻上來低聲道：「姊姊，九老爺讓人套了馬車送姊姊回家去。」

隨安只覺得臉發燙，心裡卻因為褚翌這點體貼暖了三分，低聲喃喃地「哦」了一句，跟著武英上車。

角門口停著一輛十分普通的馬車，武英見隨安打量，道：「是九老爺臨走前囑咐的，還說讓姊姊在家住幾日，若是有事，自然有人去找。」

隨安越發不好意思，胡亂點了點頭，上了馬車。

不想褚秋水竟然又不在家，門上還上了鎖。隨安翻出當初他給的備用鑰匙，進屋先摸了摸炕頭，只見武英抱著一床嶄新的被褥進來，不用說，這又是褚翌的吩咐。

她謝過武英，送他出門，回來就收拾屋子，又將炕上褚秋水的被褥捲了捲，打算等他回來就趕他去同宋震雲先擠一擠。

也不知道是病還沒好，還是褚秋水的炕實在舒服，她和衣躺下，拉過被子遮住外面的日光，很快就沈入夢中。

她睡得不怎麼踏實，恍惚聽見有人道：「不用怕，門鎖沒壞，應該不是賊人。」

門被小心翼翼地推開，然後宋震雲的聲音清晰了。「是褚姑娘回來了？」

宋震雲先進門，看見炕上的帳子放了下來，裡面有個朦朧的身影，他連忙垂下頭。「我先回去了。」

褚秋水朝他豎著指頭「噓」了一聲，責怪道：「你小點聲。」

帳子裡的隨安心道：爹，您的聲音比宋震雲的「洪亮」多了。

褚秋水對宋震雲應該不是看不起，而是完全的沒心沒肺，要是看他不起，起碼感情裡得有鄙夷，可褚秋水對宋震雲有感情嗎？呵呵。

宋震雲臨走時還體貼地關上門。

隨安便扯著被子，揉著眼睛坐起來，問褚秋水。「去哪裡逛了？」

本是隨口的家常話，可褚秋水立即從椅子上站起來，小心謹慎地答道：「是小宋看我讀書辛苦，說出去走走讓眼睛歇歇，我才去的。」

遇上褚秋水，應該是宋震雲的不幸。

不過說起來，褚秋水的運道還算挺好的。之前有父母照顧，後來找了個勤快的娘子，乃至於前面二十幾年都活得五穀不分、四體不勤。後來父母、娘子先後去世，隨安來了，賣了自己給他買藥；隨安要打工，李松接手幫襯他，然後來了上京，現在變成宋震雲接手。

隨安琢磨了一下，覺得自己不想從宋震雲手裡將褚秋水接過來，這樣的話，還是應該維護一下宋震雲的尊嚴，就道：「宋大叔這樣做沒錯，免得您沒考中秀才，倒是先把眼睛熬壞了。」

褚秋水立即道：「是，我也是覺得他說得有道理才出去的。」

隨安笑了笑。「我跟主子請了假，要在家裡住幾日，爹爹就辛苦辛苦去跟宋大叔擠幾日，行嗎？」

褚秋水的臉一下子成了苦瓜。「那我白天能回來嗎？」可憐兮兮的，讓隨安覺得自己就是那鳩占鵲巢的壞鳥。「自然是回來的，爹爹不是要讀書？不回來，難道在宋家唸書嗎？」

褚秋水這才歡喜了，出去張羅午飯。

隨安從帳子裡面出來，照了照鏡子，覺得嘴唇的腫不明顯了，就將帳子捲上去，沏了兩杯茶。

褚秋水端著飯菜跟饃饃進來，她去接，褚秋水看見她的嘴唇，就問了一句。「妳嘴那裡怎麼了？跟人打架了？」

隨安羞，惱道：「非禮勿視懂不懂！」

褚秋水便不敢做聲了，吃完飯，招呼宋震雲過來幫他搬被褥。

宋震雲關心地問了一句。「褚姑娘怎麼好生生地突然回來了？褚府可是有什麼事？」

褚秋水翻了個白眼。「非禮勿視懂不懂！」翻完白眼，見宋震雲一臉懵懂，就用「對牛彈琴」的目光瞧了他一眼，而後痛心疾首地說：「算了，說了你也不懂，話不投機半句多！」

天一擦黑，武傑又來了，送了一堆筆墨紙硯。「九老爺說這些東西給褚老爺使，祝褚老爺早日高中。」

隨安看褚秋水看見東西歡歡喜喜的樣子，嘴裡就說不出拒絕的話，請武傑坐下喝茶。

武傑道：「今兒九老爺頭一日當值，可威風呢！他的同僚們還被請到了府裡，我看沒有一個比得上九老爺威武。」

褚秋水心情好極了，連連點頭。「你說得很是，九老爺確實是威武的！」說完熱情地留武傑吃飯。

武傑哪敢呢，連連推辭，趁著褚秋水不注意，偷偷給隨安留了一封信，而後一溜煙地跑了。

隨安好奇拿過來一看，上面蓋著個鷹擊長空的章，這還是她刻出來的呢！明顯這封信就是褚翌寫的了，她沒來得及看信，褚秋水從外面進來，她便匆忙將信藏到枕頭底下。

晚上，褚秋水去宋家，她從裡面鎖上門，上炕放下帳子剛要吹燈，想起褚翌的信，掀開枕頭翻了出來。

展開一看，卻是一首詩經裡面的一句。「一日不見，如三秋兮」。肉麻得很。

不知怎地，她想起他動情時的喘息，很急切，也很渴求，胡思亂想著，他以後當值恐怕是要睡宮裡的木板床了，宮裡的小宮女那麼多，乍一看到個高大英俊的侍衛大人，一定會……不知有沒有薦枕席的……

她呻吟一聲，將那張紙揉成一團扔在角落，然後抱著枕頭蓋上眼，喃喃道：「我完了，這下真完了……」

輾轉一夜都沒有睡好，第二日早起後，隨安發現宋震雲眼底竟然有淡淡的青黑，顯然是夜裡也沒有睡好，褚秋水倒是一臉坦然。隨安在他倆臉上轉了一圈，低頭去吃早飯。

吃完飯，宋震雲去做工，褚秋水讀書，隨安洗衣裳。

洗完衣裳，她摸了摸唇角，覺得已經有一層薄薄的痂皮，估計再兩日就好，安心不少，便翻出一本褚秋水的話本，坐在炕上看了起來。

還不到中午，武傑又來了，這次是送了一小包橘子。隨安出來送他，他悄悄說道：「是九老爺在宮裡值守，碰見皇上，皇上賞了兩筐橘子，九老爺這是想著姊姊還沒送回家，先叫我送來給姊姊嚐嚐。」

隨安滿臉熱氣，羞得不行，強自鎮定。「就你話多。」

武傑嘻笑著跑了。

第六十三章

屋裡的褚秋水偷偷瞟了一下那包袱，剛要伸手，看見隨安回來，連忙縮回去，垂下頭裝模作樣地繼續唸書。

隨安沒發現他的小動作，她從小櫃子裡面拿出三個碟子，將橘子擦乾淨擺好，端到了供奉著文曲星的小像前。

到了傍晚，宋震雲過來接褚秋水，看見那橘子就笑道：「這個天能見著新鮮橘子可真難得，這橘子也好看。」

褚秋水一副「你真沒見過世面」的樣子，嘁了口口水，背著手，當先一步走了。

隨安實在看不慣他這模樣，站在他身後咳了咳，就見褚秋水迅速將手放下，老老實實地進了宋家。

早上起來，宋震雲仍舊一臉疲憊，眼底青黑，隨安試探著問褚秋水。「你夜裡睡得好嗎？」

褚秋水道：「好啊！」

隨安遂不再問，心裡想著或許是宋震雲不習慣家裡有外人，適應就好了，看褚秋水就適應得挺好，臉色紅潤，很明顯人都是需要交際的，太孤僻了不好。

雖是這樣，到底覺得有點過意不去，便去街上買了三包點心，用一包將兩碟子橘子換下，另外兩包和四、五顆橘子一起送到了宋家。「爹爹在這裡住，給您添麻煩了。」

宋震雲吶吶道：「褚姑娘客氣了。」收下了點心跟橘子，次日回了一包鹽水長生果。

隨安漸漸喜歡上住在家裡的感覺，雖然地方是租的，可就是住著安心快活。

褚翌卻又叫人送東西過來，是宮裡出來的珠花，一共有兩支。這次武英捎了信過來，沒有立即走，反而道：「九老爺說叫姊姊寫了回信，我拿回去。」

隨安便拆開看，這回沒有詩句，而是三個字。「甜不甜？」

這是問上次的橘子呢！隨安沒有另取紙，便在他寫的問句下面用褚秋水的毛筆回了一個「甜」字，然後又重新塞進信封裡面。

褚翌一整日的心情都極好，想起曾經答應褚越將六嫂送到邊關去的，便在晚上回家吃飯的時候對老夫人說了。

老夫人嗔怪道：「既是你六哥傷痛未好，怎麼不早說？」

六夫人不敢為了自己夫妻的事得罪了小叔子，連忙道：「母親別怪他，相公當日也寫了信給我，是我自作主張想留下的，他有親兵，左右不缺人照顧。」

褚翌就道：「雖是如此說，可軍中的人照顧人到底沒有六嫂細心呢；再說當日我也答應了六哥，若是六嫂不去，倒是顯得我言而無信了。」

他難得替兄弟們說幾句好話，老大就看了底下的弟弟們兩眼，褚鈺跟褚琮也趕緊表態，表示九弟真是長大了，懂得體貼人了云云。

只有一旁喝茶的老太爺十分不以為然，悠悠道：「當年我受了多少傷，也沒見你們母親去照顧我一回，我這還不是好好的？」

「若是沒有幾個孩子，我自然要去，可家裡一大堆事情，孩子們又小，我撇下孩子去照顧你那成什麼樣子了？老六家這不是還沒孩子嗎！」老夫人頂了回去。

褚鈺一聽到孩子的話題就感覺頭皮發麻，因為母親剛才輕飄飄地瞄了他一眼。

老夫人最後拍板定下等老八媳婦進了門，年後初九就送六夫人去栗州。

褚翌出了徵陽館的大門，本想去看看隨安，卻被褚鈺拉住，非要去錦竹院喝酒。

這日外面陽光甚好，隨安收拾完屋子，便窩在炕上跟褚秋水有一搭、沒一搭地說話，正說到快過年了，提前回鄉下去給祖宗們上墳啥的，就聽到外面有人敲門。

褚秋水揚聲問「誰呀」，武英跟李松的聲音同時響起來，父女倆連忙穿鞋下炕。

隨安開門笑著問：「你們倆怎麼到了一處？」

李松穿了一身簇新的青布棉衣，臉上也比在北邊初見時多了些肉，聞言笑道：「過來看看褚叔，結果走岔了路，想著去褚府問問妳，趕巧碰上武爺，說妳在這兒，就領了我過來。」

武英被人稱「爺」，臉上繃不住笑了一下，而後又恢復了原樣。

隨安覺得李松出去一趟長了不少見識，應酬人也不似從前靦覥。

武英道：「也是順路。」站在門口卻不坐，隨安倒了茶也不接。「褚老爺、姊姊，我還有事，先走了。」

隨安見他一臉欲言又止，便道：「我送送你。」出了門問武英。「有什麼事？」

武英問她什麼時候回去？

「再過幾日吧，我還想趁著天好，跟爹爹回鄉下祭祖。」

武英的臉皺成了包子。「姊姊不知，昨兒七老爺拉著九老爺喝酒，兩個人喝多了，芸香姊姊伺候九老爺，不知怎麼惹了九老爺生氣，吃了掛落兒……」

武英對隨安跟九老爺的事也知道一些，說著就偷偷瞧隨安的臉色。事實上，芸香是衣衫不整地從屋裡被褚翌扔出來。

隨安也不知道該說什麼，想起褚翌喝了酒脾氣格外不好，頭還會疼，就道：「九老爺沒有喝解酒湯嗎？今兒不是還要去當值？」

「可不正是這話？也不知七老爺怎麼跟九老爺說的，兩個人都是大醉，七老爺直接歇在錦竹院，九老爺那麼大的動靜都沒把他吵醒。我來時，七老爺還沒起呢，九老爺卻要寅時就去宮裡當差，走的時候直用拳頭捶頭！」

而錦竹院裡，芸香也對著梅香哭訴。「越大越難伺候，他叫著頭痛，醒酒湯又不喝，要揉頭，嫌我揉得不好，倒是叫揉得好的來啊！那位出去一趟，不知是被擄走還是偷跑的，倒成了主子們面前的紅人……」

梅香心情也不大好。她們現在雖然有通房的名，可這院裡誰不知道她們也就僅僅是掛了個名；本想著芸香能成事，她之後縱使是吃不著肉，喝口湯也是好的。

她嘆了口氣安慰芸香。「咱們都是一起來的，小時候就是一等一地難伺候，現如今竟還不如早先。只是在這到底比出去好，妳瞧著蓮香跟荷香，一樣要伺候婆婆、伺候男人，還沒個幫手。」就算她們沒有主子的寵愛，起碼如今還有花容月貌，不用容顏憔悴成為黃臉婆。

兩個人想一想前途，既覺得黯淡，又捨不得眼下的安逸，說了一陣。「只盼著老夫人辦完了八老爺的親事，能趕緊給九老爺定下來，新夫人進了門，我們總有機會。」到時候九夫人小日子裡，總該安排人伺候才是，否則新夫人的名聲可就不好了，她們是正正經經的通房，又不是自個兒爬床爬出來的丫鬟。

說得多了，兩個人不免又嘀咕一陣子隨安。「也不知給九老爺灌了什麼迷魂湯，那麼護著她。」

其實不獨梅香、芸香，就連老夫人這會兒也皺著眉跟徐嬤嬤說話。「說將隨安給了他，他倒不要，難道喜歡現在這種偷偷摸摸的來往？梅香、芸香也算是拔尖的了，硬是碰他不得。」褚翌三番兩次地給隨安送東西，老夫人也曉得了。

徐嬤嬤躊躇道：「這個，九老爺品貌不凡，挑剔些也是尋常……」

老夫人斜了她一眼。「他是自視甚高，不用妳說得那麼委婉，妳說到底要給他娶個什麼樣的？」

「您的眼光就極好。瞧八老爺，新媳婦沒進門，八老爺就歡喜得不行，這進了門，兩口子蜜裡調油似的，可見是極其滿意的，都是您挑的，九老爺也一定會滿意。」

「那可不一定。叫他說出個一二三來，他也說不出，我若是這樣將那些小娘子們攏到跟前，沒得讓他將人家都給我得罪了。」

徐嬤嬤也鬱悶。褚翌的脾氣是真不好，孝順歸孝順，可一旦違逆了他的意思，父母跟前照舊站起來走人。「不如叫隨安探探九老爺的意思？」

徐嬤嬤這招是禍水東引，老夫人想了想也沒什麼好辦法，便點了點頭。「等她回來，妳悄悄跟她說明白了，就說若是能問出個結果，我不會虧待她。」她倒是盼著兒子妻妾和諧，可顯然老七這頭沒啥指望，只有褚翌還略有點希望。

隨安不曉得自己被人說，還在那裡囑咐武英。「……上次用槐花蜜調水他還喝了些，宿醉頭痛當然是睡得好就沒事了。」

打發走武英，回屋裡，李松已經跟褚秋水熱火朝天地聊上了。

李松這次來是送帖子，他大妹妹臘月二十成親，請褚秋水回去喝杯喜酒。

褚秋水很高興。「到時候妳也回去吧？左右不過還有三、四天的工夫。」剛才李松問他隨安怎麼沒在褚府，褚秋水說她請了假歇幾日。

隨安以為他順路過來，沒想到是特意過來的，又見褚秋水難得高興，就點頭應下，對李松道：「那我跟爹就去沾沾松二哥家的喜氣。」

李松笑著道：「求之不得。」他還被褚秋水硬留下來吃了午飯才走。

隨安跟褚秋水商量著早一日回去。「總要打掃打掃家裡，還得買些祭祀用的東西，要不就待三日，雇輛車好了。」

褚秋水無有不應，父女倆商量著要買的東西，最後寫在紙上，免得忘了。

隨安乘機出門，說去買東西，走著走著卻走到皇城前了。雖然心裡知道褚翌不會這時候出來，可不知為何聽了武英的話後，便升起一種想離他近一些的衝動。

她的臉微微發燙，覺得自己竟然也有這麼幼稚的時候。

東西買齊全，馬車也雇了，跟宋震雲說了一聲，次日一大早，父女倆就趕著馬車上路。

隨安特意穿了一身男裝，做男孩子打扮。兩人回到上水鄉時，正好中午，家家戶戶升起炊煙，裊裊上升的白煙為冬日的蕭瑟添了些煙火氣。

家裡不髒，李松現在住在褚家，住了廂房，正房空著，東西都歸置得整整齊齊，十分乾淨。

曉得他們要在家裡住三日，李松高興得眼都瞇了起來。「昨兒曬了被褥……」，然後便要抱著自己的被褥回家去。

褚秋水道：「你回家去做甚，留下住唄！」

李松腳步一頓，轉頭去看隨安，見她不做聲，繃著一張白皙的俏臉只管低頭卸車，就道：「正好家裡忙，我回家去幹活也方便些。」

隨安將爐子點著，燒了熱水，沖了兩杯茶，叫褚秋水過來吃點心當午飯。

褚秋水嘟嘴。「吃煩點心了。」

隨安不為所動。「您想吃什麼，自己做。」

褚秋水覺得閨女不開心，就不敢繼續說話，拿著點心啃了起來，吃完討好地說道：「其實點心也很好吃。」

隨安強忍著才沒有打他，惡聲惡氣地開口。「您先去看會兒書，我把東西整理好，咱們下午去上墳。」一口氣跟照顧煩了熊孩子的家長一樣。

拾拾掇掇就到了未時，眼看著再不去天就黑了，隨安這才將酒水、紙錢、點心等物都放到盤子裡，又用包袱包了，拿著竹竿跟鞭炮，同褚秋水去上墳。

剛到墳頭，褚秋水就哭上了。隨安擺好祭祀物品，點了鞭炮，燒了紙錢，褚秋水還在那裡抽抽噎噎的，她只好勸道：「您是一家之主，在祖宗們墳前哭哭啼啼的，教祖宗們怎麼放心？」

她不說還好，一說褚秋水哭得更大聲了，活似隨安虐待他了一般。

隨安覺得自己要憂鬱了，深吸一口氣，口氣變得低沈。「您把祖宗們哭醒了，小心夜裡找您聊天。」

褚秋水「嚎」一聲，整個人都縮在隨安身後，把隨安也嚇了一大跳。

他雖然不再繼續哭，可這天夜裡非要點著蠟燭睡覺。

隨安鄙夷。「您這樣讓我想起一個成語。」

「什麼？」

「葉公好龍。」

褚秋水這回終於怒了，父女倆互瞪了一會兒，直到李松過來送他們家做喜事準備的榨菜。

一夜無話，第二日，李家一大早就吹吹打打，街上也熱鬧起來。

到了巳時中，隨安才拿著準備好的禮金跟褚秋水去了李家。離家好幾年，有些街坊鄰居都不大認得，全賴褚秋水給她介紹。

與李家緊挨著的是馬嬸子家，家裡有五個閨女，見褚秋水穿得好，隨安也水靈，就起了心思，拉著隨安一個勁兒地問：「在外面做活累不累？難不難？妳看妳幾個妹妹中不中用、能不能帶過去？不求給工錢，只管飯、管穿衣裳就行。」

馬嬸子一這樣說，鄉里有名的刻薄戶劉老財的媳婦就先笑了。「妳家那幾個丫頭，活脫脫地隨了你們家這姓，哪裡比得上人家？」

屋子裡嘰嘰喳喳，火氣濃厚，眼瞅著要吵架的樣子，隨安安撫馬嬸子。「還是良籍好，雖然日子窘迫些，可只要肯努力，總有飯吃；若是成了奴籍，生死都握在主家手裡，將來婚配了家裡小廝，生了孩子世世代代也是奴才。」

馬嬸子不信地道：「我看妳穿得好，過得也挺不錯，還能接妳爹上京去。」

「多虧我爹教我認得幾個字，總算是能掙出吃穿來，可到底還是贖身出來自由自在，不用在主子跟前動輒被打罵，或者發賣……」

馬嬸子想起褚秋水雖然手不能提，可算是個讀書人，隨安有父親教導，確實比自家孩子出息些，也偃旗息鼓了。

劉老財的媳婦卻憋了一肚子問話，見狀便插嘴問道：「隨安我問妳，妳伺候的老爺多大年紀？房裡可安排了人陪著睡覺？妳主子對妳好嗎？」

這種大刺刺的問話還不如馬嬸子呢！可劉家媳婦問了，屋裡的人都看著自己，就不能不答，隨安想了想道：「我現在在老夫人房裡，先前是給府裡的九老爺當伴讀，專管伺候讀書的，九老爺正是這次帶頭收復栗州的那位小將軍。對了，李家松二哥是見過他的，現在進京後，皇上封了三品的金吾衛副指揮使，在宮裡當差呢！」

把一個人的身分亮出來，大家懾於身分不同，談論起來也有了約束，果然這話一出，再無人問睡不睡覺的事，可隨安心裡卻落了痕跡，久久不能平靜。

等臘月二十三，褚秋水祭拜完灶爺，父女倆就回了上京。

李松想留褚秋水在鄉下過年，也被隨安婉拒了。

從鄉鄰們的話語中，她能聽出她們日常或許就是那樣討論的，不管怎麼說，背後被人說總是心裡難受。她也說不清為何瞞住了自己已經是良籍的事，可不管是良籍也好，奴籍也罷，她跟褚翌總歸是沒有未來的。

回鄉一趟，正如兜頭倒了她一桶冰水，澆了個透心涼，不想嫁人的念頭更強了。

褚秋水覺得自己「背井離鄉」，心情也是鬱鬱。

因此當褚翌看見這父女倆的時候，文學造詣不高的腦子突然閃過一個成語：「如喪考妣」。

老夫人提起隨安歇息的時候不短了，問他還要多久才回來？他這才帶著衛甲、衛乙，跟著武英來褚秋水的居處，沒想到正好碰到父女倆回來。

衛甲跟衛乙咬耳朵。「那不是隨安嗎？怎麼沒有住在褚府？」這兩人到現在還不知隨安是個姑娘。

衛乙發揮自己的判斷能力。「或許是他雙生的妹子在府裡，就用不著他了。」

衛甲點頭。「嗯，他跟他妹子長得真像。」

兩人對視。「長得這麼像，將軍都沒愛上他妹子，反而喜歡上他，將軍對隨安果然是真愛！」

武英對褚翌道：「爺，他們的房東說，褚老爺跟隨安姊姊回鄉下祭祖，眼下這是回來了，您不過去嗎？」

「不去，你去告訴隨安，叫她回去當差。」說著吩咐前面駕車的衛甲。「回府。」

武英去見隨安，想了想，到底沒把褚翌過來的事說出來，只說九老爺交代她回去當差。

今日小年，家家戶戶祭灶，鞭炮聲不斷，隨安見褚秋水哀怨得很，也沒有辦法，狠了狠心，走了。

褚秋水就抽抽噎噎地哭了起來。

房東老倆口勸了一陣，沒法子，只好去叫宋震雲。

宋震雲一個人也冷清呢，一叫就來了。

第六十四章

隨安進府，先回徵陽館銷假。她請假出府用的理由是得了風寒怕過人，現在好了，也該讓徐嬤嬤看一眼，才能重新進來當差。

徐嬤嬤跟她話了一會兒家常，才說起老夫人交代的事。

隨安目瞪口呆，指著自己。「叫我去問九老爺他喜歡什麼樣的？」

徐嬤嬤點了點頭，笑道：「妳平日跟九老爺最好，就當與他玩笑，問一問。」

看著隨安半青不紅的臉色，徐嬤嬤這會兒覺得這主意真餿，可她受老夫人所託，不能不把事交代好了。「妳放心，老夫人也喜歡妳呢，說了不會虧待妳的。」

「我問！」隨安點頭應下。

「那妳快去吧，這會兒九老爺回錦竹院了。」徐嬤嬤打蛇隨棍上。

隨安心裡不情願，卻仍舊起身去見褚翌。

錦竹院裡燈火通明，寒風吹過廊下的燈籠，燈影重重。

她看了看錦竹院的大門，自己給自己打氣。「本就不是多愁善感的人，就當失戀一次好了。」

武英正指揮婆子們往浴房提熱水，看見隨安，笑道：「姊姊可算是回來了。」把一干事情交代給她，自己跑了。

浴房水氣騰騰，褚翌進來，乍然看見隨安，還以為自己眼花了，待真確定是她，嘴角剛咧開一個笑，立即想起自己「獨守空閨」的日子難熬，喝道：「妳還知道回來！」

話一出口就後悔了，不是後悔罵她，而是覺得自己口吻有點像深閨怨婦。

不過褚翌是誰，是絕對不會自怨自艾的，殺人都不眨眼，何況是正視自己的心聲。

他立即上前抱起她，將她擱到大浴桶裡面。

隨安如同落到湯裡的雞仔，撲了一會兒才扶穩桶壁，多少心緒被他這麼一嚇也變得輕描淡寫了。她摸了把臉站起來衝他尖叫。「這浴桶這麼深，你想殺人滅口啊！」

褚翌盯著她胸前看了幾眼，意外覺得她這副落湯雞的樣子竟然十分順眼，面不改色地還嘴道：「枉費我日日夜夜地惦記妳，妳倒好，出去之後越發野了，還敢駕馬車回鄉下！」

隨安穿了薄襖過來的，再薄也是襖，落了水，沾在身上濕漉漉地難受，她撲騰著想從浴桶裡面爬出來；下面裙子也礙事……

看著她如同旱鴨子一般的樣子，褚翌哈哈大笑。

隨安生無可戀，怒從膽邊生，指著門口。「你給我出去！」什麼喜歡、暗戀，都是她先前腦子發燒的不理智決定，褚翌這種惡棍，誰喜歡上他就等著受罪吧！

褚翌被她怒瞪著一喝，倒真生了兩分心虛，覺得自己剛才做得太過了，腳步一個後退，可旋即腦子就清醒過來。他是她的主子、男人好不好?!更何況這是他的屋子！

剛要跟她對罵回去，想到這也太掉價了，未免顯得自己跟個潑婦一般，可不罵又忍不住這口氣，於是他雙手抱胸倚在門上，眉頭一挑道：「我偏不走，妳奈我何？」

隨安在水裡本就站得吃力，一聽這話頓時火冒三丈，雙手捧起水就潑他。

褚翌哪兒見識過這種打法，沒防備被她潑了個正著，他先是驚怒，而後繃不住笑了起來，跑到浴桶旁邊鬧她。

一個手捧了水要再潑，一個要拉她的手不讓她潑，結果拉扯之間，浴桶倒了，隨安被褚翌拉著，從浴桶裡面像條魚一樣滑出來，撲到他身上。

兩個人，女上男下，浴桶的水還在不斷往外湧，青磚地上快成了池塘，虧得這兩人沒穿綠衣裳，否則非成了兩隻逼真的青蛙。

褚翌正要說話，忽然外面一陣急促的響聲，然後門被撞開，衛甲提著劍衝了進來。

衛甲今夜首次排班當值，本來按武英的說法是內院沒大事，偏偏聽到屋裡的動靜，又有尖叫，分明是遇到刺客，他一驚，破門而入。「大膽刺客看——」說到此處，方才算是看清屋裡情況。

隨安跟褚翌齊齊看著衛甲，隨安腦子都空了，直到褚翌低咳出聲，她才反應過來，忙道：「不是你想的那樣！」

可她渾身濕透，騎在褚翌腰上，手還按著他的胸，這話說出來就是明晃晃的掩耳盜鈴、此地無銀。衛甲只看了一眼就不敢再看，匆匆丟下一句。「屬下去領罰！」轉身跑了。

隨安幾乎在他跑的瞬間就明白眼下的處境，連忙掙扎著要從地上爬起來。

剛一動彈就被褚翌低笑著按了回去，翻身去扯她的衣裳，咳嗽著笑道：「既然已經誤會了，如果不坐實，我豈不是吃了大虧？」

隨安剛要掙扎，就聽他咬著她的耳朵繼續道：「妳儘管掙扎好了，我特別喜歡與妳搏鬥，反而妳要是乖乖順從，我才沒了興致……」

隨安腦子犯抽，結合往日經驗，竟覺得他說的好似是實情，等他大笑著將她脫光了才反應過來去踢他。「流氓、無恥！」卻被他扯住腳，又落在他懷裡。

褚翌索性也褪去衣裳，半抓半抱地將她弄回床上。

栗州一戰，很是發洩了不少精力，但休養了這麼久，褚翌早就恢復過來，這會兒精力充沛，又與她「小別勝新婚」，自然不肯輕易放過。

隨安只好拚命從他嘴下找話。「我頭髮濕著，你的頭髮也淌水！」

氣得褚翌咬她肩膀。這蠢貨有時候說話實在是太能降火了，他決定給這個不知天高地厚的蠢貨一點教訓。

他扯過床單，一撕兩半，胡亂擦了擦自己，然後就去壓她。

隨安哇哇大叫。「我還沒擦！」

「妳當這是酒樓點菜呢！」

他略用力扭了她身子往後，兩個人如同兩條魚纏在一起。

帳子裡響起她的尖叫。「痛！我不要！」

然後是他的悶哼。「閉嘴，再說話還打暈妳！」

她果然依言閉上嘴了，可身體就是不配合。褚翌氣急敗壞又無處可發，恨得抓著她的肩膀生氣。「信不信我——」

聲音突然停了，因為她吻了上來。

她的吻輕柔，他卻急躁又迫切，難得她主動一回，自然要好好抓住機會。

隨安說不清自己的心情。明明應該決絕地抽身離開，畢竟這才是保全自己最好的一條路，可心卻任性地說不。對著褚翌的臉，對著他的急切，拒絕的話說不出來，反而心痛他的受挫，令她不受控制，帶著飛蛾撲火的倔強迎了上去。

褚翌精力充沛，年輕火旺，隨安即便身子不弱也苦不堪言。

起初她疼，他也疼，但褚翌受的傷多了，這點痛自然忍得，後來知道滋味，更是一發不可收拾，把隨安拾掇得哀哀討饒。

褚翌則將她從肩膀到腰身，從腰身到細腿，從細腿到玉足，總而言之，從頭到腳細細收拾。比起頭兩次的急切，第三次以後就顯出春風化雨的能力。可惜不管是疾風驟雨還是溫潤細雨，隨安都只有渾身發燙、嗓子發乾的分。褚翌給的那份溫潤硬是讓她燒了起來。

他身材高眺，手也修長，她的腳竟比不得他的手長，五隻腳趾像五顆粉色的珍珠，又像五隻乖萌可愛的小兔子，褚翌恨不能捂住摟在懷裡細細把玩。

雖然他沒多少實戰經驗，但之前研究過，所以這個過程雖然略崎嶇了些，倒也教他心滿意足得很。一夜無眠，到了寅時起來，仍舊生龍活虎。

隨安卻痛得不行，一碰她就瑟縮。褚翌猶豫了一下，問道：「我找人來伺候妳？」

屋子裡高跳的燭火照得她眼睛難受，隨安拉過枕頭蓋在頭上，急促地嘟囔。「不要！」

還有，這是褚翌的床，她總不能躺到天亮，否則到時候被人看見，可就再無轉圜的餘地了。

就是現在，她也不過是做著掩耳盜鈴的事而已。

越想越覺得自己做了一件吃力不討好的蠢事。一點都沒有舒服！

她忍不住丟開枕頭怒瞪了褚翌一眼，正撞上他含笑看過來的目光。

她瞬間一滯，腦子胡亂想，他或許是很舒服的，心裡就像在奶油麵包上塗了一層蜂蜜。

褚翌神清氣爽地穿好衣裳，俯身親了親她的唇角，手卻不老實地又鑽到被窩裡去撩她，一面道：「我叫衛甲給妳守門，妳在這裡好好睡一覺，等我晚上回來……」

「不要，我去書房那邊院子睡。」她拉開他的手，吃力地坐起來，身下就有東西往外湧，她一下子臉色大紅。

褚翌明白過來，笑聲更為暢快得意，作勢要去掀開被子。「我瞧瞧。」

被她嬌嗔著罵了句「混蛋」都沒有生氣，反而咬著她的耳朵說：「宮裡當值有夠無聊，還不如與妳在屋裡好……真想……」餘下的低喃盡皆淹沒在吻中，直到外面傳來武英的催促。

褚翌知道她謹慎膽小，也不強硬非要她揹上通房的名分，只說道：「床上的東西扔到浴桶裡，我找兩個口風嚴實的婆子，以後叫她們伺候。既然不想在這裡睡，我送妳過去書房那邊。」十分體貼。

體貼得教隨安心生軟弱，拉著他的手問：「你晚上在宮裡留宿還是回家？我有事想跟你說。」

褚翌一笑。「自然是回來。」

隨安這才點了點頭，強忍著身體的不適收拾好自己，同他一起出了錦竹院。

褚翌看了看書房正房，道：「妳那邊陰冷，不如睡這屋，我叫人守著。」

那跟睡在錦竹院又有什麼分別？隨安不想同他爭執這些，推著他道：「你快進宮吧，晚了不好。」

褚翌見她臉色發白，搖搖欲墜，伸手抱了抱她，低聲道：「妳放心吧，我自然會安排好。」在他，這句便是對她終生的一個承諾。

隨安心底動容，眼眶一酸，垂著頭繼續推他。「快走呀！」

等褚翌走了，卻仍舊回了自己之前住的耳房去睡。

褚翌言而有信，當真找了兩個嘴嚴的婆子去收拾。趁著用早膳的工夫，他囑咐了她們幾句，許了一等管事的月例，要求她們守口如瓶。這兩個人一個姓嚴，一個姓方，都是行事木訥、只知道幹活的，當即跪下謝恩，又各自許下保證。褚翌略滿意，賞了找人的武英一包金豆子。能在他開口之後迅速將人找來，還能找到他覺得滿意的，褚翌覺得武英比衛甲可靠，許諾他道：「若是以後有機會，你可以跟我去軍中。」

喜得武英合不攏嘴，連得了一包金豆子的歡喜都蓋了過去。

伺候了這麼多年，九老爺這麼高興還是頭一次！這比什麼都強！聯想到近日九老爺的一些事，他高興之餘又喜孜孜地強調。「都是隨安姊姊教得好。」

說完見褚翌雖然沒有說話，形容卻又溫和了三分，便知道九老爺這是對隨安上了心，越發小心謹慎起來。

既然九老爺的意思是瞞著，他們自然要好好地瞞著，若是教人察覺，那可就是他們當奴才的不是了。

褚翌進宮當值已經有十來日，宮裡各處該知道的也都知道了，這日依舊是察看完了就回去值房。

平常都是他與那些輪班下來的侍衛聊天說話，今兒他卻不願意，和衣躺在值房的硬板床上，蹺著二郎腿發呆。

外面有喧譁聲傳來，衛乙過來稟報。「三皇子的馬鞭壞了，演武場離這邊近，便打發人來借一條。」

金吾衛的指揮使不進宮當差，此時褚翌這個副指揮使便是金吾衛宮中的老大。三皇子畢竟是皇子，他能打發人來借馬鞭，可褚翌若是也打發旁人去送馬鞭便有拿大的嫌疑，是以少不得要跑這一趟。

三皇子由賢妃教導，勉強也算當得一個賢字，只是在皇子之中被太子壓制，賢妃在後宮又被皇后跟劉貴妃壓制，所以性子明面上看似溫和大方，可讓褚翌說來，分明就是憋屈。

不過褚翌自忖，只要是皇子，見過了皇權高高在上，就沒有不盯著那位置的。

三皇子借馬鞭，不管是有心還是無意，總要他走一趟才能曉得幾分。

也虧得褚翌今日心情好，想了想起身，正了正衣冠對衛乙道：「取條好鞭子來，隨我給三皇子送去。」

褚翌由老夫人教導，禮儀要是認真起來，還是看得過去的。

他此番與三皇子碰面，三皇子亦是禮儀周到，不僅問候了一直告病在家的老太爺，還透露了好幾樁消息。

頭一件事，就是皇上很為劉家跟太子的關係發愁。褚翌便知道皇上是決計不肯為了太子就懲處劉家，讓劉貴妃沒了依靠。

而第二件事與第一件事有關，劉家的大奶奶林頌鸞很得皇后娘娘青睞，隱隱有被收為義女的架勢，整日流連宮廷，太子、三皇子、四皇子都與其「邂逅」過。

褚翌毫不懷疑，就是對著皇子們，林頌鸞也絕對存了挑剔之心。她的心之大，絕對是放眼天下，展望未來。

第三件事嘛，就是三皇子的愁事了，他「淡淡而憂傷」地說了幾句。「聽說褚將軍在家時最懼怕功課？四弟有你做藉口，倒是少被父皇問詢，可就苦了小王，每每被父皇召去榮華宮……」

褚翌跟三皇子告辭後，回了值房，叫衛甲跟衛乙過來稍加交代，很快就打聽出事情的來龍去脈。

皇帝經常去劉貴妃宮裡，從前他是不大在劉貴妃的榮華宮召見幾個皇子的，想也知道，是不想給無子的劉貴妃添堵。可近來，三皇子跟四皇子卻頻頻被皇帝召見，且都是在榮華宮裡與劉貴妃一起，這就很不妙了。其中，以三皇子被召見的次數居多，並且還獨自得了皇上跟劉貴妃的賞賜，也是四皇子沒有的。
褚翌琢磨劉貴妃的意思，不外是想扶持一個皇子上位。
皇上呢，絕對對劉貴妃是真愛，還是沖昏頭的那種。眼下皇上肯定沒有廢太子的心思，但他有哄劉貴妃開心的心思。
可聽三皇子的話裡話外，倒是覺得這種意外的「寵愛」有些吃不消了。
想到這裡，褚翌嗤笑。雖說吃不消，可還得繼續吃著，因為三皇子即便再吃不消，也絕對不會希望讓給四皇子來吃。
三皇子這是既擔心自己擔了諂媚帝王寵妃的名聲，又怕不去諂媚，被旁人得了好處。
褚翌又派人打聽四皇子，四皇子竟然對人說與褚翌是師兄弟。褚翌自覺實在擔不起這師兄弟的名頭，可看來四皇子也不是全沒有爭權的意思。
當然，這種口頭上的占便宜與拉攏，他完全不放在心上。別說不是師兄弟，就是親兄弟，因為給了他一壺春日一醉害他出了洋相，他照舊在承諾過的事情上拖拖拉拉，使得一心盼著媳婦的褚越，至今為止還沒有摸到媳婦的一根頭髮。
褚翌的心眼真不大，一般來說，有仇的話當場就報了，他還沒與四皇子接觸過，便先將怒火燒到林先生頭上，勾了手指叫衛甲過來戴罪立功。
「……辦不好，你就進宮當公公吧！瞧著你打聽事倒是好使。」
衛甲一身冷汗，唯恐被割，連連點頭應下。「屬下一定將事情辦得神不知、鬼不覺，若是但有不妥，自己提頭來見。」寧死不割，留個全屍也比當公公好。

褚翌冷笑。「別作夢了，你最好把事情辦好了，否則死了也得閹割一回。」

衛甲滿頭冷汗自去辦事不提。

第六十五章

說來也巧，褚翌上午見了三皇子，下午巡值就碰上皇后帶著一干後宮女眷賞魚。這麼冷的天，沒花可賞，湖裡也結了冰，確實只能隔著冰塊看看魚了。

林頌鸞的聲音委婉又恭敬。「娘娘仁善，母儀天下之風度澤被萬物，連小小的池魚都心存憐憫，捨不得牠們在冰下沒有吃食……」

褚翌好險沒有嘔出來，不過跪拜之際卻也深深「欽佩」。林頌鸞不可謂沒有本事，有關她的八卦衛甲也打聽出來，回去倒是可以跟隨安那蠢笨的傢伙說上一二，權作啟發她了。

皇后娘娘免了褚翌的禮，複才對著林頌鸞笑道：「哪裡有妳說得那麼誇張？我不過是養得久了，生了些感情是真的。」又喚了褚翌到跟前。「前年見的時候還是小孩子，現在一下子成了大人，能上陣殺敵也能守衛宮禁，不錯、不錯！」

這種帶著高高在上的垂顧令褚翌心裡唾棄無比，心想在皇后眼裡，守衛宮禁比上陣殺敵更重要一萬倍吧？皇后這等人就該投生到邊關，讓她受受東蕃的擾邊之苦，嚇得她日夜不寐才好。

林頌鸞也在悄悄打量褚翌。距離兩人初見已經過去一年，這一年，褚翌的變化更大，他身量更高，眉眼俱開，因在邊關待過，眉眼間多了堅毅，卻因天生俊麗，教人不覺得剛硬，只覺得說不出的華貴好看。尤其是穿著金吾衛的服飾，胸前繡了猛虎，從容之中帶著一抹蓄勢待發。

林頌鸞忍不住拿他跟劉琦鶴比較，這一比就有些後悔了。劉琦鶴完全是個上不了檯面的癩子，死了都有人不想讓他進祖墳的那種。

因為這一點後悔，她便婀婀地走到褚翌跟前，穩穩施禮道：「多日不見，褚師兄一向都好嗎？說起來，還未謝過當日在褚府裡，褚師兄對我的多方照顧。」

這話說的，不知情的人還以為褚翌對林頌鸞有多少情愫呢！

林頌鸞與劉家早已撕破臉，劉家元氣大傷，劉太夫人直接臥病在床，林頌鸞指揮婆子將自己的嫁妝拉回林家，劉家人出面阻止，林頌鸞乾脆扠腰道：「我姨母的龍胎就是你們家弄沒的，現在又想擺弄我？也不怕遭報應！怪不得劉貴妃生不出來，劉家人根子爛成這樣，能有孩子才怪！」親自上陣，一副扠腰潑婦罵街的架勢，劉家人扛不住，林頌鸞便大搖大擺地住回了娘家。

因為宮裡有李貴嬪，林先生又成了四皇子的師傅，所以林家在上京中的地位不降反升，林頌鸞便在家中住了下來，有空就遞牌子進宮，今日便是皇后將她叫進來的。

林頌鸞的一番話頓時引來不少人的關注，皇后也將目光落到他們兩人身上。

褚翌連看也未看她一眼，只對皇后行禮。「稟娘娘，末將職責在身，還要繼續巡守，先告退了。」

皇后身後的女眷們當中便有知情人傳出嗤笑聲。

林頌鸞臉色微紅，到了皇后跟前卻道：「褚師兄一向不愛唸書，往日我唸叨地多了些，他便煩了我，只是因為到底為了他好，便少不得要受些不待見了。」

這般自圓其說，便是皇后也小小地欽佩了下。當然，皇后的心計跟臉皮可是被宮鬥加持過的，與林頌鸞對戲絲毫不見怯場，只見她含笑點頭。「是了，妳年紀大些，性子又沈穩，正該如此。」

林頌鸞聞言立即道：「家父、家母也是如此教導臣女，臣女往日還覺得自己委屈，可進了宮，見了娘娘，方知何為天下婦人典範。娘娘國色芳華，德才兼備，我輩女眷仰慕。」

她如此說，後面的人倒不好再笑話她了，畢竟扯上皇后娘娘，大家都不願意觸霉頭。

卻說褚翌巡檢完畢，不出半個時辰，衛甲也回來了。

衛甲沒有立即去見褚翌，不過他腦袋一直在脖子上好好地待著，可見辦的事應該還算妥當。

隨安一直睡到中午，下午，褚翌各處鋪子的帳就送了進來，因為需要她見收了帳冊簽字，武英就在外面喚她。

隨安應聲出來，接過帳冊，良久沒聽見武英說話，抬頭看他，武英卻飛快地嘟囔一句。「我先走了。」

隨安不知他這是為何，捧著帳冊進屋，想了想去照鏡子。

鏡子裡面的人眉間散開，額頭光潔，眸子含水，她心裡一驚，啪地一下就將鏡子扣在了桌上。

她沒什麼心思地囫圇吞了幾口午飯，接下來算帳、對帳，一點點地盤算著，也將自己那些心思都慢慢壓了下來，如此過了一下午。

天一擦黑，褚翌一臉怒氣地回來了。

衛甲跟衛乙也跟著進來。

總算衛甲沒有蠢到家，終於知道這個長得像隨安的就是那個隨安，沒有什麼雙生妹妹之類。衛甲跟衛乙鬆了菊花的同時，又覺得深深遺憾。八卦嘛，自然是千迴百轉才更有韻味，將軍正正經經地同小娘子勾搭，那就沒什麼好談論了。

隨安上了茶便悄悄溜出來，想找衛甲打聽打聽，褚翌的怒氣到底從何而生？

林頌鸞在宮裡說那番話時，褚翌已經走了，但他回值房不久，衛乙就過來告訴他。褚翌就是因此而生氣，連林先生坐的馬車壞了，摔斷了胳膊都沒教他多高興一分。

「在外面鬼鬼祟祟的做什麼！」屋裡褚翌怒喝。

隨安撇撇嘴。衛甲只動嘴，連眼神都沒分她一個，也不知褚翌隔著門怎麼看出他們鬼鬼祟祟來？

她一扭身往屋裡走，裡衣摩擦肌膚，頓時一通癢痛。都是他做的好事！

她也不高興了。這個褚翌，在外面受了氣，倒是回來對她撒氣。

進了屋也不說話，沈著臉又掌了四、五盞燈，屋裡亮堂了數倍。

到底還是她先開口，深吸一口氣道：「她是個什麼樣的人，咱們不是一早就知道了？人家慣愛往自己臉上貼金，只要眼睛不瞎的都能看出來，你又何苦跟她置氣。」

褚翌抬頭。「誰生氣了？哼！」

隨安快步走過去。「別動！」雙手捧著他的臉，仔細瞧著。

褚翌皺眉。「怎麼了？」老子臉上有蟲子嗎？

隨安嚴肅地點了點頭。「鼻毛有點長，該剪剪了……」

褚翌還以為怎麼了，聞言有點懵，不過也只懵了一剎那，揚手作勢要打，她飛快地往後一仰，眼看著要摔成肉醬，被他的腿一勾，又撲回他的懷裡。

也不過瞬間，兩個人又緊緊地貼在一處。

褚翌勾了勾唇。「想投懷送抱就投懷送抱，還跟我來欲拒還迎這一套。」嘴巴依舊毒舌，好歹臉上鬆動了。「說吧，找我有什麼事？」

「啊？」隨安一呆，接著想起自己早上說的話，心裡卻暗道不妙。

她本是想完成徐嬤嬤的交代，問一問他到底喜歡什麼樣的女子？可他現在心情不佳，自己若是問了，被他以為是著意邀寵也還罷了，就怕他說出什麼更難聽的來。越想越悔，自己昨夜一定是瘋了，不，色鬼上身了！

雖然他折騰了一夜，可她沒覺得多麼舒服，骨頭痛跟肉痛倒是從頭到腳地體會了許多遍。

「莫不是妳誆我回來，故意說有事找我吧？」他見她半晌不做聲，故意做出嫌棄的樣子斜睨她，手上卻相反，伸進她的小襖裡摩挲著掌下細腰，心裡覺得女子嬌小也有嬌小的好處，腰肢細得彷彿一手就能掐過來。

隨安臉上染紅，用手背貼著腮幫子不言語。

褚翌這才認真打量起她的臉色，這一看是越看越滿意，只覺懷中人滿目瀲灩，不勝嬌羞。他情不自禁心中一蕩，被林頌鸞挑起的怒火一下子就換了顏色，大手順著她的腰線往上……

隨安只覺身上幾處紛紛叫痛，連忙縮起身子往他懷裡鑽，嘴裡討饒道：「我還痛。」

褚翌昨夜才算是吃飽，只吃一次怎麼夠味？到底讓他捏住三寸，慢慢揉搓。

好在他還曉得這帷薄之中，女子們都是需要被哄著的，若是一味要強，那頭抵死不從，弄得自己跟個莽漢似的，也得趣不多，便輕聲道：「哪裡痛，讓我看看。」聲音倒是溫柔，可動作絲毫不見打折，隨安身上的對襟小襖經他這番拉扯，很快就散開，露出裡面的一方美景。

褚翌見那桃花瓣似染了血，心裡情知她剛才叫痛不是造假，可自己這裡也痛得很，何況他能體貼她，說到底也是為了自己，可不是寵壞了她跟自己打擂臺的，當下便委屈道：「那我怎麼辦？」

隨安心裡一噎，沈默片刻開口。「我總算知道男子為何要三妻四妾了，因為一個人實在吃不消啊！」

她自忖自己說的這番話既體貼了世情，又婉轉地表達了自己的「羸弱」，十分賢淑。

可褚翌現在精蟲衝腦，聽見她說吃，頓時道：「妳何時替我吃過？」說完更是大喜。

「要不妳替我吃一回吧！」

隨安立時萎了。褚翌大笑，胸腔震動不止。

門外的衛甲擦了擦冷汗。他聽了林頌鸞說那些話都有些受不了，還以為將軍這怒火不知道要燒幾日呢，沒想到才回到家不過一盞茶的時間就解了氣，可見隨安的威力巨大——以後還要遠著她些才好，免得一不留神被將軍給喀嚓了。

隨安也是胡思亂想，一面惦記著徐嬤嬤的問話，一面又覺得褚翌可恨，一點都不肯讓步，恨不能拿鐵扇公主的芭蕉扇，一下將他搧出十萬八千里才好。

褚翌哪裡管她想什麼，只摟住她，纏纏地親上去，嘴裡道：「乖些，讓我親親……就一次好了……」

隨安掙扎無果，只得隨他去了。都說男人在床上食髓知味之後最好說話，不如自己也試一試。

衛甲跟衛乙站在門外，很快就聽到屋裡動靜，兩個人這下連對視都不敢了。雖說跟了將軍以來，他們過上以前不曾過的好日子，也曾偷偷地出去開了葷腥，可到底不如將軍這般有人知冷知熱，教人羨慕。

兩個人面紅耳赤，想的是何時娶個婆娘放在炕上……

嚴婆子跟方婆子剛得了差事，萬事不懈怠，聽說褚翌去了書房院子，便知他這是去找那位隨安姑娘，兩人不敢耽誤，匆匆忙忙從錦竹院過來，上前先打發衛甲、衛乙。「兩位軍爺還不曾用飯，且先去茶房歇息，酒菜片刻就到。」

衛甲猶豫地看了一下房門，嚴婆子知道他所想連忙道：「茶房就在那邊，一眼盡可看見，這裡有我們倆伺候也夠了。」
衛甲不敢，低聲喊了句。「將軍？」
屋裡動靜一停，旋即響起赭翌略變了調的聲音。「退下。」
衛甲連忙跟衛乙去了茶房。
衛乙擦擦冷汗。「剛才你喊將軍，可把我嚇了一跳。」
「怎麼，你沒聽到將軍笑？他要是發怒，我也不敢說話啊！」
「我是怕他說『進來』。」
衛乙說完就看著衛甲，然後雙雙打了個寒顫。衛甲抖了抖豎起來的寒毛道：「應該不會，我看將軍對隨安喜歡得緊，怎麼可能叫我們進去？」
衛乙白了他一眼。「你想得挺美，將軍的精力無窮，你我又不是不知，我可沒以為將軍叫我們進去是讓我們對那誰做啥，我這不是怕將軍對我們倆……那個嘛！」
衛甲剛含了一口茶，噗地就噴出來了。「你能不能想點好的！將軍要是對我們有意思，早就有了，我看你是自作多情！」
衛乙點了點頭。「你說得有道理。」
這兩人在這裡胡亂嘀咕，不是不怕人聽到，而是因為他們倆都是耳聰目明的，曉得沒人聽到才敢這樣開將軍的玩笑。
就像嚴婆子說的，不一會兒就有人提了食盒過來，三葷三素又有饅頭一筐，盡夠吃了。
天色完全暗了下來，夜空中繁星點點，看得出明日又是一個好天。

正屋裡卻是一陣接一陣的疾風驟雨，女子的痛悶呻吟、男子的喘息起伏交纏。褚翌也當真信守承諾，只說了一次，便要將這一次做得比昨夜那五、六次還要綿長醇厚。

隨安面紅身顫、渾身發軟地躺在褚翌身下，只覺自己如那拋上岸的魚，渾身的力氣都洩了。

褚翌卻越戰越勇，似乎精力被源源不斷地補充，精壯的腰身上汗珠密布，幾番強入強出，如驟雨急打芭蕉。

而那芭蕉葉早就不堪負重，跌落在地上，幾乎被捅成了篩子，又如那逃兵，丟盔棄甲，跪地求饒。

褚翌自打回京，時時覺得上京的空氣令人煩悶聒噪，現在好了，終於找出一件能跟上陣殺敵媲美的事情來，自然要做出將軍才有的水準，做出少年人才有的花樣，做出一個將軍的威猛不屈來！

及至雲散雨歇，已經入了深夜，嬌花委頓成了雪白的魚肉泥，將軍倒空了行囊，囊中積攢的精血都恨不能化作魚苗，待日後長出數不盡的魚兒來。

這番活計也是累人，褚翌饑腸轆轆，嚴婆子在外面問了話，立即叫熱水進去，方婆子則帶了人熱膳食。

這次的熱湯好歹沒有全灑出來。

褚翌抱著隨安進去，看見她臉上淚痕，顯是支撐不住，嘴唇微勾，到底將到了嘴邊的笑意壓下，心裡軟道：「我抱著妳洗。」

這一番洗下來，又是裡裡外外的，可憐嬌花又被熱湯熏出無數淚來，身體抽搐顫抖沒法自控，只有牙齒還存了些力氣，正好靠在他下巴上發狠地啃咬。

可惜她那點力氣，連讓褚翌說「輕一些」的話都不好意思開口，任憑她咬來咬去，只將兩人洗乾淨，又大步從浴桶裡面邁出來。

房裡的被褥已經重新換過，捂上了湯婆子，屋裡先前的氣味散盡，微冷的空氣教褚翌微微皺眉，便走到床邊將隨安塞進被窩裡。

第六十六章

嚴婆子提著食盒，方婆子搬桌子，兩個人毫無聲息地擺好飯菜，又毫無聲息地退了下去。

褚翌深覺滿意，看了看桌上，盛了一碗雞湯端到床邊，如同餵幼貓似的，托著她的頭餵食。

餵了大半碗雞湯，見她眼底倦容明顯，褚翌便道：「妳先歇著，我吃完飯再來陪妳。」

隨安其實昏昏沈沈，早就想入睡，可她還想著試一試現在的褚翌究竟好不好說話，便強忍著睏意道：「我真有事跟你說呢，你先吃飯吧！」

話雖這麼說，等褚翌坐下吃飯時，她還是趴在枕頭上睡著了，直到褚翌身子微涼地掀開被子進來才算是清醒了些。

而褚翌，到現在也不見一點疲憊，精神奕奕地笑著將她攬在懷裡道：「到底什麼事教妳這般記掛？」

隨安想了想，略猶豫地說道：「想向你打聽點事，我也是受人所託。」其實是破罐子破摔。

「說吧！」他不甚在意，伸手摸著她的肩頭。

「你跟老夫人說過要娶個自己喜歡的，我受徐嬤嬤所託，要問問你喜歡什麼樣的？」到底還是扛出徐嬤嬤的大旗，不過她覺得自己也夠敬業了，身心難受，還要問這種話。

「難怪呢……」褚翌笑，不過並未說難怪什麼，伸手捏了捏她的鼻子。「妳倒是個賢慧的。」

隨安抖了抖。「我不想賢慧，可我也得有那本錢才行啊！」

褚翌以為她說的是體力，不禁得意，笑著道：「我喜歡妳這樣的。」

隨安點頭表示了解。

褚翌眉頭一挑。「妳倒是說說，妳是個什麼樣，又要怎麼回徐嬤嬤的話？」

「左右不過識禮知書、溫柔大度，不過我覺得這些都是其次，最重要的應該是心裡特別地稀罕你才行……」

褚翌聽了將頭埋在她肩上呵呵笑了一陣，心裡柔軟，很認真地摟著她道：「妳好好的，一日、兩日的，我能寵著妳，不教人知道。可能瞞住一時，卻瞞不住一世，教外人知道我要了妳，妳卻沒名沒分，這又有什麼好的？撇開我不說，大家看妳也不是個正經事……總是開了臉放在身邊方能教人放心。」

褚翌本是說得掏心窩的知心話，換作其他世家子弟，這就是寵妾的節奏了，可隨安聽了卻翻身從他懷裡溜了下去，趴到枕頭上不肯搭腔。

這就是不領情的意思了，褚翌臉色瞬間陰沈下來。

只是身體太過舒坦了，往日應該頓時傾洩而出的怒氣也跟著減少了，他挪了一下身子，俯身過去將她重新摟住。

隨安順從地靠在他的肩上。

她從來都知道，跟這個人硬碰硬是行不通的，若是她捨了身子還依舊表示對妾室的不屑之心，結果只會是他暴怒，自己也沒了活路，死都死得不體面。

可是隨著褚翌議親的事被褚家提到檯面上，她知道到了自己該做出決斷的時候。

若他對自己沒有男女之間的心思，她厚著臉皮在褚家打工也無所謂，可事情的發展總是超出預料，他偶爾為之的示好如晨露一樣浸潤了她的心，令她嚐到了清甜的滋味，接下來的事便做得有些孤注一擲了。

可惜她擲出去的並不能換回一份天長地久。

人生無非六個字——不要怕，不要悔。她既然做了，自然是曉得後果。

褚翌見她順從，以為她剛才是抹不開臉，心裡就放鬆了，剛要入睡，卻突然察覺自己肩窩那裡一片濕漉漉。

他這才知道她心裡還在計較那番安排，不悅又湧上了心頭，卻耐著性子道：「好了，妳不願意說，那就不說，就算大家心知肚明，也沒人敢為難妳。」

在他，這就是他最大的體貼了。

可隨安只想打他一頓。她還沒有迷戀他到了捨棄臉面，不要自尊的地步。

咬了一下舌尖，眼中的淚流得更洶湧了，浸濕了他的中衣。

褚翌將她扶起來，無奈地在心底嘆了一口氣。「為什麼哭？」見她眼睛都哭腫了，心裡一痛，低低道：「往日覺得妳是個明白的，怎麼越大越糊塗了？」

隨安乘機伸手摟著他的脖子，嗚嗚地哭了起來。

褚翌撫著她的背，等她哭得差不多了，才問：「妳說吧，我能滿足的，便盡力滿足妳。」哪怕現在讓老子不成親就先抬妳當姨娘呢，就算頂著挨頓揍也會辦妥的。

他這點溫柔，教她心裡愧疚多了兩重，哽咽著開口。「我一想到……你對我做的事……再對別的女人做，我就心裡痛得沒法活……」

褚翌張著嘴，說不清自己的感覺，是應該高興還是應該生氣？這蠢貨明明之前還說男人應該三妻四妾，這會兒就嫉妒起那些沒影的妻妾來了？變得也忒快了吧？

她這樣心痛，說明心裡在乎他，他是應該高興，可沒法活，這該怎麼接？教他一輩子只守著她一個？這話他敢應，她敢說嗎？

褚翌這會兒有點後悔自己剛才「一鼓作氣」都交代給她了，還不如當時稍微按捺，保存體力待後續。不是有人說過，女人哭哭啼啼，都是男人在床上沒餵飽嗎？

她有這胡思亂想的時間，不如有那伺候他的體力啊！

明明他沒怎麼動彈，她先成了水，每每逼著他快快完工，像給她上刑似的。

隨安也深諳一鼓作氣的道理，是以雖然他的輕拍讓自己非常順從想要入眠，她還是睜著一雙紅通通的杏眼跟他說道：「你把我送走吧，送到鄉下，我看不到，那傷心就少些；你若是想我了，就去看看我，我也能騙騙自己，說你只是我一個人的！」

她自忖這話說得委曲求全。褚翌若是想坐享齊人之福，這便是最好的一條路子。誰知褚翌聽了，卻一巴掌呼到她的臀上，然後惱怒道：「妳想得美！不睡就還來一次！」

眼瞅著不成，隨安也怒了，她跳起來想找他理論，結果沒估計好角度，牙齒磕碰在他下巴上，他還沒吱聲，她已經痛得摀著嘴，眼淚嘩嘩嘩的。說實在，這眼淚流得比剛才那兩頓真心實意多了。

褚翌伸手摸了摸下巴，沒出血，但凹進去一塊。

「我看看妳的牙，把手拿開。」他拍開她的手，去晃動她的牙齒。

隨安噭噭地亂叫，嗚咽著道：「別搖了，再搖就掉了！」

屋外的衛甲跟衛乙值夜，衛甲對衛乙豎起大拇指。「將軍的精力真是這個！不服不行！」

衛乙的頭上頂著一個大寫的「服」，鄭重其事地點了點頭。

兩個人分了上、下夜，然後分道揚鑣。

屋裡，隨安眼瞅著自己的辛苦籌劃就要無疾而終，眼淚流得更歡快了，卻不敢大鬧，只哭道：「我的乳牙都換了一遍了……嗚嗚，這要是掉了，就再也長不出來了！」

褚翌實在忍不住，轉過身子朝向床外，悶聲笑了起來。

隨安乘機撲到他懷裡大哭，哼道：「你就允了我吧，我想了好久了！」

溫香軟玉滿懷，褚翌的意志就是鐵鑄的，這會兒也略鬆動了些，拍著她的肩頭說：「妳就篤定我會娶一個妒婦是不是？就不信我找個賢慧大度的？妳看我母親，不是父親要納妾就納妾，要找通房就找通房？」再說他那親事連個影都沒有呢！

隨安心道，教我嫁個能當爺爺的男人，我還恨不能他去找旁人呢！只摟著他的腰身一個勁兒地揉搓。「我不管，反正教我想想你同別的女人一處，我就心痛得喘不過氣來，到時候要是真做出什麼事，後悔也無濟於事！」

她雖沒有明說，但那話外的意思褚翌卻明白了，當下心裡略添得意。母親對著父親，肯定不是多麼情深義重，父親去姨娘、通房那裡，母親跟沒事人一樣，可隨安這種送鄉下別居的想法著實出人意料。不說別的，他要見她，難不成還要大老遠跑出去？那樣跟偷情有什麼區別？

隨安倒是有心添一句。「你不許我走，我就偷跑。」但心裡又怕這話惹起褚翌更大的怒火，只好用溫和的法子跟他撒嬌。「爺，將軍，大人，好弟弟，你就允了我吧！」

褚翌瞪她。「妳喊我什麼？我看妳欠收拾是真的！」弟弟？他哪裡比她小了？

這一夜，兩個人算是不歡而散。

隨安也不肯陪睡了，穿了衣裳、抱著湯婆子就跑回自己住處。

褚翌恨得無法，深覺自己是慣得她無法無天，所幸已經飽餐一頓，撐個兩、三日應是無妨，便也下定決心要冷冷她。

不給她點顏色瞧瞧，她就要蹬鼻子上臉，坐他頭上屙屎了！

可是這種想法沒能堅持多久，屋裡少了一個人，感覺溫度都跟著下降了一半似的。

他一會兒覺得隨安這是太在乎自己了，所以才擔驚受怕；一會兒又覺得隨安的念頭怎麼琢磨都透著彆扭。別人家的通房、姨娘、丫鬟之類的，不是應該整日地想著如何霸占著男人，力求在寵妾的大道上縱橫馳騁嗎？怎麼在隨安這裡，她愛他的表現就是自己跑鄉下去？

這種思想怎麼這麼詭異？

但要說隨安不喜歡自己——褚翌先將這種想法摁死了。

可屋子裡越來越冷，他氣得用腳用力地砸床。

隨安那頭聽見了，不過她仍只是用力捲了捲被角，很快就睡過去了。

因為睡得熟，所以沒聽到褚翌高聲喊著，叫梅香過來。

梅香來了，誰料芸香也跟了過來。芸香是自己主動來的，話說得好聽。「九老爺要是發火，兩個人也能分擔分擔。」

梅香不大願意。「九老爺主動叫我，妳也跟著不大好吧？」

即使她這樣說，芸香也不願意錯過這次機會。「我就過去看看，就當我陪妳過去，九老爺要是留下妳，我就再回來唄……」

她都這樣講了，梅香也無話可說，說多了，兩個人可就撕破臉了。現在九老爺叫她會發生什麼事還不知道，為了個未知的（九成九看起來是不好的）結果而得罪人太划不來。

於是兩個人一起去了書房小院。

褚翌叫「梅香」只是為了氣隨安，想看她到底多愛他，會不會拿刀衝進來之類？但當嚴婆子過來，小心地道：「梅香姑娘跟芸香姑娘過來了。」他就先想拿刀了。這兩個女人把他當成什麼了？見面分一杯羹的肉羹嗎？

嚴婆子在門口站了一刻鐘，褚翌就煩了一刻鐘。隨安那頭沒動靜，當然說不定她正趴在牆上聽他動靜呢！可他想來想去，依照她的性子，很有可能已經入睡了。

這種想法讓他心痛。她倒好，折磨得他睡不著，自己卻跑回屋裡睡香了。

「讓她們都走！」褚翌發火。

梅香這下真的想死一死了，她轉身，捣著臉，大哭著跑了出去。

嚴婆子跟方婆子對視一眼，一個去勸芸香。「九老爺心情不好，也沒打罵梅香姑娘，梅香姑娘這樣跑了，不是做奴婢的樣子，芸香姑娘應該去勸一勸她，才好全了妳們的姊妹情誼。」

另一個快步跑出院子，沒等梅香哭兩聲就先拉住她安撫。「九老爺只叫了姑娘一個，現在來了兩個，九老爺有什麼事也不好做，反而羞惱了。姑娘快別哭了，免得在芸香姑娘面前失了體面……」

這兩個人都是經事的人，沒有那些三姑六婆看熱鬧不嫌事大的心態，一打一壓的，梅香跟芸香都老實了。

褚翌仍舊翻來覆去地睡不著。

他是有心給隨安一個下馬威，但用來做下馬威的對象實在不好找，換言之，他對著梅香、芸香下不了嘴。

身體明明疲憊至極，偏偏難以入睡，乾脆起來，他直接穿了中衣就去隨安睡的耳房。夜風冰涼刺骨，他還有心想著，不如將耳房通往正房的門打通，這樣夜裡也不用吹冷風了。

隨安挨著枕頭陷入深度睡眠，夢中只感覺一個冰涼的身體靠近自己，噘了噘嘴，聞著像是褚翌的味道，便委委屈屈地翻身，主動靠進他懷裡。

被窩暖和，美人軟和，褚翌便將先前的悶氣挪開，閉上眼很快地睡著了。

嚴婆子聽屋裡沒有動靜，方與方婆子笑一笑，兩個人也跟著歇下。

這次不到寅時，隨安就醒了。褚翌臨睡前覺得她表現尚好，便很大方地含著她的唇纏綿了一番，將她弄得口乾舌燥，肚子裡越發覺得饑餓。

忍下睏意，伺候他穿上衣裳，武英帶人上了早飯，等閒雜人等退下，他便拉她。「坐下一同吃些。」

此時天還不明，屋裡掌了燈，燈下看美人，別有一番滋味。

褚翌見她垂首握著竹筷，微微露出纖細白嫩的脖頸。順著脖頸往上，是肉乎乎的耳垂，彷彿比臉還要白一分的耳朵，這也是他十分喜歡咬來咬去的一個地方。

褚翌總算確認，這幾番雲雨教她褪去了青澀，整個人顯出一種又軟又暖的嫵媚，竟是讓人看了就想收入懷裡，藏在衣底，好好地揉搓幾番才好。

只是模樣雖然有了變化，心智卻彷彿還是從前一般，想一齣是一齣。

他目光灼灼，隨安再淡定也有些食不下嚥，便放下筷子。

褚翌反倒覺得有人陪著吃頓飯挺好的，道：「冬日無事，妳等我走了，再回去歇息就是。」

隨安乘機道：「那要是徐嬤嬤來問我話，我可照你說的回了啊！」

褚翌點頭，伸手捏了一下她的臉。「妳這醋吃的。妳放心好了，以後的主母定然是個胸懷坦蕩、溫柔賢淑的人，我不會教她虧待了妳去。」

隨安在心裡嘛嘴。想得美，胸懷坦蕩、溫柔賢淑，說不定是人家看不上你呢！

褚翌走的時候，吩咐嚴婆子找人將耳房跟正房的那堵牆打通。「也不用安門，就掛一道簾子好了，簾子前面放一座屏風。」

第六十七章

今日進宮當值，卯時本是上朝的時候，不料大臣們很快就散了。

褚翌在外面巡視時知道這個消息，還不知道實際情況，吩咐衛甲去悄悄打聽，他先回值房。

沒想到平郡王竟然在值房等他。

按子姪禮給平郡王見禮，平郡王笑道：「知道你過來當值，一直想來看看，今兒正好得空就過來了。」

平郡王深諳天潢貴胄之間的說話技巧，是絕對不會說什麼「我曉得皇帝為何不早朝，過來找你分享分享」之類的大白話。

褚翌則想著褚鈺的抑鬱寡歡，面上對平郡王更恭敬了兩分。褚鈺若是個慫包，就算德榮郡主喜歡，平郡王也絕對不會允婚；可優秀如褚鈺，在郡主無子的事上，也只敢找自己這個親兄弟喝喝悶酒。

接過褚翌親自遞過來的茶，平郡王很給面子地喝了一口，而後道：「許久不曾見你父親了，他身子可還好？」

「父親尚好，就是天氣驟冷，有些不愛動彈，在家裡逗弄幾隻畫眉。」褚翌答道。

「有個愛好挺好，還有一等人，偏喜歡參禪悟道的……」他笑著搖了搖頭。

褚翌想起李家送到太子身邊的那個道士，眼眸一沈，不動聲色地道：「道家修今生，佛家講來世，總歸是有道理的。」

平郡王呵呵笑。「你說得是，沒想到你小小年紀也知道這個，不錯、不錯。」

等平郡王走了，褚翌眼睛盯著桌上只喝了一口的茶水，良久沒有動。

下午就傳來消息，渾源宮住了個道士，陛下沒有早朝，顯然跟這個道士有關。

褚翌深為不齒，再次覺得皇帝是老糊塗了，而太子是糊塗蟲生的糊塗蛋，也好不到哪去。

褚翌一想到太子，怠工的心思便急劇上升。

他這會兒倒是盼著李玄印的二兒子李程樟趕緊反一反，好教皇帝跟太子清醒清醒。

可惜李程樟因為朝廷才打了勝仗，士氣正旺，府裡又有其他兄弟與自己爭權奪利，所以很有些內憂外患，光顧著保全自己現有的權力就不容易，怕是一旦自立為王，就要受內外夾擊，死無葬身之地。

林先生翻車一事，教林家好一通忙亂。林太太一面叫人去找大夫，一面叫人去宮門處守著，等林頌鸞一出來就回林家。

等林頌鸞忙完，天已經擦黑。

她站在廊下的燈影裡，望著濃稠得彷彿要吞人的夜，心思跑到了宮中那一幕。

沒想到許久不見，褚翌已經遠遠地走在了他們的前面。從前，她只覺得他除了家世跟長相，其他一無是處，就是那武將家世也沒什麼可羨慕的，可現在看來，還是她小瞧了人家。

小李氏進宮，拋棄了褚家，她雖然羨慕嫉妒，可作為小李氏的家人，她那時候在面對褚家時，心裡是痛快的，是驕傲的。

可沒想到，老太爺對失去小李氏根本無動於衷，褚家更是無人議論，彷彿小李氏進宮跟褚家完全無關；而褚翌之後，在東蕃侵擾之際悄然從軍，不曉得該說他天縱之才，還是運氣好，反正他如今是大梁炙手可熱的武官，是最年輕的小將軍。

想起他在宮中對自己的不屑一顧，林頌鸞呼吸一頓，過了一刻鐘才將那糟糕透頂的情緒輾碎，而後重新為自己的未來謀劃。

想到失了龍胎的李貴嬪，她不禁輕嘲一笑。姨母自詡聰明，到底有眼無珠，錯看了劉家，更害了她頭一段姻緣。她令她失了孩子，算是對自己的補償，只是以後這情分還是淡下來得好。

太子羽翼已豐，又有皇后全力扶持，當初小李氏投靠劉貴妃才是真正的火中取栗，為人作嫁。

而她現在要做的，便是讓皇后看到自己的價值，成為皇后的有力臂膀，這樣她才能徹底擺脫之前婚姻的陰影，重新站在上京勛貴高門世家的面前。

第二日，她便遞了牌子求見皇后。

日子很快就到了年底。

除夕宮宴，皇后便乘機向皇上進言。「陛下寵信劉家，妾身自不會說什麼，可陛下也是天下萬民的君父，您也要考慮考慮那林姑娘今年才堪堪十五，正是豆蔻年華，讓她從此青燈古佛，是不是太殘忍了些？何況此事劉家確實有錯在先……」

皇帝被那道士一通點撥，已經有些了然生命繁衍、循環往前的意義，對太子的父愛也增加了不少，自然對劉家就多了許多往日裡忽略的意見，此時又聽皇后輕聲細語地娓娓道來，便點頭道：「皇后是國母，此事妳做主，貴妃也不會說什麼的，是吧？」還歪頭問了一下面容憂鬱的劉貴妃。

劉貴妃已經多日不見皇帝，正是因為皇上被那道士纏住，現在好不容易盼來皇帝的問話，正要回答，皇后娘娘卻開口道：「謝陛下隆恩，臣妾思量著宮裡子嗣不盛，這些年好歹有太子跟幾位小皇子承歡膝下，可竟是無一個公主降臨。林家姑娘是李貴嬪的外甥女，可喜性子穩重，臣妾也喜歡得不行，竟是一日都不想離了她一般；加上宮中並無公主、皇女，陛下如若允准，臣妾想收她做義女。」

劉貴妃的臉色白了白。時至今日，她才明白皇上的寵愛猶如晨霧，說散就散，眼神也更加憂鬱。

皇上琢磨，看了一眼劉貴妃，覺得她比往日更加嬌弱軟弱，便道：「妳喜歡就讓李貴嬪接她進來陪伴就好，何必非要收為義女？到底新寡，沒得壞了皇后的名聲。」

皇后繼續笑道：「還是陛下思慮周到，只是臣妾確實看她可憐，不如給她指一門親事？」

皇帝想著剛才已經駁了皇后一次，若是再反對就顯得有些不近人情，便道：「也好。」

皇后對林頌鸞的這番看重，並非是因為林頌鸞先前爆出劉家醜事，而是因為皇后發現了她更深的價值。

經歷東蕃一事，皇后也承認，治國之道須有文臣，更少不了武將，褚家便成了皇后跟太子拉攏的首要目標。

只是老太爺並不接招，褚家族中其他人在朝中為官的官職也不高，現在好不容易有個三品的金吾衛副指揮使褚翌，皇后便打算先拿下他再說。

林頌鸞是個寡婦，說實在並不是最適合的人選，可眼下自己這邊也的確沒有其他適齡婚配的小娘子了；何況皇后賜婚既是拉攏，更是震懾，她要向褚家傳遞一種雷霆、雨露俱是君恩的態度。

上層勾心鬥角，底層風平浪靜。

自從上次說離開未果，隨安也沒再繼續提起。褚翌見她老實，過年不僅賞了她兩百兩銀子，還允了她三天假，讓她初三回來當差。

隨安便同褚秋水一道包餃子。

他們認識的近鄰無非是房東老倆口跟宋震雲，房東老倆口互相為伴，並不孤單，可宋震雲是一個人，老婆沒了又沒有子女，孤孤單單的。

隨安就道：「爹，要不您把宋叔叫來，讓他與我們一起過年吧？」

褚秋水正努力包餃子，聞言道：「不用，妳要是不回來，我叫他過來；妳回來了，就用不著他了。」

「爹，您這麼耿直，會沒有朋友的。」

「爹有妳就夠了。」褚秋水笑得心滿意足。閨女越長越能幹，越長越好看，真是一個頂外面的一百個。

隨安只好努力擀麵皮，很快就弄得案板上滿了，可褚秋水的速度一直快不起來，她催促。「爹，快點，動作怎麼這麼慢！」

褚秋水放下麵皮，也不脫圍裙，跑到宋家大叫。「小宋，過來幫我包餃子！」

宋震雲也在和麵呢，直接拿了自家的東西一塊兒搬過來。

他速度很快，隨安漸漸趕不上，褚秋水見閨女流汗，心疼了，叫宋震雲去擀麵皮。「閨女，咱倆一起包。」

然後父女倆一起被宋震雲完虐，心塞得不是一星半點兒。

以前在鄉下，年夜飯就是一頓餃子，來了上京才知道，原來年夜飯也要做一大桌菜，當然餃子也是不可少的。炸茄盒、炸藕盒、肉丸子、雞鴨魚、滷豬肉……隨安各挑了一半叫褚秋水給宋震雲，讓他拿回去祭祀天地，然後三個人在褚秋水這裡吃年夜飯。

外面的鞭炮聲漸次響起，沒有停歇的時候，隨安在屋裡泡了茶，褚秋水跟宋震雲都穿戴一新，出去看煙花。

她笑咪咪的，只希望這樣的歲月靜好能永遠這般繼續下去。

辭舊迎新，又是一年新春。

初一拜年，褚秋水在上水鄉沒親戚，在上京就更沒有了，拜年也只是給房東夫婦拜一個，給宋震雲拜一個。隨安是姑娘家，連拜年都省下了，父女倆吃過了早飯，在屋裡守著炭盆烤紅薯跟栗子。

褚秋水被宋震雲帶出去見識了許多事，心境比之從前要開闊許多，問隨安。「妳不出去走走？看有喜歡的東西買一點。對了，妳今年十月初八就應該及笄了吧？」

隨安剝栗子的手一頓，沈默地看了他一眼，然後轉過頭去幽幽地道：「我去年就滿十五了。」

「……」

雖然褚秋水記錯了她的年紀，但隨安也沒怎麼生氣，畢竟褚秋水的不可靠她早就領教過了，相處的時候也習慣了。

反倒是褚秋水的臉一下子紅了，很不好意思，手裡的栗子沒剝乾淨就往嘴裡放，結果一下子嗆住，大聲咳嗽起來。

隨安慌忙站起來替他拍背。「怎麼不小心些啊？」

手一接觸褚秋水的背，一下子頓住了，褚秋水背上沒幾兩肉。

她緩緩收回手，轉身給他倒了一杯熱茶，認真打量他的臉色。

來上京之後的日子還算是好的，這幾個月心神舒暢，看著要比沒來上京之前好看許多，但褚秋水底子薄，早先失了調養，吃得多了還會脾胃不合，所以一直沒胖起來，只是臉色比之前好看許多。

他本來年紀就不大，加上心性單純，所以容貌看上去就像二十剛出頭的樣子。

隨安心中一動。先前只想著自己不嫁人，父女倆相依為命，卻沒有正經地想過，褚秋水想不想再娶？或許父親更希望有個知冷知熱的人來照顧自己的生活起居也不一定。

「爹？」她試探著喊了一聲。

褚秋水哇地哭了出來。

「您這是怎麼了？過年不流眼淚啊！不吉利。」她連忙安慰。

「嗚嗚，都是爹沒用，隨安妳千萬別丟下我啊！」

褚秋水的眼淚說來就來，慌得隨安心裡一痛，連忙扶住他的肩膀大聲道：「您都想些什麼啊？我丟了誰也不能丟了自己親爹啊！」

褚秋水止住淚，抬起頭來認真地瞅著她。「真的啊？」

隨安重重點頭。「那是，您可是我親爹！」

褚秋水破涕為笑。「是，妳是我親閨女！」

隨安擦了擦額頭冷汗，不敢再試探，直接問：「爹，您年紀也不大，想不想再娶個妻子？」

褚秋水如驚弓之鳥，連連搖頭。「不要了，還是不要禍害人家了。」

說他耿直，他不僅對外人耿直，對自己也夠耿直啊！

「怎麼是禍害人家？這種事總是你情我願、兩廂情願，我是想著自己又不能天天在家，現在租著人家的宅子還好說，要是我們買了房子，或者將來重新回鄉下，總要有個人照顧您生活起居才好。」

褚秋水卻堅持搖頭。「我不要。」

「您就不想再給我生個弟弟？」隨安覺得自己像循循善誘的人口販子。

「不想。」褚秋水堅持著搖頭，看了一眼隨安道：「若是生來隨我，到時候更是拖累了妳。」

好吧，大過年的，說娶親這個話題太沈重，可再轉話題，父女倆也都失了興致。

隨安想起自己剛來的那段日子，戰戰兢兢，逼著自己收斂起前世所有的性情，彷彿一夕之間老了十歲。

前世的她，天真活潑，意氣風發；現在的她，沈著冷靜，喜歡權衡得失。

相比幾年前，他們家的日子算是好過得多，可是她總覺得，這種日子就像行走在綠草如茵的懸崖邊，風景好看，然而一不留神就可能掉下去，粉身碎骨。

褚翌不可能給她什麼正經的名分，她也不要想什麼名分，她想過的日子是平平淡淡，是依靠自己的能力在這裡好好地生存下去。

正想著事情，褚秋水卻突然起身往外走。她跟著看了一眼，然後笑了起來。「看著天悶悶的，沒想到是下雪。」

旋即想起，今日褚家許多女眷是要進宮朝賀新年的，這會兒應該從宮裡出來了。

皇宮是個從來不缺腥風血雨的地方。

在這裡，你不算計別人，別人也會算計你，最沒用的宮人會被打發去刷馬桶，可就連刷馬桶的人也分三、六、九等。

褚翌今日仍須按時當差，因此送母親跟大嫂等人進去後，他就回去金吾衛的值房。然而辰時不到，衛甲就匆匆過來稟報。「老夫人被遣送出宮了，說是殿前失儀！」

褚翌大驚。母親身體很好，又一向禮儀規矩，怎麼會殿前失儀？何況還有大嫂、六嫂等人陪著。

他交代衛甲一聲，便匆匆往宮門那邊趕。

褚家的馬車很顯眼，他跑出宮門，正好看見大嫂跟六嫂扶著母親略顯狼狽地上了馬車，身旁站著一個一臉關切的人，身上穿的是宮製的大紅底子繡黃色芙蓉花的褙子。

褚翌以為是皇后身邊的女官，疾走兩步，卻發現是林頌鸞。

林頌鸞幾乎快要貼到老夫人身上，急急地說：「伯母您聽我說，我一定會在皇后娘娘面前為您美言的，您先不要擔心，回去好好將養……」

褚翌腳下一頓，略過林頌鸞，站在車門前喊了一聲。「母親？」

馬車裡傳來幾聲低咳，過了一會兒，六夫人掀開車簾，同大夫人一起下來，對褚翌道：「九弟，你上去看看母親吧！」

褚翌點點頭，掃了一眼，發現她們倆臉色灰敗，十分不好，心中更是一沈，踩了腳凳進車廂。

身後，林頌鸞急急地喊了一聲。「褚九哥。」

褚翌沒有理會，而是先打量母親的臉色。

老夫人的臉色比大夫人和六夫人更加不好。過年應該歡喜，她身上特意穿了一件簇新的內命婦誥命服，本來顯得臉色白皙紅潤，可現在看起來像被蒙上一層霧氣似的，教人心裡堵得難受。

「母親，您怎麼了？哪兒不舒服？」褚翌說著伸手去扶母親。

老夫人一下子抓住他的手，指甲掐在他的手腕上，微微顫抖。褚翌連忙跪過去，讓她靠在自己懷裡，然後對外面的車伕說：「回府！」

林頌鸞瞥了一眼宮門外的侍衛，緊追了兩步，顧忌著自己的臉面，停下腳步，手裡的帕子卻揉成一團。

馬車裡面，老夫人一直沒有說話，褚翌問過之後也沒有再問，而是伸手輕輕順著母親的後背。

直到進了褚府二門，老夫人才低低說了一句。「你父親這是送了一窩毒蛇進上京啊！」聲音裡帶著深深的恨意。

褚翌喊了一聲「母親」，老夫人抬手止住。「你不用管，先回去當差，記得去皇上面前請罪，等晚上回來咱們說話。」

第六十八章

褚翌下了馬車，親自扶老夫人出來。

說是回去當差，但他就這麼走肯定是不行的，宮裡發生的事他要回去打聽，家裡的應對他也要早些知道。

可安排誰呢？嚴婆子、方婆子雖好，卻進不了徵陽館；錦竹院的芸香、梅香就更不用說，占著通房的名義，尋常不大出門，怕遇上外男；武英、武傑是小廝，打聽外面的事還可以，老夫人屋子裡面的事就打聽不出來了……

想了想，他招手叫武英進前，附耳囑咐了幾句。武英點了點頭，從角門悄悄地出去了。

隨安正打算給外出踏雪的褚秋水送傘，武英跑了過來，喘著氣道：「隨安姊，九老爺讓妳回家，有事找妳！」

「九老爺不是當差嗎？怎麼了這是？」隨安說著讓武英進屋。「我換件衣裳。」

武英連忙搖頭。「不用了，這樣就挺好，快走吧，事情我路上跟妳說。」

褚秋水原也沒走遠，看見武英來，很快就回來了。隨安沒有遲疑，跟他說了一聲，就跟著武英往外走。

在路上，隨安問：「到底什麼事？」

武英道：「到底什麼事，九老爺也還不知道呢！說是老夫人在宮裡失儀。九老爺還要回去當差，打發我過來找妳，是想讓妳聽聽到底是為了何事？」

隨安點了點頭，兩個人剛走到大街上，後面一頂兩人抬的小轎子追了上來，本來超過了他們，卻又突然停住。

隨安跟武英只顧埋頭趕路，本沒在意，突然聽到一個聲音。「隨安？」

隨安一驚，站住一看，見竟然是林頌鸞，便道：「劉大奶奶。」主動行了一禮。

林頌鸞清雅高傲的面孔微微一僵，繼而笑道：「該改口了，妳仍舊喊我林姑娘吧！妳這是同武英從外面回去？可要捎妳一程？」

隨安看了一眼那小轎子。「不敢煩勞姑娘，這就到了。」她笑了笑道，打算繼續走。

誰知這漫天雪地裡，林頌鸞卻突然有了敘舊的心情，她也不下轎子，就拉著轎窗簾子說話。

「自從搬出褚府，父親一直唸叨妳沖茶的手藝，還當咱們緣分斷了，誰知冥冥之中自有安排，說不定啊，以後咱們就是一家人了。」

隨安心道，妳想當我後娘，還得看我跟我爹答不答應！可她也知道林頌鸞說的一家人，絕不是真嫁給褚秋水，心裡有個更大膽的猜測，說不定今日老夫人失儀就跟林頌鸞有關。

林頌鸞看著隨安的笑，想起接連兩次褚翌對自己視而不見，心裡忍不住湧上一陣惡意，眉頭一皺，用近乎惡毒的口氣道：「我母親體弱多病，一直想找個人伺候父親，聽說父親原來在褚家也是由妳照顧，我瞧著妳就挺好的。」

隨安不由得驚訝，這是林頌鸞連續第二次說起林先生。

林頌鸞這樣說相當於暗示隨安，她或許會向褚府要隨安過去給林先生做妾或者做丫鬟，而林頌鸞現在是絕對沒有這種能力的，她這樣說，就表示在不久的未來，她或許擁有能左右隨安命運的機會！

不管怎樣，這話裡面都是惡意滿滿。

隨安壓下心底想法，面上依舊笑道：「林姑娘過獎了，林先生初進京時我才十來歲，就是現在，也才十二，哪裡是能做大事的人？也就是幫著九老爺抄抄功課，其餘的事可不敢攬到自己身上，免得一不留神，風大閃了舌頭。」拜褚秋水所賜，她虛報一下年齡，一點羞恥都沒有，反正她看上去很嫩，一點也不用裝。

林頌鸞很生氣，沒想到隨安這麼回應自己，最後還諷刺她小心風大閃了舌頭。

她不想在一個丫鬟面前失了風度，道：「既然妳不用我送，那我就先走一步了。」說完就放下簾子，吩咐轎伕起轎。

隨安跟武英頂著風雪往褚府趕。

到了角門，看門的婆子已經得到囑咐，急急道：「怎麼才回來？府裡禁嚴，不讓隨意走動了。」

兩個人慌忙往徵陽館趕去，免得被巡邏的婆子抓住治罪。

誰知到了徵陽館，發現徐嬤嬤、紫玉等人也都在徵陽館外面，進府這麼多年，這種事她還是頭一次遇到。

隨安想著褚翌的吩咐，看了看身上衣裳，與其他人的不盡相同，咬了咬牙，披著滿肩頭的雪花輕輕走到紫玉等人旁邊。

紫玉目不斜視，一動不動，用低得不能再低的聲音問：「妳怎麼回來了？」

隨安同樣學她的樣子目視前方。「想給徐嬤嬤跟妳們拜年來著。這是出了什麼事？」

紫玉道：「不曉得。」

隨安聽了紫玉的話，心裡不由得嘆氣。這麼大的陣仗，可見事情是非常不好，就是不知道到底出了什麼事？

進宮的大夫人等人應該知道，可大夫人並不在這裡，若是事情很大，大老爺應該會過來才是。

隨安又問紫玉。「大老爺過來了嗎？」

沒等紫玉回答，就見大老爺拖著腿，大步走了過來。

隨安靈機一動，上前對徐嬤嬤道：「嬤嬤，進去給大爺通報一聲吧？」話雖這麼說，心裡卻在哀號。她平常是最不喜歡做這個出頭鳥的，可褚翌的吩咐不能不聽，還不能打了折扣地做，只好出此下策。

徐嬤嬤嘴唇抿得很嚴厲，淡淡看了她一眼，然後親自進去通報。

隨安乘機往院子裡面瞧了一眼，當然什麼也看不到。平日老夫人雖然不大管事，但徵陽館裡，每日也是人來人往，十分熱鬧，現在一下子靜下來，教人看著分外淒涼。

隨安又琢磨失儀這個詞。說重了那是冒犯天顏，說輕了，不過是禮儀上做得不夠，現在褚府這般重視，那肯定就是大事了。

遇到大事，將丫鬟、婆子們趕出來，好與人秘密商量，這也說得過去，就像上次她回來稟報褚翌受傷的事，當時也是只有她、老夫人跟老太爺三個人說話。

話說老夫人將人趕得這麼遠，難不成是在跟老太爺打架？

隨安怎麼也想不到這種不可靠的猜測竟然矇對了。

老夫人的確是在打老太爺，且是單方面的打。

老太爺沒還手，先是臉上挨了一巴掌，他將老夫人拉住，等問清楚緣由，老夫人越說越氣，乾脆抓起雞毛撣子繼續打。

老太爺年紀雖然大點，想制止她並不難，不過這事源頭在他身上，的確是他理虧，所以他只是一味閃躲，並沒有反抗。

徐嬤嬤進來通報，老夫人正好打了個間歇，停下喘氣。

老太爺躲進了內室。

老夫人問徐嬤嬤。「外面還有誰在？老七過來了嗎？」口氣很是生硬。

徐嬤嬤低頭。「還沒有。」今天老太爺沒有進宮，平郡王需要進宮，所以褚鈺就跟妻子一大早過去王府那邊侍奉平郡王，這也是老夫人允准的。

可老夫人現在在氣頭上，哪裡管得了這麼許多，把八仙桌當成了褚鈺，拿撣子好一陣敲，語氣恨恨地道：「這個老七，生養一場有什麼用！」

這就嚴重了，簡直是在說七老爺褚鈺不孝。

徐嬤嬤垂著頭，一動不動。

內室裡，老太爺摸了摸腫起來的臉頰，聽妻子在罵兒子，心裡面倒是好受了一點，不是只有自己挨著就行。

老太爺打開窗戶，挖了些雪來敷臉，正好被大兒子看了個正著，他呵呵笑道：「年紀大了，上火得厲害。」

大老爺沒多嘴說請大夫。今天早上，兒孫們過來拜年時都還好好的，可見這火燒得挺突然。他一進屋，先快速打量一下，發現屋裡並沒有壞了多少東西，心裡一鬆，躬身行禮道：「母親息怒，此事沒說准，未必就沒有轉圜的餘地，依我之見，八弟妹已經進門，九弟的親事及早訂下來為好。」

老夫人輕輕點了點頭，目光轉向內室，又變得冰冷無比，恨恨道：「只怕宮中的事，這京中大部分豪門貴胄已經知曉了，那些懼怕皇后跟太子的，恐怕不會與咱們家結親。」

老太爺在內室坐不住了，出來先指揮徐嬤嬤。「去給老夫人拿個手爐過來。」

徐嬤嬤看了老夫人一眼，方才轉身出門叫人，走到門口就見隨安、紫玉幾個，有提了熱水的，有捧了手爐、腳爐的，忍不住瞪了她們一眼，到底還是道：「妳們跟我進來吧，小心伺候。」

隨安等人連忙應是，進了屋，誰也沒有亂看，都垂著頭伺候，放下東西，各人面前都沖上茶水，幾個丫鬟又都退了出來。這次好了，能站在廊下了。

隨安就豎著耳朵聽屋裡的動靜。

老太爺先道：「給九哥兒訂了親，皇后的賜婚自然無疾而終，這是最好的辦法，先應付過去，以後再說其他唄。我雖然沒了實權，軍中還有幾個至交，總能找出些適齡的小娘子來給妳挑揀。」

老夫人想著褚翌將來少不得要出府自立，若是娶個武將家的姑娘，軍中的支持有了，可文官那邊就少了支撐，再說他們家也不缺軍中的支持，就有些不樂意。心裡是想在王家給褚翌找一個的，可王家那位適齡的姑娘打聽來、打聽去，竟是個悶葫蘆，這樣的人別說褚翌了，就是她也不喜歡哪。

老太爺見狀埋怨道：「都是妳挑挑揀揀的，要我說，早先給九哥兒訂下親事也就沒這麼多事了。」

他不說還好，一說，老夫人的火又冒上來了。「不是你搞出來的事，林家能來上京亂蹦躂?!」

大老爺這下坐立不安，又站了起來。「母親息怒。」

「不關你事，你且坐著就好。」

老太爺深知九哥兒就是妻子的心肝寶貝，也顧不得體面，低聲下氣道：「總是先把事解決了才好。」

門外的隨安聽到這裡，方才敢確認自己的猜測成了事實。

皇后果然有意為褚翌賜婚，而且這女方極有可能是林頌鸞，想必老夫人也是不得已「失儀」才打斷了皇后的話。

可假若皇后真是鐵了心要賜婚呢？

隨安忍不住為褚翌擔憂，更為自己的未來擔憂起來。

有個東西忽然打到她的肩上，她轉身往西瞧，就見衛甲在徵陽館外面的一棵樹上，衝她招手。

隨安看了一眼紫玉跟棋佩，見她們沒注意到這邊，低聲跟棋佩說：「我去換件衣裳。」

棋佩看了一眼她身上的碎花小襖，道：「快去快回。」

隨安便出了徵陽館的大門，從西邊繞路。

衛甲跳到樹下，兩人一照面，隨安就問：「九老爺在宮裡還好嗎？」

衛甲點了點頭。「將軍回宮就去陛下面前請罪了，待會兒下值就能回來。」

隨安又問：「那你找我是有什麼事？」

「是將軍叫我回來傳話的，外面的婆子不敢替我通傳，我本來想跳牆進去，正好看到妳。」衛甲笑道。

隨安見他倒是不受褚翌賜婚影響，臉上也帶了些笑容，問：「是將軍有話要告訴老夫人？我領你進去吧？」

衛甲忙擺手道：「不用，跟妳說也一樣。將軍說他不隨便訂親，免得結親不成反成仇，若是皇后當真賜婚，叫老夫人應下來。」衛甲說著伸手朝隨安耳邊快速說了一句。「將軍說，到時候就說他剋妻。」

隨安點了點頭。「我一會兒就將這話傳給老夫人聽。」

衛甲安慰她。「是了，妳也不要太過擔心。」

只是他的安慰薄如蟬翼，隨安總不可能告訴他，自己的擔心另有他事。

衛甲自覺兩個人在軍中往日也算有些情分，就道：「妳是真的不用擔心，大不了我去殺了那個什麼鳥姑娘。」

鳥姑娘……隨安苦笑。「千萬別，若是不賜婚還好，賜了婚，那林姑娘要是死了，皇后一定會說是褚家不滿意這樁婚事，故意弄死她的；就算不是褚家做的，說不定也會將這罪名硬扣到褚家身上。」

衛甲聞言張大嘴，半晌才回神嘟囔。「那將軍可怎麼辦？難不成真要娶那個女人？那可是個寡婦！」

隨安也有些心亂，一面朝書房小院走，一面問衛甲。「你著急回去嗎？若是不著急，能跟我說說宮裡到底出了什麼事嗎？」

衛甲摸了摸頭髮，後退一步道：「這事大家都覺得皇后忒不厚道。」

隨安瞥了他一眼，她發現軍中的人對於皇室中人，並不像朝中大臣們那麼尊重。

衛甲就說他打聽到的早上朝賀的事。

皇后娘娘先開口誇了林頌鸞，說她人品高潔之類，接著話題就轉向了老夫人，說起褚翌，還說了一句。「本宮看著，他們兩個站在一處，真真的金童玉女，彷彿是天生一對。這麼說來，劉家那位大公子倒像是這段姻緣路上的攔路虎、絆腳石，現在挪開了，可不就只剩下美滿？」

然後老夫人就吐了。

衛甲三言兩語說完，然後發表自己的看法。「皇后太不要臉了。」

隨安倒是喜歡衛甲這副天不怕、地不怕的樣子，看了他一眼，道：「我十分同意你的看法。」

衛甲嘿嘿笑了起來。

武英跟武傑都在書房小院待著烤火。

隨安跟武英說道：「九老爺今日出門是騎馬吧？這雪不停，要不趕輛車去接九老爺出宮，記得在車裡放了腳爐跟薑茶。」

武英答應一聲，往前院去套馬車。

隨安則乘機換了衣裳，回徵陽館的一路，都在琢磨褚翌說得這個「剋妻」的可行性。

進了徵陽館，先去找徐嬤嬤，說褚翌命人回來傳話。

徐嬤嬤問了一句傳話的人呢？隨安道：「是九老爺的親兵，也在金吾衛當差，現在還在徵陽館外面。」

徐嬤嬤進去稟報，不一會兒便叫隨安進屋。

隨安便替衛甲將話說了。「九老爺說皇后儘管賜婚，她賜一次，他就剋妻一回……」說著就低頭下去。

老太爺當先表態。「這主意好。」

老夫人瞪了他一眼。「剋妻是什麼好名聲不成?!」

大老爺想了想。「不如說九弟不宜早成親，要到二十以後？」

老夫人雖然心疼兒子，可覺得這種理由比剋妻強，但只怕皇后鐵了心要賜這個婚。

老太爺也納悶。「這個皇后，誰招惹她了？偏跟我們過不去。」

其實，皇后還真不是跟褚家過不去，她是想拉攏褚家，但出了個昏招。

林頌鸞一個勁兒地吹捧，皇后就真當自己一人之下、萬人之上。捧了皇后，她又道與褚翌青梅竹馬，看不慣他鬥雞走狗，一直勸他向上，褚翌這才投軍云云，如若將來嫁給褚翌，一定會教他好好地恭順太子、尊敬皇后等等。

林頌鸞說得太自信了，皇后從原本有七、八成信，到最後直接被林頌鸞洗腦成功。

論理，皇后想拉攏褚家，應該問問老夫人想找個什麼樣的兒媳婦？相看好了，然後再給人家賜婚，擔個賜婚的名義，還教褚家說出去體面。

可皇后被洗腦後，便覺得雷霆、雨露俱是君恩，她賜婚誰，誰都應該跪伏著謝恩。

理論上是沒錯，但人都有私心，皇權雖然威嚴，可皇權若是損害了底下人的利益，並不是說就不會被推翻了，否則何來的朝代更迭？

皇后要是能明白過來這個道理最好不過，大家相安無事，褚家也不會想要造反，怕就怕皇后倔著性子，偏要賜婚不可。

老夫人想想就覺得剛才打老太爺打得輕了。

第六十九章

外面的紫玉稟報。「老太爺、老夫人，七老爺過來了。」

老太爺忙道：「他是有家室的人了，妳好歹給他留幾分體面。」衝老夫人擠眉弄眼的，害怕老夫人像打自己一樣抽七老爺。

老夫人「哼」了一聲。他再不好也是自己親兒子，可捨不得打他。

褚鈺一聽皇后有意賜婚林頌鸞跟褚翌，腦子裡面就嗡的一響。

母親一直不滿意自己的親事，卯勁想給九弟找一樁十全十美的，偏偏皇后硬插一槓子。他倒是有心早些回家，可不能撇下老婆跟老丈人啊！只好先送他們回去，然後匆匆忙忙地趕回來。要進徵陽館之前就做好了挨訓的準備，那真是戰戰兢兢、分外悲哀，覺得自己爹不疼、娘不愛，兩頭受罪。

屋裡果然是硝煙瀰漫，只聽見老夫人的聲音。「這個老七，磨磨蹭蹭的！」又罵人。「妳也是，九老爺命人傳這種話，妳應該趕緊罵回去，還巴巴地傳過來，是不是盼著他真得了一個剋妻的名聲啊！」

這罵的就是隨安了。

說起來，老夫人跟褚翌還有些相似之處，就是生氣時很容易不管不顧，先顧著發洩出來再說。要說區別，或許可說褚翌經過戰事洗禮，已經變得更陰險狡詐了。

老夫人的聲音冷峻如冰，她這話不好接，卻不能不接。隨安忙道：「老夫人息怒，九老爺吉人自有天相，將來定然夫貴妻榮，婢子萬不敢拿那樣的想頭來想九老爺。九老爺侍君恭敬、侍親孝順，他命人傳話過來，不過是怕老夫人怒氣攻心，婢子想著九老爺的孝心，只好硬著頭皮來稟報，還請老夫人千萬體諒老爺們的心情，保重身體為上。」

隨安話音一落，老夫人的眼淚一下子就湧了出來。「這孩子……這是生生地剜我的心啊！」

褚鈺心裡道了一聲「佛」，連忙三步併作兩步地進去安慰母親。

老夫人不搭理他，用帕子擦了眼淚，示意徐嬤嬤扶隨安起來，誇道：「這丫頭好，九老爺總算沒白疼妳。」

褚鈺只得繼續開口。「母親，今天的事情我聽說之後就跟岳父說了，岳父說他會盡力周旋。他出來後重新遞了帖子，估計明、後天就能見著皇上，好好說說這事。林家算什麼人，這樣的人連給九弟提鞋都不配！」說著偷偷瞪了一眼隨安。這丫鬟還真是無時無刻不想著拍九弟的馬屁。

可褚鈺忘了，先前老太爺可是想要納小李氏為妾的，他在這兒貶低林家，豈不是說老太爺的水準太低，給兒子提鞋都不配，老子還眼巴巴地想納進屋裡？

隨安垂著腦袋。

老太爺大聲咳嗽起來，老夫人心裡卻好受不少，覺得老七也不是一點用處也沒有。

接下來，褚鈺順著老夫人說話，不外是看這京中誰家的閨女適合。「……皇后又不能隻手遮天，這事捅到皇上面前去，自然就不是事了……」

直到外面稟報。「九老爺回來了。」屋裡的氣氛才又變了一變。

褚翌並沒有坐車，身上落了一層雪花，老夫人急忙道：「快回去換衣裳。」

褚翌看向隨安，隨安道：「老夫人，這邊碧紗櫥有九老爺的衣裳。」

「那快去換上。」

褚翌往碧紗櫥走，隨安垂頭跟在後面。她先從箱籠裡取衣裳出來，一邊幫他換，一邊低低將老夫人發火、七老爺被埋怨，以及眾人商量褚翌親事的章程等等都說了。

最後道：「老夫人不喜歡您說剋妻這樣的話，發了老大的火，您縱使為了老夫人著想，也別那樣咒自己。」

褚翌本是一臉嚴肅，聽了她這話，知道她定是又挨訓，膽子縮回去了，嘴角勾了勾，伸手摸了摸她的頭。

隨安的眼眶一紅，忙垂下頭，眨了眨眼，輕快地道：「把靴子一塊兒換下來吧。」

褚翌坐回床上，任由她忙碌，心裡卻在思量今日請罪的事。

送母親回家也算擅離職守，他便往御前請罪。皇上那會兒正好在跟賢妃說話，賢妃就笑道：「這孩子，孝順母親就罷了，大過年的，還眼巴巴地來陛下跟前請罪，倒是顯得陛下不近人情似的。」

因為賢妃的話，皇上沒有降罪，反而道：「你父親身子骨兒不大強健，多虧你母親精心照料著，你是該多孝順你母親。」

褚翌明白這是欠了賢妃一份人情。

朝中的爭鬥雖然不喜歡，可要是想好好活著，這些都是必不可少的。如今擺在他面前的問題是，賢妃的示好要不要跟家裡人說呢？

隨安幫褚翌脫下襪子，被他的腳冰了一下，弄了塊熱帕子替他擦，然後拿著靴子在小炭爐上烤著。

褚翌正想著，突然覺得腳上一暖。隨安重新給他穿上襪子，取了靴子放在一旁，褚翌便拿了一只，自己穿了起來。

靴子裡面縫了一層棉花，又暖又軟。

兩個人之間沒再繼續說什麼，褚翌只覺得自己的心也像躺在棉花上。他垂下眼看了看她，又伸手摸了一下她的頭，這才起身走了出去。

外面已經支上桌子，放好了飯菜。

大夫人跟幾個妯娌相偕過來請安，老夫人也沒虛留，只說大家今日都辛苦了，明日還要回娘家，都回去歇了，明早的請安也免了。

吃完飯，男人們留下，女人們回房。老夫人被褚翌勸著吃了些粥，總算是緩過勁來，也有力氣問褚翌去請罪的事。

褚翌想了想，還是決定將賢妃的示好說了，正好看看家裡眾人的態度。

母親看了一眼父親，父親看著大哥，大哥低頭不語，七哥雙眼發亮，八哥——一臉不懂。

老太爺發話。「今兒這事，大家都說說吧！」
大老爺沈吟半天。「父親，賢妃娘娘是不是想拉攏咱們家啊？」
褚翌要昏倒。這種問題需要思考這麼久嗎？
七老爺連忙道：「我瞧著像，不如叫德榮進宮去拜見賢妃娘娘？」
老夫人生氣。「遇到事不是找你岳父，就是找你媳婦，你管著做什麼？」
七老爺委屈，心道，我管著讓您撒氣……再度懷疑自己絕對不是親生的，連九弟身邊的一個小丫鬟都不如！
褚鈺挨了訓就看向老八褚琮。
褚琮自己沒什麼想法，但他成了親，總算有個正經的商量人了，知道碰到這種情況怎麼回答，這會兒連忙表態。「我聽父親、母親跟哥哥們的。」
老夫人對他這種態度還算滿意。一家人，無能不要緊，要緊的是懂得一榮俱榮、一損俱損的道理。
最後老太爺拍板。「大過年的，皇后要是真想拉攏咱們家，那肯定得掂量掂量賜婚的事，事情只要有了緩衝的餘地，咱們就有時間施為了。夫人趁著年節多走動幾家，九哥兒休沐在初四是不是？那咱們家宴客就設在初四好了。」
大老爺一下子為難起來。家裡許多事都是大夫人管著，春節宴客早就定好了在初六，也與一些世家至交都打過招呼的，要是猛不防地改在初四，大夫人先前的心血白費不說，重新下帖子，許多人家說不定就來不了；就算來，也是來些不重要的內眷之類，到時候場面不好看，老夫人豈不是又要生氣？

大老爺看了一眼上首的父親、母親，可這兩人都沒說話，大老爺也不敢提出來反駁父親的話。

褚翌看見大哥的樣子，眉頭一皺。大哥總是這樣有事不說，自己憋著，愁得看上去不像他們的大哥，倒是像父親的大哥。

他借著低頭喝茶的工夫，看了一眼隨安。

隨安站在他身後，收到褚翌的目光，連忙上前，借著倒茶小聲道：「原定是初六。」

褚翌就曉得了，他當什麼事呢！遂開口笑道：「父親、母親不用著急，左右不過是差了兩日，兒子覺得還是原來定的日子好，到時候兒子跟上峰方大人說一聲，調個假就是。」

老夫人心疼道：「你才進金吾衛當差，就為了家裡的事這樣調休，落在方大人眼裡，恐怕對你的前途有礙吧？」

七老爺臉上的幸災樂禍一閃而過，母親的偏心只偏到九弟一個人頭上，他上有難兄、下有難弟，並不孤單。

褚翌掃一眼褚鈺就知道他在想些什麼，心裡哂笑，道：「不礙事，我看其他人也是都緊著家裡調休，總歸有當值的人就行。」

大老爺頓時一臉期盼地看著老夫人。他不敢駁了老夫人的話，也不敢贊同褚翌的話，只能用神色稍微表露一下自己的心情。

他這樣子連老八褚琮都看了出來，不過老八憨厚，連忙低下頭，沒有笑話大哥。

老夫人還是同意了褚翌的建議。

褚翌笑道：「兒子看那碧紗櫥裡面東西一應俱全，要不今夜讓兒子在母親這裡睡一夜吧？也好伺候父親、母親夜裡喝茶。」

老夫人道：「你明兒要當值，還是好生去自己房裡歇著。」沒見著褚翌以前，她心裡慌得不行，可等褚翌回來，心裡一下子就安定了，也有了勁頭，打算明兒先回王家看看，若是有旁支的女兒適合就先訂下來，那也比娶林頌鸞好。

褚翌帶著隨安回書房院子。

今天的事要好好想想，這家裡能與他商量事、能將他的話聽在心裡的，還真沒幾個人，反倒不如軍中，兵士們都聽他的，眾人一心，才能無往不利；偏他是家中同輩中最小的，現在不說話，大家都要看他的臉色行事，要是再說點什麼，估計外面的閒言碎語也能將他淹了。

書房的椅子上套了一只棉墊子，坐上去很舒服，就像鞋底一樣，軟軟的。他當值一整天，回家不外就是找個舒服的地方待著，雖然不喜歡唸書，可書房有隨安打理，他還是很願意過來。

她總是能知道他的心意，就如晚上一個眼神給她，她便曉得自己想知道什麼。

褚翌坐在椅子上想自己的事，隨安沒打擾他，只是給他泡了一杯茶放在手邊，然後就去東邊的小榻凳上坐著，從榻底下拖出小小的針線簸籮筐子，裡面放著才納了一半的鞋底。

褚翌想了一陣，轉頭剛要喊她研墨，卻發現她垂著頭在使勁。

他站起來走過去，輕聲問：「妳這是在納鞋底？做什麼這麼費力？」

隨安的手停頓了一下，回道：「這樣做出來的鞋底子結實，也不容易壞，就是鞋面壞了，拆下來換個鞋面就行。」

「我來試試。」褚翌來了興致，把寫信的事撇到一旁。

隨安抿了抿唇。要是老夫人知道了，非得教訓她不可，但她還是將錐子跟鞋底都遞給褚翌。

褚翌一下子就插到底，笑了笑道：「這不不難弄嗎？看妳要使出吃奶的勁來了。」學著她的樣子，將穿了麻線的針從孔裡穿過去，然後用力一拉。

啪的一聲，麻線斷了。

隨安無語。這得多大的手勁啊，這可是麻線，是用麻搓出來的，納出來的鞋底有時候布都爛飛了，麻線還好好的。

褚翌先是一呆，然後忍不住笑，見她滴溜溜的眼睛一眨都不眨地瞧著自己，又摸了摸她的頭，將鞋底扔到笸裡，把她拉了起來。「好了，大晚上的，妳做這個多費眼睛，過來替我研墨。」

隨安順從地走到桌案一側，拿過硯臺加了一點清水，然後手臂懸起，手執墨如執筆。

「到了外面才曉得，這研墨也考人功夫。妳知道讓衛甲給我磨墨，不是磨得太濃，就是弄得太稀，要不就浪費墨條，看著妳磨墨，倒是像一幅畫一樣……」他的手一伸，將她從桌子一側撈了過來。

隨安嚇了一跳，道：「不是要寫信？」

褚翌的手伸到她腰身上摸了兩把，然後道：「妳磨吧，磨好了叫我。」他倒不是真想做什麼，就是勞累一天，很想放鬆放鬆，卻又鬆弛不下來。

隨安磨了半硯臺，歪頭去看他，見他閉上眼睛，輕聲道：「墨好了，您還寫嗎？」

褚翌睜開眼，突然道：「妳心裡害怕？怕什麼？怕皇后給我賜婚？」

隨安一愣，看向褚翌。他精明的時候讓人忍不住臣服，而慵懶的時候，教人跟著沈迷，可無論什麼樣子，都有迷人之處。不禁想起林頌鸞說的話。林頌鸞的樣子對這門親事志在必得，且如果林頌鸞嫁進來，對她絕對不會好。

褚翌很有耐心地等著隨安的回答。她今天一直對他用敬稱，如果換了外人，可以說是尊重他，可褚翌知道，她絕不是因為突然想對他恭敬才用這個敬稱。

或者是因為害怕，或者是想跟他劃清界限。

想到後者，他就忍不住抿唇，心裡的不悅一下子反應到臉上。

隨安在心裡嘆了一口氣，微微側了臉頰道：「是有些怕了，皇后娘娘畢竟是一國之母，她要是強要賜婚，就連陛下都不好反駁，何況還有太子。」

「原來是擔心我？」褚翌得意地笑。

隨安心裡翻了個白眼，也不知多厚的臉皮才能說出這話。

她將信紙鋪好，又把筆放到他手邊，垂頭只管做事。

第七十章

褚翌玩笑了一句，沒接著緊追不捨，反而蘸了蘸墨，開始寫信。

他並不是只寫一封，寫完信，已經到了子時。

隨安出去替他叫熱水，褚翌只洗了臉跟腳，就拉著她往床上去。

隨安略一掙扎，被他歪頭看了一眼，仍舊乖乖地隨他過去。

「今夜不動妳，明兒妳跟著老夫人好生伺候了。」

他這樣說，她便閉上眼打算睡覺。褚翌這才確定她心情不好，恐怕不光是因為害怕。

他摸著她的臉，不讓她睡。「咱們說說話。」

隨安睜開眼，鼻翼微動，側過身子，往他懷裡靠去。

帳子裡獨自成為一個密閉空間，她的膽子彷彿變大了，最起碼在這一刻，她生出了完全占有他的心思。

褚翌突然問：「還想離開我嗎？要是我娶了個不喜歡的女人，妳要離開我嗎？」

隨安的目光定在他的喉嚨下方，那裡有個小小的凹處，是兩塊鎖骨中間的位置。

她的大腦突然一陣煩亂，想起在《英倫情人》書裡，這個凹處被比喻成性感的博斯普魯斯海峽。

她本不是一個感性的人，也不太癡迷小說，偏偏那樣一個午後，隨意翻到那本書，情不自禁跟著書中的句子讀了起來，時至今日，彷彿仍舊歷歷在目——她喉嚨下方有塊小小的凹處，我們叫它博斯普魯斯海峽。我會從她的肩膀看到博斯普魯斯海峽，將眼光停在那裡休息徜徉……

可緊接著，她又想起白娘子的故事中，許仙被天蠶筋穿透鎖骨。那一幕何其殘忍，她只是偶爾陪父母看老片，卻一下子被那個畫面擊中。如果愛情要承受這麼多痛苦，為什麼還要愛？

如果愛情要經歷背叛、經歷出軌、經歷傷痛，為什麼還要愛？

害怕、恐懼、痛恨、嫉妒，可是，心裡仍舊喜歡，這種喜歡，道德約束不住。

「我不是離開你，是想離得遠一點。」她喃喃道。

褚翌笑著將她攏到懷裡，安撫道：「不用，如果真娶了不喜歡的，我就帶妳去栗州，反正妳不怕打仗，正好將妳打扮做我的小廝。」

「我不去，那我成了什麼人？旁人豈不是要說我是狐狸精、狐媚子？」

「我就喜歡養狐狸精，不過，狐狸一向聰明，妳頂多算隻兔子精吧？」

隨安依舊沒高興起來。她很清楚，老夫人再怎麼說喜歡她，也不會讓她霸占褚翌，到時說不定不用褚翌的妻子出手，老夫人就先處置了她。

她抓著他的衣領，喃喃道：「就算你不喜歡，可總是你的妻子，是拜了天地，拜了父母、祖宗，與你同享後代子孫香火的人，我又算什麼呢？名不正、言不順，像過街的老鼠，偷偷摸摸的，即便不偷不搶也心虛膽怯；即便不心虛膽怯，可等我看到你們在一起，不，或許不用看到，只要現在想一想，將來你穿著新郎服，手裡拿著紅綢，另一頭牽著你的新娘子，我就嫉妒得想死了……」

褚翌的目光從昏昏欲睡，漸漸變得清明，心想，她果然是愛慘了自己，這樣一想，就覺得自己先前實在太蠢，竟然琢磨錯了她的心意！

他摸了一下她的頭，本想呵斥她一頓，又有點捨不得這難得的溫馨。早知道她這麼喜歡自己，當初他何必猶豫、反覆，真是越想越蠢。實在太浪費時間了！害他抱著她的被子睡覺，聞到她的香味出糗，還喝了那勞什子春日一醉做了一夜春夢。浪費，忒浪費了！

他當初就是想得太多，現在卻換成了她。

明明老夫人都提過要給她名分，她還在這裡嘰嘰歪歪，也不想想，柳姨娘還不是在府裡活得好好的，生了個褚琮雖然是庶子，可與其他嫡子也沒多少分別。有時候看到柳姨娘沒心沒肺的，他都覺得她活得挺幸福的。

褚翌很快得出結論——隨安就是腦子轉不過彎來，想得太多，幹點正事就好。

隨安後悔莫及，她用力過猛了，後悔也來不及。褚翌的手已經伸進她的衣襟裡，蓋在他最喜歡的那片桃花上面，她徹底體會到什麼叫做偷雞不成蝕把米。

子時都要過完了，褚翌那邊還在不緊不慢地由著她動。他果然是信守承諾！自己不動，卻掐著她動。

她不過是累得狠了，打了個哈欠，就被他說敷衍、不夠專心，不是掐這兒一把，就是揉那兒一把，最後臉色酡紅，累得像耕了十畝地，討饒道：「我不計較了，還是你動。」

褚翌卻覺得快有快得好，慢有慢得好，這樣慢吞吞地由著她動作，自己憋了一天的火氣彷彿也慢慢釋放出來，渾身輕鬆。

見她最後確實軟得不像話，腰上都有了手印，於是開恩讓她趴下，而他虛壓在她身上，輕吸著她的耳朵，一手托起她的肚子，徐徐開動。

隨安眼淚流了一缸，最後，褚翌輕笑著將她摟在懷裡，兩個人也沒清洗，就抱著睡了過去。

早晨的時候，隨安還沒睜開眼先聽到一聲輕笑。

隨安翻了個身，將腦袋埋在枕頭下，不肯理他。昨天她哭得那麼可憐，他反倒越發地折騰人。

褚翌自己穿了衣裳，坐在床邊撫摸她的背，神清氣爽地帶著得意道：「嚴婆子學過，我叫她進來替妳按按，活絡活絡，免得妳早上起不來。」

隨安悶聲不吭，褚翌去捏她的肉，她吸了口氣躲開，哼道：「我想回家。」

褚翌見她都成了自己的女人，還一副孩子的天真爛漫，不由得笑得胸口震動。

隨安拉著他的手，張嘴就給他添堵。「皇后要是堅持給你賜婚怎麼辦？」

褚翌收笑，皺眉。「皇后雖然是皇后，可我們也不是毫無反擊之力。」

隨安見他認真起來，勉強撐著自己起來，她一點也不想留在褚家打醬油了。「就算反擊，那也是後來的事，你有沒有想過，皇后要是頒下懿旨，到時候就算你不想娶也得娶。」

褚翌見她說得那麼鄭重，心裡反而起了玩笑的心思。「怎麼，妳不想讓我娶妻？」

隨安轉過頭，心裡堵得跟長了結石一樣。

褚翌到底還是留了一句。「等我晚上回來，仔細同妳說話。」他要是不把她的想法順直了，說不定什麼時候她就鑽到別的地方去。

平郡王雖然遞了帖子，但宮裡並沒有允准。

林頌鸞卻被皇后再次接進宮。

林頌鸞進宮，沒有說賜婚的事，反而說起林先生。「臣女父親雖然考學無功，可於教學上很有經驗，褚師兄就深受父親教導。民女雖是替父親自薦，可也是相信父親有那樣的實力，而且太子為儲君，學習不是為了科舉，而是為了將來更好地治理國家；父親從南到北，經歷頗豐，正好可以給太子講一講這一路的風情民俗……」

在旁人看來，林先生想成為太子的老師簡直就是癡人說夢，但皇后對林頌鸞的情感，就像對待一個知交閨蜜，別說林頌鸞說這些事，就是她殺人放火了，皇后沒準兒也能為林頌鸞開脫。

最後，林頌鸞道：「臣女出身不好，依附娘娘也小心卑微，唯恐丟了娘娘的臉面；若是父親能成為太子殿下的老師，臣女也跟著榮光，屆時出嫁，想來就是另一番光景了。」這是她昨日回去之後，想了一夜為自己謀劃的出路。父親的地位高了，若是能成為太子太傅，褚翌就有一個太子太傅的岳父，想來褚家也不會再反對她嫁進去。

林頌鸞在劉家待了一陣子，才發現褚家有褚家的好處，比起劉家的齷齪，褚家反倒顯得更清淨自在，也不小裡小氣。

而她覺得自己完全配得上褚翌。要才有才，要貌有貌，褚家大概是嫌她再嫁之身，可她之前並沒有教劉琦鶴近身，這一點如果悄悄告訴褚家老夫人，老夫人想來就不會再嫌棄她。

皇后想了想，還是覺得林頌鸞說得有道理。

太子的師傅有七、八個，多林先生一個不算多。「也好，就叫林先生給太子講講地方見聞；另外，妳的婚事本宮定然要管到底的。」

喜得林頌鸞淚流滿面。「臣女不知上輩子修得什麼福氣，今生才能倚托在娘娘的羽翼之下。臣女若是得償所願，一定好好規勸褚翌，要視太子殿下為君父，忠於職守，要恭敬皇后娘娘、效忠娘娘，萬死不辭。」

皇后很滿意，打發林頌鸞去給褚翌送點心。

昨日皇上沒有降罪褚翌，皇后聽說後心情不大好，初二就打算找回來。

皇后到底是鐵了心要促成這樁事，隨安則是鐵了心要出府，於是挑了一只赤金的鐲子，去徐嬤嬤面前央求。

徐嬤嬤不同意。「妳可是因為老夫人昨天罵妳了？這種事不光是妳，連我也不知道受過多少不是，妳說妳怎麼這麼小心眼呢？」以為是隨安使性子。

隨安沒強求徐嬤嬤理解，硬是將鐲子塞進她懷裡。「九老爺早就賞了我賣身契，又一向厚待我，別說說我幾句，就是打我幾下我也沒什麼怨言。實在是父親軟弱，家裡無人支撐，又只有我一個女孩子，眼看著香火就要斷了，我娘操勞一輩子，總不能將來連個上墳的也沒有吧？」

徐嬤嬤皺著眉打量她。「難不成妳還想坐產招夫？」

隨安苦笑。「我能有什麼家產？不過是守著家裡的兩畝地，給我爹找個老實孝順的養子。」

徐嬤嬤還是不樂意。「既然妳知道九老爺厚待妳，就該好好報答九老爺才是，府裡又不曾短了妳月錢銀子，老夫人對妳的賞賜也頗為豐厚，斷不該在這時提出這種話來；就算妳想給妳爹找養子，請上一段日子假也就罷，為何非要出府不可？就算請假，也不能現在吧？眼下多少的事情？我都恨不能分出四隻手來，妳倒想抽身退步，想得美吧！」

隨安在徐嬤嬤這裡遭遇滑鐵盧，徐嬤嬤還不放過她。「我瞧著妳是見天閒的，今日隨著老夫人去王家！」

或許是見隨安被自己訓得像隻鵪鶉，也或許是懷裡的鐲子沈甸甸的，徐嬤嬤又低聲提點道：「今日老夫人是要去見見王家那些姑娘們，其中說不定就有未來的九夫人，妳可得睜大眼，要是伺候得好，也好留個好。」

隨安心情很糟糕，但還是跟著老夫人去了王家。

王家人估計也聽說了初一宮裡朝賀的事，來迎接老夫人的幾個媳婦雖然臉上帶著笑，但笑意沒到眼底。

老夫人跟王老安人單獨在內室說話，偶爾一、兩句高聲的話傳出來，都教隨安心驚肉跳，臉色也跟著漸漸凝重起來。

王老安人畢竟是王家人，年紀大了，經歷的事情多，看人也更犀利。

「……家裡的幾個姑娘，我找來找去，就是嫁過去，跟哥兒也過不到一塊兒。二姊兒年紀最適合，可性子悶，教人看著先著急得不行；四姊兒倒是賢慧會說，可動不動就冒出一句酸文來，又慣愛小心眼，嫁過去是給妳當閨女還是給妳當兒媳婦？在家千日好，總不能出了門還像在家裡一樣做嬌客吧？妳也是命好，趕上老太爺肯疼妳，要是妳爹，別說我打妳爹一巴掌了，就是伺候得不好，還要跟我生幾日悶氣。

「若是你們老太爺軍中有知交，不如選那適合的悄悄訂了，也不用急著娶；若是宮裡問起來，就說同澤故人之女，有恩情在，就算沒有恩情，編一個恩情，誰還仔細勘查嗎？等這件事淡了，妳再替哥兒找好的也不遲。」

老夫人想想，情緒和緩了。「母親說得是，我是怕太子繼位，皇后將九哥兒當成了眼中釘。」

「哥兒又不弄權，能礙著皇后什麼事？就是不做官，我外孫也是一表人才，上趕著想嫁給他的還不得繞了城牆十圈、八圈的？」王老安人說著就笑了。

門外的隨安卻沒有隨著王老安人溫柔的語調放下心來，反而升起一股懼意。

王家沒有適合的女孩子嫁給褚家，是不是也意味著王家不想嫁一個女兒給褚家？要知道，當初老夫人可是被賜婚給老太爺的，要不是賜婚，老夫人怎麼會嫁給一個死了兩個老婆的老頭子？

王家沒準兒到現在還覺得當初虧了，說不定到如今都有怨言。

越是見識得多，她心裡對朝廷、世家就越多反感，彷彿親情都要拿到秤上稱量利益得失，而且隱隱有點為褚翌難過。褚翌不管怎樣，是實實在在地在邊關做過好事，是救了許多百姓性命的將軍，現在回京卻如龍困淺灘，大家都想擺布一二。如今想擺布他的婚事，說不定將來就擺布他的行事。

一個梳著丫髻的小丫鬟在遠處的門廊衝她招手。

隨安深吸一口氣，走了過去。

「是隨安姊姊嗎？同妳一塊兒過來的那個紫玉姊姊叫我領妳去吃飯，她已經吃完飯，說一會兒就回來了呢！」小丫鬟歪著頭，脆生生地說。

隨安再看一眼門口那裡，道：「我還不太餓，等紫玉姊姊回來，我再去不遲，多謝妳啦，這個給妳吃。」把荷包裡面的糖都倒在她的手裡。

小丫鬟估計是覺得她不按牌理出牌，臉上顯出糾結。

隨安心中一動，輕笑問道：「難道還有別的事？」

「是少爺打發我過來的，少爺說，想問問褚家九老爺的事。」

隨安扯了扯嘴角。褚翌現在在王家人嘴裡是褚家九老爺，可王子瑜在褚家，就是表少爺。

不知道是不是因為心疼他，她現在心裡看什麼都煩躁。她想離開褚家，明明打算好了，可就是不敢對他正大光明地提出來，是害怕他生氣，不，是不願意他生氣。

「姊姊就過去吧，少爺跟九老爺最好。」小丫鬟笑。

隨安心裡猶豫。不是她高看自己，實在是男人對女人或許有真正的友誼，但大部分時候，男女交往，都不是為了朝增進友情的方向發展。

可王子瑜對自己畢竟有收留之恩。

「妳告訴我在什麼地方，我自己過去吧。對了，離這兒不遠吧？」

「不遠、不遠，就在前面假山後面的小亭子裡……」

隨安目測了一下，大概有二、三十步路遠，便道：「那好，妳在這裡幫我看看，要是聽到老夫人叫人，可一定要喊我去。」紫玉一去就磨蹭了一個時辰，也不知去做什麼了？小丫鬟可能真的很實在，點頭應下道：「姊姊去吃飯也沒關係。」

隨安道了聲謝，便沿著剛才她指的路往前走。

離亭子還有五、六步遠，有人喊她。

第七十一章

隨安抬起頭往前面望去，只見王子瑜披著一件墨綠色刻絲鶴氅站在亭子門口。這個亭子夏天是涼亭，四面通風，冬天圍上厚厚的布帷遮住寒風，成了暖亭。

「表少爺。」她停住腳步，微微屈膝行禮。

「正好想找人幫我泡一杯茶……」王子瑜臉上帶著淺笑。

隨安一笑，不知怎地突然想起褚翌。王子瑜找她過來，還尋了個理由，要是換成褚翌，大概會說：「妳給老子過來！」不過回京後，倒是鮮少聽他自稱老子了。

王子瑜見她笑了，臉上的笑容更深，輕聲道：「進來吧！」

亭子裡面不僅有紅泥小爐，還有一套茶具，正好爐子上的水滾了，隨安便先倒出熱水，用開水沿著茶碗邊倒入溫杯。

「看妳泡茶，也是一種享受。」王子瑜輕聲道，彷彿怕聲音太大嚇到她。

隨安一頓。她於這些事務上一向盡心盡力，務求做到完美，不過並不是她本性就是如此，而是當初入府的時候，為了適應府裡的生活。

即便是享受，也是讓別人享受，她自己在褚秋水面前喝茶，都是直接扔茶葉進去。

她將茶碗輕輕擱到王子瑜面前，問道：「表少爺喊婢子過來，是想問什麼？」

「不忙，妳坐下說。」

隨安搖了搖頭。「老夫人跟前沒留人，婢子站著就行。」

王子瑜垂下眼簾，將落在她臉上的目光轉到茶碗上。「妳還記得我同妳說過的余揚居士嗎？本想讓妳自己去發現，沒想到過了這麼久妳都懵懂著，我想不如由我來告訴妳。余揚居士，並不是姓余，而是姓楊。他終生未娶，妳知道余是誰的姓？是他的婢女。他說自己只有在那個女人面前，才能趣舍滑心、使性飛揚，因此自號余揚居士。我……我是說，如果我也有他這樣的勇氣，有他這樣的心志，妳……」

隨安愣愣看著王子瑜。她曾經想過，如果有一個人為了自己奮不顧身，這一定是真愛，她會幸福得發瘋。

可當她身臨其境的時候，她的心裡除了感動，還有另外好幾種感情同時升起。有惶恐，也有愧疚，愧疚自己並不能同等地回報給這份「真愛」。

王子瑜卻像是沒看到她蒼白的臉色，繼續道：「妳不用害怕，如果妳願意，自有我來安排一切；如果妳不願意……我……也絕不繼續糾纏。」

隨安張了張嘴想說什麼，可是偏什麼也說不出來。

說得多了，就成了招惹。

過了許久，她才低語。「婢子是九老爺的丫鬟，雖然蒙九老爺恩惠賞了身契，可這輩子都……」

「好，我知道了。」王子瑜難過至極，聲音帶著壓抑。

隨安閉了下眼，匆匆道：「婢子出來得久，還要回去，先告退了。」

這次王子瑜沒有說話，只是伸手揮了一下，然後一動不動，連呼吸都幾不可聞，彷彿一喘息，緊繃的情緒就有可能會崩潰。

隨安轉身，疾步往回走。

明明被人告白應該高興又驕傲，她卻一點也高興不起來，遑論驕傲了。

就像走在路上撿到一麻袋鈔票，或許會喜悅，但喜悅是短暫的。

王子瑜就如那一麻袋鈔票，很好，可不是她的。

剛走到一半，就見紫玉風風火火地跑過來，臉色蒼白，皺著眉頭，看見隨安便一把抓住她的胳膊，急急道：「老夫人要回去，宮裡有旨意！」她的唇都抖了。「是賜婚的懿旨。」

隨安的心咯噔一下，腦子裡有根弦一下子斷了。

老夫人強撐著精神回府。

皇后的懿旨是給老夫人的，可老夫人跪在那裡就是不肯接。她筆直跪著，喉頭堵著一口血，嘴唇緊緊地抿著。

老太爺看了一眼頒旨的太監，說道：「老夫人身體不適，讓大夫人代為領旨吧！」

頒旨的太監這才確認褚家並不高興這樁婚事，可這旨意要是頒不下去，或者褚家真要抗旨不接，到時候他一樣沒什麼好果子吃。

大夫人看了一眼老夫人，站起來往前一步重新跪下，雙手朝上領旨。

頒旨的太監連忙將蓋著鳳印的懿旨放到大夫人手裡。

隨安之前縱然覺得老夫人嚴苛，對她有各種意見，此時也有些可憐她了。

皇權之下，一不留神就極有可能是覆巢之災。

這賜婚懿旨的衝擊太大，連她對王子瑜的愧疚之情都被沖淡了不少。

老夫人被老太爺親自扶起來，半扶半抱地扶到屋裡。

老夫人的手抖得厲害。

隨安一看，心裡也怕了。她雖然想不起手抖跟哪些疾病有關，但老夫人這麼不好，不怕一萬，就怕萬一。

這個時候也顧不得別的，她三兩步衝到老夫人跟前，用力攥著她的手道：「老夫人，九老爺今早臨走的時候，您還沒醒，他過來請安，唸叨了今天早些回來，回來要親自給您燙腳，說您為了他的事費心費力，他心裡疼您呢……」絞盡腦汁地想著安撫老夫人的情緒。

老夫人耳裡聽到九老爺如何如何，心口的鬱結減輕了一分，可還是忍不住吐了一口血來。她這樣的名門之後，生平最恨的，便是那些認不清自己幾斤幾兩重的人，而林家幾乎全是這樣的人。

這麼冷的天，隨安額頭硬是出了一層汗。

老太爺叫人拿衣裳。「我這就進宮求見皇上！」

大老爺則親自去請太醫。大年初二，太醫不樂意出診，大老爺親自去，把握大些。

七老爺亦是滿頭大汗，抓著自己小廝急急喝道：「快去平郡王府找郡主，問一問郡王爺今日有沒有見到皇上？叫郡主收拾東西，趕緊回來！」

他說完就進了屋，這會兒倒是盼著老夫人趕緊將氣發出來，免得氣壞了身子。

可老夫人只是閉著眼，胸口起伏不定。

老太爺跺了跺腳，出去往宮裡請見。

徐嬤嬤一個勁兒地給老夫人順氣，嘴裡不住地道：「您千萬消消氣，就是為了九老爺，也不能氣壞了自己。」

老夫人從牙縫裡擠出一句。「欺人太甚！」

徐嬤嬤連忙給隨安等人使眼色，讓她們出去。

隨安跟著紫玉等人出門，聽見屋裡的七老爺說道：「母親，兒子已經讓德榮去打聽——」

七老爺的話沒說完，只聽咯噹一聲，似是老夫人砸了茶杯。

紫玉臉色煞白，身子幾乎全靠在隨安身上。

大家都知道，這府裡，老夫人最看重的不是官拜太尉的老太爺，不是娶了郡主的七老爺，而是在老夫人心窩上養大的九老爺。

九老爺越是孝順，老夫人對九老爺的疼愛越多；九老爺越是有出息，老夫人對九老爺的妻子就越是挑剔。

如今皇后這麼明目張膽地給褚翌賜了個寡婦，還是個名聲潑辣難聽的寡婦，不亞於往老夫人臉上潑糞水。

老夫人的憤怒，遠遠超過自己當初接到賜婚聖旨的時候。有些事擱在自己身上能忍過去，可擱到百般疼愛的孩子身上，母親先受不了了。

隨安站在廊下，默默祈禱老太爺能見著皇上。

有顆石頭打在她的肩上，她下意識地往衛甲那天藏身的樹上看去，沒想到衛甲真的又在那裡。

她只好對紫玉悄聲道：「我出去一下。」

紫玉不願意。「妳有什麼事，我替妳去辦。」

隨安深吸一口氣，低聲道：「我中午沒在王家吃飯就回來了，現在站著都頭暈。」

「那妳快去快回，吃些點心墊墊就行，萬一老夫人找妳，我可兜不住。」

隨安說餓了也是真的，她跟衛甲碰頭後，直接道：「你先去書房小院等著我。」在那裡說話好些，兩個人分頭走，總比湊一塊兒教府裡其他人看了胡亂尋思好。

衛甲也曉得避嫌，等在書房小院的門口，見了隨安先問：「老夫人怎麼樣了？」

隨安皺眉。「吐了一口血，很生氣，這事你還是盡快告訴九老爺吧，請他拿個主意。」

衛甲點了點頭，剛要走，隨安又叫住他，對他說道：「若是九老爺要回來，最好叫人去他的上峰那裡說一聲，或者寫個假條遞上去，免得落人話柄。九老爺昨天已經不告而去一次，今天若是還這樣，要被人彈劾的。老夫人那裡大老爺親自去請大夫了，暫時還不大要緊，教九老爺不要太著急，七老爺跟八老爺也在老夫人跟前陪著呢！」

隨安一聽到皇后下了懿旨時就有個猜想，或許平郡王今天沒能見到皇上。

平郡王見不到，恐怕老太爺出馬也不一定能見到。

褚翌昨天能在皇帝跟前免罪，那也是因為他見到了皇帝，皇帝說的話就是聖旨，是凌駕在律法之上的；若他仍舊不管不顧地直接從宮裡出來，明日就有御史彈劾他，到時候事情交到宰相等輔官大人們手裡，按律來辦可就糟糕了，最起碼皮肉之苦是少不了，更嚴重的也有可能丟官。

一想到這些，隨安心裡就焦灼起來，一面是憂心褚翌生氣，一面是擔心自己的未來。

衛甲匆匆忙忙地往宮裡趕去。

褚翌是早上臨走之前，突然決定留下衛甲在家裡的。

衛甲的動作比老太爺快，看見褚翌，三言兩語將懿旨的事說了，又稟報了老夫人吐血的事。

褚翌一下子站了起來，目光冷冽如冰。「是誰服侍老夫人？可請了太醫？」

衛甲嚇得結巴了一下子，才找回聲音。「請了，老夫人的事屬下問了隨安，她說大老爺親自去請的。太尉大人已經備好車，說要求見皇上。」

聽說大哥跟七哥在，褚翌稍微鬆一口氣，可想到父親要進宮，忍不住蹙眉沈吟。

李玄印的二兒子李程樟也算有能耐，找的這個道士近來倒是將皇上迷住了，要不是昨天是初一，恐怕皇上都不會出來，而今天好幾批求見的人都沒見著皇上。

要是照這種情形看來，過不了多久，大臣們估計就會奏請太子監國。

褚翌一想到太子刻薄愚蠢的樣子就欲作嘔。

這個金吾衛副指揮使不當也罷，可他能夠一走了之，褚家一族人總不能跟著他一走了之。

李程樟都能有不臣之心，想自立為王，他怎麼就不能夠將太子拉下馬呢？只是應該怎麼做，還需要從長計議，他太缺少一個能跟自己商量事的人，總算知道為何劉備有了關雲長跟張飛，還死活要請諸葛亮出山了。

「我先回府，衛甲留下，等著看父親能不能見到皇上……」他冷冷吩咐道。他雖然覺得皇上不會見父親，可內心還是留了一絲希望，希望皇帝能夠不要那麼昏聵。

衛甲期期艾艾道：「將軍，屬下去替您請個假吧？」

褚翌本已經轉身往外，倏地轉身，詫異地望著衛甲，立即明白衛甲的意思。這事是他忽略了，可教他驚訝的是，沒想到衛甲能想到這一點。

衛甲卻以為他生氣，連忙道：「是隨安說，您昨天已經回過府一次，若是這樣次數多了，說不定會被人彈劾……」

褚翌點頭，淡定地收回心中的驚訝，掃了一眼衛甲，道：「那你就去替我告個假吧！」

然後，他低調地坐馬車回家，路上並沒有碰到老太爺的馬車。

徽陽館裡外有不少人，不過都很安靜，看見褚翌，小輩們紛紛上前行禮，低聲喊「九叔」。

大老爺站在院門外，看見褚翌就走了過來。

褚翌衝他點了點頭，大老爺先開口道：「請的是同安堂的大夫，可母親不讓人進門……」

「大哥受累了，帶著孩子們先回去吧，我進去看看母親，要是有事，再打發人找大哥。」

相比老夫人的滔天怒火，褚翌的口氣平淡，似乎被賜婚的人不是他一樣。

大老爺張了張嘴，看著像是眨眼間就長得高過自己的幼弟，點頭道：「行，我先回去。」他的三個兒子連忙上前，簇擁著他往外走。

褚翌進了門先四處打量，見徵陽館裡面還算井然有序，微一安心，立即高聲喊。「母親！」

廊下有大夫等著，身後的小僮抱著藥箱。褚翌看了一眼，拱手行禮，而後喊人。「隨安呢？給大夫拿個手爐，再倒茶來。」

那大夫連忙還禮，口稱不敢。

褚翌看見隨安端了托盤過來，方才頷首進屋。

老夫人勉強喝了一口安神湯，神情疲憊地躺在大紅色的迎枕上。這是為了過年顯得喜慶才拿出來的，可此時她躺在上面，顯得臉色蒼白，身形瘦小。

褚翌對徐嬤嬤道：「嬤嬤也辛苦了，出去喝杯茶，我跟母親說說話。」

徐嬤嬤連忙行禮退下。

「母親，懿旨的事我聽說了，您不要為了這個傷心，兒子心裡疼得很。」他坐在炕沿上，低聲道：「有時候想想，母親當年也是賜婚父親，母親當時年紀不大，尚且能夠從容地嫁進褚家，主持中饋，令人敬服。林家不堪是林家的事，就算林頌鸞嫁進來，兒子也不會教她禍害了。」

老夫人恨聲道：「她也配！」目光凌厲。「你父親雖然年紀大，但當時也沒有林家人這般無恥齷齪！」

林家人勾搭老太爺，老夫人能忍了，可竟然妄想染指自己兒子，這是老夫人決計不肯接受的。

「母親不要生氣，既然不喜歡，兒子這就去拿了懿旨回來，當著母親的面燒了可好？」

老夫人歪過頭去，悶聲不吭，褚翌只好站起來。「那兒子就去拿來，不過還是先讓大夫進來看看，好教兒子放心地出這個門。」

他走到門口，給站在大夫旁邊的隨安使了個眼色。

隨安連忙請大夫進屋，服侍著老夫人露出手腕，大夫開了藥，留下方子，沒有多話就出去了。

褚翌也乘機走到外面去問老夫人的病情。

大夫一看這樣就知道，這是府裡有事才令主母生氣，回答得小心翼翼，只說要少生氣，多注重保養之類。

褚翌點頭，命人送上診金，備好馬車送大夫回去。

第七十二章

送走大夫，褚翌徑直去了大老爺的院子，開門見山地問大夫人。「大嫂，懿旨在哪裡？」

大夫人看著他的樣子，知這懿旨他拿去絕對不是為了看的，可若是損毀懿旨等同對皇后不敬，也是抗旨不尊。「九弟，這懿旨沒什麼好看的，我已經收了起來，以後還要放到祠堂的——」

大老爺開口。「將懿旨給九弟。」

大夫人急了，看了一眼褚翌，逼得眼淚都流了出來，上前一步掀開大老爺腿上蓋著的錦被。「九弟，大嫂求你了，做事千萬不要衝動。你看看你大哥，他的腿都成什麼樣了？實在是跟著你們折騰不起了！」

褚翌看了一眼，手緊緊攥了起來。大老爺一把扯回被子，皺著眉呵斥大夫人。「叫妳拿懿旨！」平日裡的他都是溫柔木訥，相比老太爺，更像一個勞心勞力的大家長，現在突然發火，大夫人也嚇了一跳，眼中含著水光，去將裝著懿旨的長匣子拿出來。

褚翌拿過來，轉身就走。

回到徵陽館時，正好聽見紫玉在嘟囔。「大老爺也真是的，不去請太醫，反倒叫了個大夫過來，這大夫可不可靠啊，開的藥行不行？」

隨安正蹲著身子搧火，聞言急急道：「姊姊快來看，水好像滾了，再燒一刻鐘行不行？」

褚翌拿著懿旨進屋，徐嬤嬤正勸著老夫人用些粥。「大夫說了，那藥衝胃氣，您先吃點東西。」

見褚翌重新進來，徐嬤嬤忙放下碗退下。

褚翌從外間拿了火盆進來，老夫人這才起身道：「不許燒。」

褚翌臉上表情微鬆，不過片刻，冷冽目光又重新凝聚起來。他鄭重地握著老夫人的手，發誓一般說道：「母親且看著，兒子總有一天會將這懿旨正大光明地燒了。」他聲音沈穩，表情肅穆，氣質跟從前已經有了變化。

隨安端著藥進來。

褚翌看見她臉上一抹灰還不自覺，就笑道：「這丫鬟也忒會巴結了，這會兒都成了母親的人了，索性留在徵陽館裡日夜伺候，也算是替兒子盡一份孝心。」

老夫人道：「只要你好好的，比給我吃人參果都強。」

褚翌乘機道：「兒子知道母親心痛兒子，可難不成就不興兒子心痛母親嗎？母親只要好好的，兒子吃糠嚥菜也像吃人參果一樣。」

老夫人終於笑了，用帕子擦眼角。「兒子長大了，會哄人了。」

褚翌握住她的手。「兒子說的是真心話，您聽我的，先沈住氣。」他俯身貼著老夫人的耳朵說了幾句，不等老夫人變臉色，就接著道：「兒子心裡有數，您這兒穩住了，兒子在外面行事一定會事半功倍，無往不利。」

老夫人猶猶豫豫地點頭，母子倆又小聲說了幾句，方才放他回去，並吩咐隨安。「好生伺候妳老爺回去歇息，晚上就不用過來了，吃完早些睡。」

褚翌往外走，順便將懿旨拿了出來。

出來正好碰上褚鈺。褚鈺匆匆忙忙的，額頭有汗，見到褚翌道：「你七嫂的車壞在了路上，我出去剛接她回來。」是解釋自己剛才怎麼沒在老夫人跟前。

褚翌喊了聲「七哥」。「我先回去換衣裳。」

褚鈺看了看屋裡，悄聲問隨安。「老夫人看了大夫沒有？歇下了嗎？」

隨安還是比較同情他。皇后下懿旨，褚鈺在老夫人面前受的氣最多，昨天還只是挨訓，今天就挨了一只茶碗。她小聲回道：「看了大夫，也喝了藥，現在徐嬤嬤在屋裡服侍。」

褚鈺鬆一口氣，回身叫小廝。「等七夫人換好衣服，叫她先來老夫人這邊，我去書房跟九老爺說話。」

老夫人的威力太大，他不得不拿媳婦頂一頂。

褚翌卻沒有跟哥哥說心事的心情，可褚鈺偏要跟著他進門，他也不能拒之門外，乾脆回錦竹院，先指揮隨安。「將那東西收拾好了，別等要用的時候找不到了。」又叫武英。「去抱幾罈酒過來。」

隨安心裡不太贊同。

褚鈺這次喝醉的速度比上次還快，隨安叫人準備了醒酒湯，先催吐，然後灌湯，一氣呵成。

褚翌神情慵懶地靠在椅子裡，隨安朝他看了看，招手叫了衛乙過來。「把七老爺悄悄地揹回去。」

褚翌沒有做聲，顯然默許了她的話。衛乙二話不說將褚鈺揹在背上，腳步輕快地沿著長廊跑出錦竹院。

隨安正要打水讓褚翌洗漱，卻見他站了起來。「去書房。」

這次他沒有獨自思索，直接開口問：「大老爺是請太醫沒請來，還是乾脆沒有請太醫？」一副打算秋後算帳的口吻。

隨安愕然，看著褚翌認真的面容，可在這一刻，與褚翌同舟共濟的心思冒出頭。「大老爺親自坐車去請大夫，而且很快就請回來了，想必沒有去請太醫。不過，」她的聲音低了低。「府裡剛接了懿旨，要是傳出老夫人生病的消息，恐怕會教人說府裡不滿皇后娘娘的旨意……」

褚翌輕笑。「難道妳以為我會怕她？」聲音裡面盡是輕蔑。

「我曉得您不怕她，可這時候，我覺得實在沒必要硬碰硬。就像雞蛋跟石頭，雞蛋能果腹，可石頭吃了只會死人，要看怎麼比，對不對？」

褚翌的笑更加輕鬆了，不是為了隨安說的道理，而是因為他想通了一件事。

隨安的聰慧敏捷並不亞於男子，相反的，比一般的男子都強些。

這要是個男孩子，學習一下，假以時日必定是個很好的幕僚或軍師。

林頌鸞這樣的人，心計雖然稍欠，但陰狠有餘。要知道，有時候陰狠要比心計更能搶先一步，畢竟事情做完了，也就見輸贏了。

褚翌討厭林頌鸞，不是因為林頌鸞太壞，而是他發現，兩個人性情之中有諸多相似之處。有的人對和自己性情相似之人有惺惺相惜之感，有的人卻覺得最好在世上獨一無二，他自然是後者。

所以他努力找了找自己跟林頌鸞的不同，覺得自己比無恥的話竟然比不過她，頓時怒了，他最討厭屈居下方。

他定定地瞧了瞧隨安，見她臉上肥嘟嘟的。

「妳怎麼又胖了？」

隨安沒覺得自己胖，愕然抬頭，見他皺著眉，不滿地看著自己，一頭霧水。

褚翌這才發現，她的臉紅得不正常，一斜身子伸手，老虎抬爪子般抄著她的腦袋拉到眼前，皺著眉。「妳凍傷臉！」

隨安伸手一摸，嘀咕。「難怪剛才覺得好癢……」今天遇到的事情太多，心緒大起大落，也沒注意，沒想到把臉給凍傷了。

褚翌氣不打一處來。「妳還能再蠢些嗎？明明看著很機靈。去拿燒酒來！」

「不用，我用熱水敷敷就行，您要是沒什麼吩咐，我就下去了。」

「拿熱水來這裡敷，我話還沒說完呢！」

隨安有點猶豫。她要真是個土生土長的古代人，蒙褚翌如此青睞，都得肝腦塗地，可她偏偏不是。她身上還是保持了一點道德羞恥，褚翌的婚事定了，她再跟他在一起，就有種小三的罪惡感。

可現在也不是說這個的好時候，再說她實在沒把握能說動褚翌。

她出去要熱水，乾脆連褚翌的洗腳水也要來。「您燙燙腳吧！」

「不用管我，妳躺這裡。」他指了指身邊。

隨安不太情願地挪過去。

嚴婆子端了熱水進來，褚翌讓她放在炕桌上，猶自帶著熱氣的帕子往隨安臉上一放，燙得她一哆嗦，差點伸手從臉上抓下來。

褚翌看她的手在坐褥上抓了抓，唇角一勾道：「忍著些，一會兒就好了。」

隨安嘟囔。「您把我鼻子露出來啊！」

嚴婆子在一旁就道：「姑娘這是凍傷臉了？合該用些花椒水熏熏。」

褚翌道：「她才剛凍傷，要是凍結實了，就用那個。」

凍結實了……隨安心裡默默「呿」了一句。

嚴婆子見九老爺自己動手，便行了禮退下。

褚翌一邊揉著她的耳垂，一邊笑道：「放了花椒，再放點鹽，把妳的臉擱進去，正好煮出一盆豬頭肉來。」

隨安不答，他心情好就好。

褚翌見她喘氣，弄得鼻子上的帕子一張一合，顯然是生悶氣，低頭偷偷笑了一陣，然後才說正經事。「妳不用太擔心，林頌鸞不會嫁進來。」

隨安臉上癢，心裡卻清楚明白，道：「是老夫人擔心，覺得虧待了你。」

褚翌眉頭一挑。「妳不擔心？」看她這兩日的面色就知她多麼壓抑了，女人就是小心眼。

隨安才不想跟他討論這個話題。「你有什麼辦法？」可千萬別亂來。

「妳說說，我應該怎麼辦呢？」

兩個人討論的是褚翌與別的女人的婚事，這教隨安心裡真的有點生氣，氣自己不爭氣，氣褚翌不拿婚姻當回事，口氣也有點不遜。「我哪裡知道？」

褚翌笑，才覺得她聰明，有軍師的才能，這就心思亂了，還是壓不住陣。

他有心教她，緩聲道：「皇后賜婚，有給劉家添堵的意思，也是覺得我們家不識抬舉；不過妳瞧著太子那樣，蠢得就差在頭上刻個『蠢』字，皇后又能精明到哪裡去？被林頌鸞奉承幾句就找不到北了，也不想想歷朝歷代，多少太子成了廢太子——」

隨安腦袋一動，立即被褚翌壓住。「別亂動。」他抓起她臉上的帕子扔到水盆裡面，重新換了一條。

隨安很不情願。「這話也忒那什麼了，你不該跟我說。」

褚翌一無所知。「不跟妳說跟誰說？咱們倆什麼關係？那是出生入死、鴛鴦戲水……」

隨安吐血。

褚翌調戲了她一把，又接著道：「妳放心好了，我已經寫信給栗州那邊，李家也該動動了，要是他們不動，就逼著他們動。」

至於怎麼動？當然是內外夾擊，雙管齊下，到時候李家一舉事，皇后跟太子還有空管他的婚事？最好把太子送到李家爪子搆得著的地方！

褚翌一想到這裡就渾身興奮，覺得自己在陰謀詭計這一方面更精進了一步。

「隨安？」他低頭一看，她閉著眼，已經睡了過去。

褚翌靜默，而後憤憤地說出一句。「可真是心大，豬頭！」

第二天，隨安剛醒，就聽見褚翌嫌棄。「口水都沾我衣裳上了！」

隨安摸了一把嘴角，果然濕漉漉的。可自己趴著睡，流口水不是正常的嗎？心裡翻了個白眼，覺得自己真是傻透了才留戀褚翌這樣的人！

褚翌穿戴整齊，精神奕奕地去徵陽館請安。往常因為這個時辰太早，父親、母親未醒，都是他過來走一趟，沒想到今天他才過來，就見屋裡亮了燈。

褚翌進門先看老夫人，見她眼底淡淡發青，知道這是沒睡好，臉上的笑就收了收。

老太爺也醒了，正用熱帕子擦臉，看見他道：「今兒韓家宴客，我跟你母親過去，我去見見宰相。」昨天他在宮門口等了一個多時辰，也沒等到皇上召見。

褚翌一頓，笑道：「那兒子就在父母跟前蹭頓早飯。」

老太爺知道他這是有話說，點頭應下，飯後兩個人去了書房。

褚翌還要進宮，便開門見山。「宮裡的懿旨已經下了，縱然陛下曉得前因後果，也不會直接令皇后收回，否則皇家臉面掛不住。您去韓家，成則成，不成也不要勉強。」

老太爺有點感動，眼角水光一閃而過，覺得兒子體貼自己。

褚翌卻在想，宰相雖然與父親交好，卻實在是雞肋，蓋因他讀的聖賢書太多，是所謂「正統」堅定的支持者，這種人，即便太子不去拉攏，也是太子天然的盟友，去求韓遠錚，還不如看看賢妃那邊能不能使上勁？

褚翌走了一會兒神，方才對老太爺道：「父親跟母親還要多多保重，這才是兒子們的福氣，母親既然不舒服，不如就在家歇息。」

老太爺搖了搖頭。「她出去走動走動也好。」

褚翌遂不再勸。他自來是個主意大的，又不同於其他人，見父母主意定了，便起身告辭。

出來後卻不直接出門，反而回了書房院子問隨安。「我的庫裡有沒有不顯眼又貴重的東西？」

這些東西都是隨安謄抄過冊子的，他一問她就想到了。「有幾件。」

褚翌點頭。「妳尋出來，我挑一挑。」

隨安叫了武英、武傑同去錦竹院，不過片刻便提了一只包袱過來。褚翌剛要撇嘴，見她打開包袱，一下子露出其中七、八只小巧的錦盒。

隨安先取下盒子上夾住的籤子，看了一眼道：「這是一枚扳指。」她笑著道：「這一枚是滿綠的翡翠扳指，向來難得，老夫人說這樣的好東西，滿大梁也尋不出兩件能與這枚比肩的。」

褚翌笑罵。「既然這麼貴重，妳還拿出來，老子的家底啊這是！」

隨安看他拿在手裡又不放下，很明顯要送東西的人不是配不上這件東西，便笑。「左右是個裝飾，要我說，東西是好東西，並非用不起，只是若一直捨不得拿出來，那倒沒大用了。」

褚翌聽她這話，就知她大概猜到自己要送給誰，揉了一把她的頭髮，問：「妳曉得我要送給誰？說說看。」

他眼裡發光，隨安立即心裡一緊，玩笑著準備岔開話題。「過年您見的人多，誰知道您要送給誰呢？反正不是送我，再說送我我也不敢要。」

「這話怎麼聽著這麼酸呢？我還以為……」褚翌一笑，接下來的話卻未繼續說，將扳指重新放回盒子裡，看了一眼那盒子，外面樸素，裡面精緻，十分滿意，就直接收在身上。

「爺，您要拿走送人，到底送給誰啊，我也好入帳。」

「妳不是猜到了？就按妳想的那個寫。」褚翌說著就往外走。

隨安只好把其他東西都重新收起來，放了回去，一面猜測褚翌送禮給三皇子的用意。其實也好猜，他既然看不上太子，又沒有起兵謀反自己做皇帝的心思，那就只能與其他皇子結盟了。三皇子年紀比四皇子大，母妃賢妃又比較聰明會做事，目前接觸就是個互相試探，他們的交情還沒有深到結盟的地步。

褚翌的試探也不難看出來，送個重禮，三皇子要是驕傲自滿，逢人就炫耀，他肯定不會再做什麼，只管將水攪渾，讓三皇子跟太子折騰。

要是三皇子不想說，反而讓身邊的人發現了，那是三皇子雖然有心，但也忒無能了，褚翌肯定也得掂量掂量。

但已經到了送重禮的這一步，前面兩個推測估計做不得真，畢竟他不是個散財童子。所以想來想去，隨安覺得褚翌準備跟三皇子結盟的可能比較大。

說實話，她沒什麼野心，自己帶著褚秋水哪裡都能生活，自然對誰當皇帝沒有想法，但要是當皇帝的是個昏君，弄得民不聊生，那就跟她有關了。

第七十三章

褚翌進宮，同僚們都知道他即將娶劉家的寡婦，一時間不知道該恭賀好，還是該安慰好？

褚翌沒把懿旨放在心上，照舊安排輪值，自己親自帶人巡視。眾人見他的樣子，頓時都按下好奇心不提，一切就跟皇后未下懿旨一樣。

老太爺這邊卻如褚翌所料，並不順暢。他找宰相的目的沒達到不說，宰相韓遠錚反而乘機要他上摺子求太子監國。

老太爺要是年輕幾歲，都能跟他當場翻臉。

韓遠錚還在勸他。「不過是個女子，皇后娘娘再稀罕她，也不會越過九公子去；再說夫為妻綱，嫁了人就是在家裡擺著，你們家有老夫人、大夫人，難不成還須她出去應酬？」放在家裡，大家會很快忘記的。

老太爺心想，你既然知道這麼清楚，你怎麼不娶？怏怏地灌了幾杯酒，而後裝醉，堅決不肯回應韓遠錚的提議。

林頌鸞昨天在宮裡就拿到屬於她的那一份懿旨。

皇后是真覺得她好，不僅親自執筆，還寫了許多諸如「家承鐘鼎」、「齊莊知禮」、

「性秉惠和」等等讚美德行的好詞，林頌鸞欣然接受。

要不是她出宮太晚，當天就想去拜訪老夫人，想把自己尚且是完璧之身的事說給老夫人聽。

在她看來，自己完璧，便是最珍貴的嫁妝了。

林頌鸞這日一大早就來拜訪老夫人。

她打發了人去褚府，卻在門房被攔住了。門房口氣不好，但也沒說什麼惡劣的話，只說：「今天主子們都要出門，並不見客。」

林頌鸞不死心，叫人守在褚府門口，見女眷的馬車去了宰相府，她也連忙收拾自己，趕到韓家。

皇后的懿旨下得太突然了，再說韓家這樣的高門，連劉貴妃的娘家劉家都得小心對待，林家就更不用提了，所以韓家主事的夫人聽說林家人上門拜訪時，根本沒反應過來。

林頌鸞在門口等得急了，又派了個人。「妳只說找褚府老夫人，說我有要緊的事要稟告老夫人就行。」

林頌鸞表明身分，又說了要見褚老夫人，韓家的女眷就不敢擅專了，兜兜轉轉，事情落到紫玉身上。

紫玉愁得不行，她擔心老夫人看見林頌鸞再氣出個好歹來，又心裡恨恨，罵隨安。「早不凍傷，晚不凍傷，害我連個商量的人都沒有！」

隨安是乘機告假，回了褚秋水那裡。

如果說她之前躊躇不定，那懿旨下來，便是塵埃落定了，她必定要走，不能再徘徊動搖。

她對褚秋水道：「我不打算在褚府當差了。」

褚秋水沒問原因就點頭同意，還傻傻地問：「那咱們回上水鄉？」然後發愁。「房子給了松哥兒住，再要回來恐怕不大好吧？」

既然他這麼容易接受，隨安也沒啥好擔心的，直接道：「不回上水鄉，去別的地方。」現在沒什麼戰事，就算肅州那邊打起來，估計規模也不會太大，他們只要避開北邊，靠近肅州那邊的地方就行。

隨安將值錢的東西都拿了出來，有些鐲子跟釵環交給褚秋水。「拿出去當了。」有褚秋水當擋箭牌，她以後扮起男裝來應該更方便，所以首飾什麼的，對她來說用處真不大。

褚秋水有些捨不得。「這個留著以後當妳的嫁妝多好。」

隨安隨口。「這些都不好，等爹有了錢給我買好的。」

褚秋水開心了，開心完了壓力驟增。這些他覺得好的，閨女都看不上眼，那他以後得賺多少錢才能夠置辦一副閨女滿意的嫁妝啊！

褚秋水能想這麼多，連隨安都沒想到，她只是一邊敷衍褚秋水，一邊警惕地看著褚府的動靜，打算找一個適合的時機，不管用什麼法子，反正離開褚家就對了。

等隨安養好了臉，初六再回褚府幫忙時，就發現老夫人的臉上多了些笑容。

不用她打聽，紫玉就憤憤地將宰相府裡的事說了。「不要臉！上趕著追到別人家求見老夫人！」

至於林頌鸞跟老夫人說什麼，紫玉就不大清楚了。「老夫人估計是怕被人聽去丟了府裡的臉面，所以叫我們都退下了。」

隨安直覺林頌鸞說的事教老夫人對她的態度有所鬆動，她對林頌鸞的戒心不由得又加厚了一層。

老太爺現在還是太尉，而且褚翌確實軍功赫赫，所以初六的宴席辦得很成功，也沒人在席上拿林頌鸞說話。

隨安注意到老夫人的心情更好了些。

褚翌還不知道老夫人見過林頌鸞的事，他今天幫父兄待客，因不喜醉酒後頭痛，所以到宴席結束後都還是清醒的，陪著老夫人說話。

「母親今日終於露出一個笑臉，兒子心裡也鬆快了些。」他手勁大，拿來捏核桃，不過捏了兩個就掌握住力道，後面捏出來的都是完整的。

老夫人心疼他，叫人給他打水洗手。「不許捏了。」卻沒說自己為何開心。

褚翌只是笑。「母親定然有事瞞兒子，難不成是私下裡勻了私房給七哥？」

老夫人啐他，屋裡伺候的人都悶頭笑。

褚翌在燈影裡看見縮在徐嬤嬤身後的隨安，臉上的紅腫已經消失，又恢復了白嫩，可這樣一來便顯得瘦小了。

「隨安。」他開口叫她，見她惶惶了一下，就笑著對老夫人道：「這丫鬟倒是不似我的丫鬟，整日巴結著母親。」

老夫人也轉頭看了一眼，道：「不巴結我，難不成要巴結你？她年紀也不小了，你又不要她成你的房裡人，是你能給她尋一門好親，還是我能給她尋一門好親？」目光緊緊盯著褚翌。

褚翌一怔，而後看向隨安，眼光漸漸變冷。

隨安沒料到這對母子說話能扯到自己頭上，她片刻茫然之後立即清醒過來，抬頭看著這兩人。

老夫人的眼中帶著試探，而褚翌的眼中有火。

這種無妄之災，真教人惱怒。

就算褚翌想娶她，她也不想要老夫人這種婆婆，因為老夫人太容易忘記別人的好，反而總是想著別人會算計自己，在這一點，老夫人跟褚翌還是有很大的區別。

她垂下頭，不言不語。

褚翌慢吞吞地開口。「隨安一會兒隨我回去，幫我整理文書。」

隨安直接拒絕。「婢子今晚要在老夫人房裡值夜。」

「母親這裡這麼多人，用得著妳顯擺啊！」褚翌沒好氣。

老夫人沒有做聲。

隨安也息了聲音，她垂下頭，就不信褚翌敢當著老夫人的面來抓她。

褚翌最後還是自己走了。這兩年，他的城府不斷加深，隨安這種抗拒對他來說，猶如螻蟻，他不過是縱容著而已。

而隨安開始教武英跟武傑看帳本、記帳，看褚翌莊子的收成，看鋪子收益，如何分辨是不是糊弄等等。這兩人苦不堪言，怪得是老夫人知道了也沒說別的。

初七是褚翌生辰，今年沒有好好地過，各房送了禮物，隨安只管入帳，倒是褚翌手下一些小將不知道怎麼打聽到，也送了禮來。隨安見褚翌不高興，乾脆商量徐嬤嬤，一一回禮。

到了正月十六開印上朝的日子，皇上終於出來了，卻穿著一身道袍坐在龍榻上。

皇上宣布了幾件事，一件事是他要閉關一段日子，由太子監國，宰相輔佐；另一件事則是厚賞了李玄印的身後事，給李家幾個兒子都封了官，然後讓李家三子任肅州節度使。

至於為什麼是李家三子，而不是才能更為卓越的李家老二，這就是三皇子的能耐了。

褚翌終於知道，賢妃對上皇后並非沒有一擊之力，在他暗示三皇子，李玄印的第二子是太子有力支持之後，三皇子立即找了賢妃商量。褚翌不知道他們怎麼做的，但結果已經偏離了太子預期，看太子一下子由歡喜變成愕然的臉色就知道。

不同於隨安對林頌鸞的如臨大敵，他一開始就沒把林頌鸞當成對手，而是直接著眼在皇位之爭。

太子直接問：「父皇，兒臣聽聞李家兒子李程樟才能卓越、人品不凡，不知為何選了這個默默無聞的李家三子做一州節度使？」

褚翌站在殿門口，聽著殿內太子的聲音，微微發笑。太子不僅愚蠢且蠻橫。

皇上聞言道：「太子是怎麼曉得這李家老二的？朕倒是沒聽說。」

李程樟自從搭上太子這條線，送錢、送物毫不吝嗇，太子吃到嘴裡，就把肅州當作了自己囊中之物。在太子看來，李程樟小意殷勤又忠心，自然自己也得維護他幾分才行。

只是太子急著維護李程樟，沒聽出皇上話裡的意思。

三皇子曾經問褚翌，要不讓賢妃跟皇上說說皇后賜婚的事？褚翌想了想還是搖頭。這事就算要讓皇上知道，也不能是賢妃去說，免得皇上起了疑心。

褚翌看著一身道袍的皇上，不知他還會不會留戀劉貴妃？畢竟劉家出了事，劉貴妃元氣大傷，怨氣加身，恐怕皇上也是畏懼得多。

劉貴妃是強弩之末，皇上又有道士牽著，劉貴妃已經影響不了大局，只要把李家三子成肅州節度使的事坐實了，李程樟必定不服，到時候不想反也得反了。

散了朝，果然就聽說劉貴妃的人去攔皇上的轎輦，不過皇上只在劉貴妃那裡坐了一刻鐘就回宮了。

接下來的日子，太子監國，褚翌按部就班地繼續當差，臉上既沒有即將成婚的喜悅，也沒有對這門婚事的不滿，令許多看不慣他的人本想見了面打趣一下都沒了興致。

可林頌鸞著急了。

褚家接了懿旨，但並無媒人上門商量婚期，林家經過劉家的事也算有了經驗，當褚家做得還不如劉家當初的時候，林太太先慌了。

林頌鸞進宮去求皇后。

如今太子監國，皇后威儀更上一層，對林頌鸞的喜愛也是只多不少，就笑著道：「我把妳婆婆叫進來問一句，妳也聽聽。」

林頌鸞雖然覺得害臊，卻沒有拒絕。

老夫人進了宮，先給皇后拜見，然而又受了林頌鸞的禮。

皇后沒什麼顧忌，當著林頌鸞的面就問婚事準備得怎麼樣了，而林頌鸞也沒有找個藉口走開。

老夫人態度很是恭敬地對皇后道：「請娘娘吩咐。」

皇后笑著看了林頌鸞一眼，道：「褚翌年紀也不小，成家立業，這成了婚，以後就是大人了，那些要緊的差事也可以交到他手裡。」

老夫人道：「娘娘說得是。」

皇后笑了，吩咐林頌鸞。「頌鸞，妳送老夫人出宮。」林頌鸞蹲身應「是」。

到了外面，老夫人道：「林姑娘還是回去陪著皇后娘娘，娘娘沒有女兒，難得喜歡林姑娘。」

林頌鸞情真意摯地說道：「老夫人，我那天說的話都是真心的，以後……一定也會一心一意地對褚九哥。」

老夫人差點就說，妳要是真心，那就去死一死，就算真心又如何？就算尚且完璧又如何？褚家難不成淪落到會喜歡一個完璧的寡婦？

她點了點頭，示意林頌鸞回去，自己往宮門走去。

一個小內侍看著老夫人跟林頌鸞分開，連忙追了上去，低眉屈膝地說李貴嬪有請。

老夫人皺著眉看著他，胸中的怒火有些按壓不住。一個、兩個的，把自己當成可以任意搓圓捏扁的東西了?!

小內侍道：「貴嬪說，她受褚家恩惠，老夫人但有驅策，敢不從命？」

老夫人想了想，還是沒有見李貴嬪，也沒有說什麼，她對林家人的厭惡實在太深了。

回家後，晚上看見褚翌，便把李貴嬪的事說了。

「此女心術不正，母親不必理會她；再說，她若是真精明，也不會丟了孩子。」褚翌道。

老夫人點了點頭，拉著他的手小聲道：「你有什麼計較，不敢與你父兄說的，儘管找母親來做。」

說得褚翌心裡酸苦。母親為了他，連父親看上的女人都肯折腰，可他又怎麼會願意母親去奉承旁人？

便學著老夫人的樣子輕聲道：「現在還沒有，等我有困難了，一定找母親。」

之後，褚翌回了錦竹院，命武傑去找隨安。

隨安正在老夫人跟前捶腿，看見紫玉給自己使眼色，沒有理會。

她這些日子越來越木訥，先前有三分機靈，現在連一分也沒有了，只知道做事，話也說得少了。受她影響，紫玉也老實了不少，徵陽館漸漸沒有往日那樣熱鬧，人人規行矩步。

武傑沒叫來隨安，不敢走，只跟紫玉道：「那我在這裡等隨安姊姊。」

這一等就等到熄燈。

隨安出來，情知躲不過去，只好對武傑道：「你再等我一小會兒，我換件衣裳跟你過去。」

她回了自己的房子，而後出來，腳步匆匆地跟著武傑去書房院子。

褚翌正在寫信，隨安見桌上無茶，硯臺裡的墨汁也快要用完，就叫武傑提熱水過來，她站在一旁，拿起墨條垂頭磨墨。

褚翌擱下筆，她又自覺地拿熱帕子過來給他擦手。

「想什麼呢？老半天也不吭聲。」

隨安回過神來，看見他看過來的臉，幾乎是下意識就朝他笑了。

暈黃的燈光為她的臉添了幾分羞澀，褚翌過來拉她。

「不、不行……」她終於尋回理智，推拒道：「我身上不方便。」

褚翌笑。「妳想什麼呢，我就是抱抱妳。」

隨安覺得他心情很好，不過她心情不好啊！

褚翌卻覺得她很乖、很懂事，也不收拾已經乾了的信，將她抱在懷裡，輕聲道：「這些日子委屈妳了。」她在徵陽館裡還沒有在書房小院輕鬆。

「這話從何說起？我覺得挺好的。」

「言不由衷。」

隨安抿唇，縮著肩膀靠著他。

雖然說了只是抱抱，但這種時候，屋裡又只有他們兩人，從前那是不知道滋味，現在曉得了，如同餓久了的人懷裡抱著一隻大雞腿，無論如何也忍不住不吃。他去抓她的手，被她的手冰得一哆嗦。「手怎麼這麼冷？」

隨安一下子從他身上起來，雙手捏在一起。「我要回去了。」

「回哪兒？難不成妳不是我的人？」

隨安心裡恨恨。明明他的口氣是輕描淡寫，可她聽在耳裡，還是忍不住臉熱。

她一邊使勁按捺住叫囂著「從了他、從了他」的心，一邊努力凝聚氣勢，使勁拒絕。「爺都是要成親的人了，成了親就是大人，您看府裡哪個爺們這麼調笑丫鬟？」

隨安這般說話，要是擱到往日，褚翌肯定要生氣，不過他今日心情好，也懶得跟她較勁，直接重新抱回懷裡。「我就這樣，妳待如何？」

隨安打定主意不肯讓他近身，目光死死盯著案桌。「我幫您把信收起來吧，免得風吹散了。」

她作勢要起，褚翌鬆了手，卻將她圈在身前，任由她一一揀拾晾在寬大案桌上的書信。

本是轉移雙方心思，沒想到她看了幾眼卻一下子愣住了，不由得轉身看了他一眼。

第七十四章

褚翌慵懶地靠在椅子上，身後的暗影烘托著他的劍眉星眼，溫暖的燈火為他的臉染上一層橙黃的光芒……當真公子如翡。

隨安幾乎是有些丟盔棄甲地轉過頭去。

難怪林頌鸞鐵了心地想嫁給他。

而自己……雖然明知兩個人不可能，但其實很捨不得離開他！否則第一次跑得那麼順溜，沒道理第二次就坎坷了。

褚翌在她身後扯了扯她的頭髮。「看我看呆了？流口水了？又不是不給妳親！傻貨。」

拜他毒舌所賜，隨安徹底清醒過來，抿著唇，醞釀了一下胸中翻滾的情緒說道：「我爹想回鄉下，我要請幾天假送他回去。」

褚翌哼笑。「妳還真把自己當條漢子？讓武英或者武傑跑一趟，再不濟讓衛甲、衛乙去送。」

隨安本也沒想到一次就說服他，不過還是據理力爭。「他們都有用處，其他人我不放心，還是自己親自去送放心。」

褚翌一笑。「妳看信了？我就知道妳這小腦袋瓜聰明，等我以後去戰場，讓妳做個軍師如何？」說著說著就不正經起來。「不過在我看來，妳的用處可比他們大多了……」

隨安充耳不聞，將信收到信封裡，封好口，趁他寫封面的時機匆匆道了一句。「我回去了。」就跑了。

氣得褚翌把信封上的「褚越」寫得殺氣騰騰。

徵陽館後罩房有個小角門，入夜後是不落鎖的，隨安摸黑回來，從這個小門直接回自己屋子。

她躺到床上還在想褚翌寫給褚越的信。

褚越留在栗州是為了避免東蕃捲土重來，也是為了栗州兵權，她有想過這可能是褚翌的主意，但現在看來，褚翌的目的還不止是這兩點而已。

他讓褚越在肅州放些流言，說皇上命李玄印的第三子為肅州節度使，任命不日就要下來；又讓褚越找殺手，趁著李家幾個兒子矛盾激化時，將李玄印的第三子暗殺了，這是要逼反李程樟。

當然，李程樟想謀反當皇帝，那是癡人說夢，他沒有那個能力，也沒有那個兵力，可要是割據一方，成為類似諸侯之類的王侯還是有可能的。

從地理位置上來看，肅州對東蕃屬於易守難攻，對大梁亦是如此，李程樟想要稱王的野心還是能得逞。

褚翌想要逼得李程樟稱王，是因為褚家不得太子歡喜，或者說，褚家實在看不上太子這個儲君，想藉機拉太子下馬。

但李程樟自立為王跟拉太子下馬這兩件事，褚翌是怎麼牽扯到一塊兒的，隨安就不知道了，也不敢問褚翌——知道得多了，就越難走。

第二天，隨安就找徐嬤嬤告假，說要送父親回鄉。

徐嬤嬤看著她嘆了口氣，准了三日假給她，回頭跟老夫人稟報了。

老夫人眼角耷拉下來。「忠心有了，能力也顯而易見，但女人不是男人，女人的心要是不在這男人身上，還不如趁早放開手……」

徐嬤嬤張了張嘴，道：「我瞧著她不是那沒良心的……」

「不是沒良心，只是主意大。算了，她既然已經走了一回，九哥兒又賞了她身契，我就不在這裡做惡人了，要是想走，交接好了就讓她走吧！」

徐嬤嬤道：「您慈悲為懷，但願她能回轉過來。」隨安之前想出府的事，徐嬤嬤自然早就告訴了老夫人，老夫人以前是怕她帶壞了褚翌，但當知道她毫不戀棧之後，心情也沒變好，反而更加糟糕了。

隨安把值錢的東西都帶上，說是回鄉下，卻並不打算真的回去，而是出了城門一路往南，去了她之前落腳的下裡縣。

中隱隱於市，下裡縣價值成千上百兩的好宅子她買不起，可買一個八十兩的小宅子還是可以的。

買完宅子，也還剩下一百多兩，就是褚秋水不做事，只要不出去嫖賭的話，盡夠生活個十來年了。

「爹，您在這兒好好地閉門讀書，偶爾出去走動走動，遇到會文的，也可參加，但不許把人領到我們家裡來！」她一錘定音。

褚秋水猶猶豫豫。「妳還回去嗎？那個，小宋……我不是捨不得他，是他盤的炕好，要是在這裡盤一個就好了……」

宋震雲過了這麼久，總算是在褚秋水心裡落了幾分好。

「現在天暖和了，等秋天我再找人給您另外盤一個。」

她不得不想得長遠一點。宋震雲那裡不知道他們的行蹤，對雙方都好。

將褚秋水連嚇帶哄地安頓好之後，她才折回上京，沒有立即回褚府，而是先去之前褚秋水租住的地方，把一些家什能送房東的送給房東，送宋震雲的，就喊了他過來拿。

宋震雲欲言又止。他跟褚秋水待慣了，對隨安有了幾分畏懼。

他不敢開口，隨安正好省下心思編瞎話，也故意裝作沒看見。

宋震雲終於鼓足勇氣，問了一句。「家裡都還好吧？」

隨安一笑。「宋叔盡可放心，家裡一切都好，宋叔也多保重。」

宋震雲便不敢再繼續問了。

隨安到街上吃飯，在包子鋪裡坐下，要了一籠包子、一碟蘸蒜，才吃了兩口，就聽人說宮裡皇上要修道觀，太子令各地加稅一成。

太子可真能找事，打著給皇上修道觀的名聲斂財，這是想把那黑鍋讓皇上揹了，自己只收好處。

隨安回褚府的第二日，皇后命欽天監的人上門，圈了三個日子讓褚家選。

老夫人開始稱病，老太爺無法，只好命大夫人接手褚翌親事的籌劃。

欽天監算出褚翌利於成親的三個日子，分別是二月二十八、三月十六跟三月二十四。

大夫人犯愁，不敢擅自決定，又不敢問老夫人。她當日上前接了懿旨，已經是得罪了繼婆婆，婆婆雖然年紀不大，但連一府之主老太爺都畏懼如虎，大夫人也不敢掠其鋒芒啊！

大夫人先找七夫人。德榮郡主是褚鈺之妻，褚鈺是褚翌的親兄弟，德榮郡主這個親嫂子總不能置身事外吧？

德榮郡主還真敢，她也稱病，說自己小日子好幾日沒來了，現在躺在床上不敢亂動，連想都不能多想。

好吧，還有個新進門的八夫人，然而八夫人唯相公褚琮馬首是瞻，一句不肯多說，一步不肯多邁。

大夫人急得嘴上起了一圈皰疹。

大老爺心疼啊。弟弟有爹有娘，折騰自己媳婦算什麼事？就命人找了褚鈺跟褚琮說話。

德榮郡主有孕，褚鈺總不能也有孕吧？還有褚琮，成親就是大人了，又是褚翌的兄長，小弟的婚事也該管管。

褚鈺心裡苦呢，跑前跑後，奉承這個、奉承那個，末了還要挨母親鄙視，他不想管，只道：「大哥，德榮膽子小，現在家裡亂糟糟的，我怕她有個好歹……」

他用的理由雖然牽強了些，可大老爺想著，這麼多年七弟夫婦終於有孩子的影了，確實不好太過使喚，但褚琮這隻鶴鶉更使喚不起來，只好道：「你為難我也知道。」又不是只有你有岳父，我還有岳母、舅兄、小姨子呢！「不過你也不能完全不管事，這樣吧，欽天監送來的日子，你去跟母親商量商量。」

褚鈺不樂意，瞅了瞅褚琮，覺得老八回來還不如老六回來，起碼六老爺也是嫡子，性子雖然不強勢，母親倒是高看他兩分；不像老八，想高看，他自己恨不能埋到土裡，能怎麼高看？

褚鈺到底接手了這一件事，大老爺很滿意，許下保證。「你只做好這件事，令母親滿意了，其他的事自有我擔待。」

褚鈺把這燙手山芋接在手裡，回去發愁了，左思右想還是找褚翌。

褚翌看了皺眉。「日子訂得這麼急做什麼？」他不想娶。

褚鈺左看右看，才發現屋裡不同。「你丫鬟呢？來這老半天了，怎麼一個上茶的也沒有？」

褚翌面色不快。「這幾個日子都不妥當，叫欽天監另選日子。」

「我的小爺！」褚鈺怪叫。「這可是皇后娘娘叫人送過來的，你駁欽天監不要緊，幹麼在這種事上直接跟皇后作對？」

褚翌將腳擱在桌子上不理他。

褚鈺挑了挑眉，上下打量他的樣子，突然笑道：「你不會是慾求不滿了吧？」

一句話正戳到褚翌心事。他近來連番布置了幾件事，深為得意，可就是隨安這裡，不是強詞奪理，就是縮得不見人影，他堂堂一個大老爺們，滿府去追一個丫鬟像話嗎？

褚翌不說話，在褚鈺看來，顯然就是默認！

褚鈺簡直就想仰天大笑三聲。竟連個丫鬟都搞不定！

他早就看出褚翌對待隨安不一般，不過褚翌脾氣不好，他沒敢往外說，沒想到如今居然裹足不前。

他伸手戳了戳褚翌。「你知道當初母親送隨安去栗州的意思吧？」那就是給你睡啊！

「哼。」

褚鈺心道，想不到九哥兒這麼純情，立即猥褻地上前悄聲問：「你告訴我，你成事了沒有？」

褚翌心裡一動，面上倒是還能撐住，皺著眉呵斥。「問得什麼話，你有當兄長的樣子嗎？」他想著隨安那扭捏樣子，要是被人知道兩個人之間的事，非得臊死不可。他這裡承認了，她以後怪他怎麼辦？

不說還是男人了解男人，褚鈺可是過來人，他在褚翌這年紀也是風流公子一枚，什麼沒見識過？現在看褚翌的樣子，就知弟弟在男女關係上還懵懂著，頓時來了興致，跟他這般、那般地說了一陣子，直說得口乾舌燥。

「男人在床上的功夫決定一切。」一句話總結。

褚翌對此嗤之以鼻。他功夫絕對好，但看隨安那死樣子，恐怕是不喜歡多過喜歡，要不幹麼一直躲著他？

褚鈺看出他的鄙視，忽然頓悟。自己兄弟一向直來直去，不解風情得很，這床上功夫，大概他以為就是持久而已？這可大錯特錯。

褚鈺的兄弟情暴增，如此這般、那般地又細說了一通。

好在褚翌也是經歷過大風大浪的，這才繃住面皮，聽到了心裡。

「……這種事說得再細就沒了趣味，我有幾本書，過會兒我回去叫人給你送來。總之，女人都是喜歡欲迎還拒的，男人嘛，不妨來幾次霸王硬上弓，但不能真把女人當成弓，要當成小奶貓兒……對了，這三個日子，你看最末這個怎麼樣？」

褚翌被他最後一句轉折給拉回神，想了想道：「不怎麼樣。」

褚鈺把他這句當成同意，扶著他的肩膀。「行了，母親那裡你還得幫我說好話啊！要我說，不過是個女人，娶來叫她老實待在屋裡就是，還能翻出天去？又不是真正的金枝玉葉。」

褚翌沒把林頌鸞當回事，但想想自己的婚事硬安給這麼個女人，就各種噁心；再說母親那裡也不喜歡，他就更懶得裝樣子了，有那心情還不如逗弄逗弄隨安。

褚鈺連求帶哄的，幾乎失了兄長的尊嚴，才算把大老爺交代的事辦妥，看天色不早，站起來往外走。

褚翌難得地起來相送，褚鈺心裡高興。「不用送了，你回去歇著吧！」

褚翌點了點頭便轉身又回屋。

褚鈺走到書房院子門口，卻碰上被武英叫來的隨安，頓時來了興致。「隨安，怎麼老是看不見妳？」

隨安疑惑。「七老爺找婢子有事？」

褚鈺聲音那麼大，褚翌在屋裡聽到，見褚鈺攔住隨安說話，怕他說出什麼不中聽的來，就站在門口道：「七哥，我覺得日子還是往後推半年才好。」

褚鈺哇哇大叫。「別開玩笑，我這就走！」

隨安一頭霧水，看了看落荒而逃的褚鈺，再看看冷著臉站在門口的褚翌，感覺腦子不夠用。

還是褚翌喝道：「站在門口做什麼？還不滾進來。」

他今天回來得早，特意在街上轉了一圈，買了她喜歡的東西回來。哼，褚鈺說他不懂風情，他懂得夠多了，是她該開竅的時候不開竅。

別的事，他們倆也算心有靈犀，唯獨在揣摩對方的感情時不夠精明。褚翌太自信，隨安太過小心。

褚翌不知道她的想法，知道的話，早把她腦袋擰下來了。

兩個人在屋裡，隨安不肯開口，褚翌想了想，故意支使她磨墨。那一疊新紙就擺在桌案上，妳倒是看見啊！只要妳說好，老子就送妳啊！

隨安沒注意，以為褚翌又要寫信，心裡還道這傢伙是準備走佞臣的路子？不過她怎麼就不反感呢？

褚翌等了半天也沒見她發現，頓時惱羞成怒。「妳最近怎麼回事！」以前一張紙擱在跟前，她恨不能滴半天口水，現在那麼一大疊還瞧不見啊？故意的吧！這欲迎還拒的戰線也拉得忒長了！

隨安嚇了一跳，手下一滑，墨汁抖了自己一身——她不敢抖到褚翌身上。

「九老爺，婢子去換衣裳！」飛快地跑了，留下褚翌咬牙切齒，恨不能將這不解風情的蠢貨給生嚼了。

這樣一而再、再而三，褚翌就是再遲鈍也反應過來了。「敢情是吃醋？」

想通之後，他立即就去找她分說。「妳吃誰的醋不好，吃林頌鸞的醋。我可曾正眼看過林頌鸞？」

隨安只得反駁道：「誰吃她的醋了？我是——」卻說不出接下來的話。

褚翌學她蹲下，兩個人就蹲在書案下面，他接著問：「妳是怎麼？妳敢說妳最近正常？」

兩個人離得很近，近到她不願意說謊或敷衍。

「我真不是吃她的醋，只是覺得您要成親了，我……」她垂下腦袋，心裡酸酸的。「要避嫌……」

她這樣嬌嬌軟軟的，像隻受驚的兔子，褚翌心中也多了些莫名的情緒，摸了摸她頭髮，將她的腦袋壓到自己肩膀上，心道，死鴨子嘴硬，還說不是吃醋了，這不是醋是啥？醬油嗎？

不過她這種可憐兮兮的醋，又跟那些潑婦罵街似的醋不一樣，教他想吼她一頓，心裡還略覺得不捨。

褚翌頗不是滋味地想，這就是所謂的兒女情長，英雄氣短吧。

「行了，妳別想多了，就好好跟著我，我另有安排。」

隨安頂著一頭被他揉亂的雞窩，問：「你有什麼安排？」

這會兒稱呼又變成了「你」。

褚翌輕聲道：「自然是她有張良計，我有過牆梯，是她硬賴過來的，那她得到什麼結果就不能怨我狠毒了。」

這話雖然是說得林頌鸞，可隨安還是被嚇住了，不敢想自己要是真跑了，褚翌會怎樣對自己？說起來，上次跑掉還真是幸運，陰差陽錯地救了他，算是將功補過。

褚翌又道：「有些事妳不用知道得太清楚。」免得損害老子在妳心中的優良形象。

他們倆一直躲在案桌下小聲交談，外面突然傳來人聲。

第七十五章

衛甲道：「將軍呢？沒看見將軍出門啊？」

衛乙探頭進門，寬大的書案正好擋住他的視線，他飛快地看了一圈，然後道：「將軍大概地遁了。」

隨安小聲噗哧，連忙摀住嘴，眼中帶笑地看著褚翌。

褚翌眼中閃過無奈。他身邊的人，沒一個能完全地符合他的要求，衛甲跟衛乙功夫算是好的了，就是性子著實教人頭痛，他低聲腹誹。「兩個大老爺們，跟女人似地八婆。」

隨安怒目，褚翌這才想起自己剛才算是將她罵了，笑著在她已經亂成雞窩的頭上又揉了一把，然後哄道：「妳不一樣，妳漂亮。」

這也忒敷衍，隨安還沒有蠢到被他一句漂亮就打發的地步，輕聲哼了哼。不料褚翌聽見她哼哼，卻有了反應。

掐指一算，兩個人竟然好久沒有親熱了。這都怪林頌鸞，離開褚府還興風作浪！

不過這次褚翌總算是堵著隨安的退路。兩個人都在書案下，她靠裡，後面是牆，兩側案腳都是整塊花梨木，出路只有褚翌這邊。

隨安這才察覺不妥。她躲他躲得久了，本來被鎮壓的心思都已經服帖，可此刻狹小的空間內只聞兩個人的呼吸，那隱秘的情愫竟然又被挑了起來。

他湊過來的時候，她說不出任何拒絕的話，連唾棄自己定力不足都顧不上。微微顫抖的睫毛，白玉般的鼻梁，不足三分的風情，卻看得褚翌心頭發軟，一把將她整個摟在懷裡，吻了上去。

褚翌心口那裡滾燙滾燙的，剛要抱起她往內室走，就聽見外面的嚴婆子說話聲。「你們可看見九老爺了？針線房的人過來量尺寸。」

隨安臉色通紅，手忙腳亂地推他，抖著手去繫四散的衣襟。褚翌的手掌貼在那片桃花色上，糾結著不想理會外面。

「噓，我們倆不出聲，他們就走了。」他悄悄道，眼神順著她的脖頸鑽進衣襟裡，呼吸又漸粗起來。

「你快出去，被人看見，羞都羞死了！」

「他們又不是不知道，羞什麼？照妳這麼說，那些成了親的婦人該整日躲在床上。」褚翌越說越覺得躲在床上這主意不錯。

隨安氣急，臉上的紅暈蔓延到耳朵後面，偏又找不出別的話，只會重複。「你去不去？你去不去！」

眼波盈盈，泫然欲泣，褚翌縱然想再逗弄她一番都不捨得了，只好站起來，對著外面說話。「我在。」

好不容易打發了嚴婆子跟針線房的人，再回去，書案底下自然沒了人影，隨安早藉著打通到耳房的門逃之夭夭了。

褚翌一巴掌拍在案桌上，沈重的花梨木勉力撐住了他這番慾火中燒，不過花梨木下面的青磚遭了殃，齊齊整整地碎了十八塊，不知道還以為是書房地面特意弄的造型呢。

可不管怎麼生氣，他跟林頌鸞的婚事也算是排上日程了。

老夫人只是不肯作為，但總算沒有明著反對；大夫人雖然不待見這個還沒進門的九弟妹，可九弟卻是婆婆親生的，所以一應親事上的事都排在首位去處理，府裡緊鑼密鼓地準備起來。

因為隨安還擔著管褚翌這房事的名頭，所以忙得也是腳不沾地。

她跟褚翌見面的機會不少，但身邊總是有一群人，不是要料子的婆子，就是搬家具的下人。

二月裡，褚翌還隔上一日叫她去磨墨。到了三月，她發現褚翌不再往外面寫信，倒是府外有不少消息傳遞進來，褚翌看過便扔到炭盆裡燒了。

大夫人有時候忙起來，少不得要叫隨安過去吩咐幾句。隨安伺候褚翌早已歷練出來，大夫人又是顧忌著體面，並不做教人為難的要求，幾件事下來，隨安都爽快地應承，並且按大夫人的要求辦好。

這一來二去的，大夫人就覺得隨安竟然是個人才，私下跟身邊的心腹嬤嬤道：「怪不得老夫人跟九弟愛重呢，這份恰到好處的機靈最是難得。」一想著自己兒子雖然娶了媳婦，但還是像個孩子一樣，兒媳婦也天真幼稚，自己身邊不就缺個隨安這樣的能幹人幫襯？

隨安跟大夫人接觸，也覺得大夫人比較實幹，兩個人竟然十分相合；不過即使是一萬分相合，這會兒也晚了，她既然決定離開，就不會再拖泥帶水地扒著大夫人的門檻流連。

婚期將至，林頌鸞的嫁妝送了進來，放到了錦竹院。

褚翌大半的時間都在書房院子待著，晚上歇息也是在書房那邊，因此錦竹院這番抬嫁妝的熱鬧沒怎麼驚動他，彷彿林頌鸞要嫁的人不是自己一樣。

他照舊早起，進宮當差；有時候休沐，或者帶了人出去跑馬，或者在家裡請武師指點武功路數，這淡定從容的模樣，連隨安有時候都懷疑要成親的不是他。

可林頌鸞嫁進來已經是板上釘釘，皇后娘娘賜下的嫁妝，還有太子妃賜下的嫁妝都擺在錦竹院的正房。

隨安趁著府裡還不算太忙的時候，回去看望褚秋水。褚秋水喜出望外，聽說她月底就能過來同住，更是歡喜得說不出一個不好來。

隨安就問他。「在這裡悶不悶？」

「不悶、不悶，我覺得倒是比上京還要舒坦幾分。」

到隨安要走的時候，見褚秋水猶猶豫豫，幾度開口卻沒說什麼，就直接問：「您有什麼為難的事？」

「沒事，嗯，是我想問問妳上次回去，有沒有去我租的房子那裡？還有些東西咱們用不著，要不送給小宋吧？」

隨安笑了。沒想到褚秋水跟宋震雲竟然結下友誼，她自然樂見其成。「您不是早就說過了？我回去按著您交代的辦的，宋叔叔還問候您來著。」

褚秋水就「哦哦」兩聲，然後小聲嘀咕。「我挺好的。唉，以後沒人吃我的剩飯了，扔了還覺得怪可惜的。」

「……」

褚秋水最後道：「妳看我要不要養條狗？」

隨安收回先前的話。褚秋水這種人，最好不要跟他交朋友，否則會早生華髮的。

不過養條狗也挺好，免得有小賊上門，褚秋水不敵。

「養條厲害的，您平常餵飽了牠，教訓牠不要吃陌生人給的東西，白天拴住，晚上睡覺前放開。」

褚秋水一臉猶豫。「還挺麻煩的。」

隨安都想翻白眼了，卻只得認命站起來，抓緊時間跟他出門買狗。

狗買回來的時候，天色已經不早，再耽誤不得，她快速交代了幾句，然後趕緊坐上馬車回上京。

因為她獨身上路，褚翌假公濟私給了她一塊金吾衛的公牌。這公牌能令她不受盤查地出入城門，好處是顯而易見的，跟腰牌不是一個等級，公牌是為了差事出門，表示這人有公務在身，腰牌是證明身分地位的，更重要些。

要不是腰牌所用的木料難得，隨安都想自己刻一個了，這簡直就是古代版的通行證啊！

隨安回去後就將公牌還給衛甲。她進出城都是穿男裝，到進府之前才在馬車裡面換回女裝，衛甲要不是親眼見過，也不敢相信她有這麼大的膽子。

很快就到了褚翌成親的日子。褚家並沒有廣發喜帖，因為褚翌說了，他不迎親，也不拜堂。

老夫人無動於衷，老太爺不敢勉強，只好將這場全家都不情願的婚事辦得低調再低調。觀禮的客人除了自家人，沒有別人，而林頌鸞帶了八個人進府，其中竟然有四個宮人。老太爺這次都起了殺心。皇后的手伸得太長，也不怕被人砍了。

林頌鸞被送入洞房後，心情終於安定下來。

她見褚翌的第一眼就覺得喜歡，可那時候她還知道要克制自己，褚翌畢竟只是小兒子，看不到前程在哪裡；後來在宮裡遇到，她雖然成了寡婦，可她攀上皇后，身分比從前有所提升，漸漸自信心也提了上來，直到今天，她覺得自己配褚翌是綽綽有餘。

今天是自己真正的新婚夜，明天，她就是這府裡的主母之一了。

鮮紅的蓋頭下，新出爐的九夫人露出一個明媚的笑。

明日，她要把那些對自己不敬的丫鬟懲治一番；還有狐假虎威的柳姨娘，仗著有個庶子便作弄他們一家，她也要還以顏色！

褚翌是真沒把這成親當回事，可並非沒有任何準備。

現在他在書房院子裡，屋裡的燈不亮，只有一盞，地上有一只大麻袋，袋口開著，露出一雙男人的腳。

衛甲上前一步將麻袋抽出來，麻袋裡罩著一個身材高大的男人，他眼上蒙著布，雙手縛在背後，被衛甲壓著跪在褚翌跟前。

衛甲道：「將軍，這是您要的人。」

褚翌上下打量了一番，問道：「手底下有幾條人命？」

「此人將藥粉下在井水裡面，幾乎屠盡一村人。」

褚翌一笑。「也是個狠人。」

那人聽到他聲音，眉頭一皺。「我已經是個死囚，不知將軍綁我來有何吩咐？」

「放心好了，不會耽誤你明日上刑場的。」褚翌聲音越發溫和，抬頭看了一眼衛甲，示意他出去守門。

褚翌等了一會兒，見面前的人雖然跪在地上，卻毫無動靜，心裡倒是有了兩分滿意，緩緩道：「我這裡有一件事讓你去做，應該不會教你為難，你做了這件事，我答應幫你做一件力所能及的事。」

那人臉上露出苦澀的笑容。「我已經要死了，沒有什麼事需要將軍幫我。」

「不著急，你還有時間慢慢想，不過，我建議你先聽聽我要你做的事……」

新房裡，林頌鸞等了片刻沒等來褚翌，揚聲叫人。

錦竹院的丫鬟過來後，她嫌她們不會伺候，讓人把自己的丫鬟叫過來。

這些丫鬟裡有皇后賜下來的四個宮女，個個品貌非凡，不一會兒，幾個人魚貫而入。

林頌鸞道：「妳們剛才去哪裡了？這裡冷冷清清的，一點也不熱鬧。」

為首的大丫鬟金桂有些看不起林頌鸞，覺得就是自己也比她強，聞言道：「夫人先忍忍，這裡並非閭巷草野，婚房之中是不見外人的。」

林頌鸞張口就道：「那怎麼當初在劉家不是這樣？」雖然劉家人對她冷嘲熱諷的，但洞房裡面好歹有些親戚，看著也熱鬧。

她不說還好，一說，金桂臉上的鄙夷都藏不住。

林頌鸞以再嫁之身能嫁給當朝的少年將軍，誰不覺得她走了狗屎運，偏林頌鸞在外面說話毫不顧忌，一絲教養也無，真不知皇后娘娘怎麼選上她？

不過金桂心中又有一層隱密的歡喜。林頌鸞越差勁，自己的機會就越多，優勢越明顯；若是將軍喜歡，收她進房裡，說不定能並列夫人，到時候皇后娘娘應該更加樂見其成才對。因為之前的東蕃進犯，太子跟皇后娘娘都察覺武將的作用，對褚家也從無視轉為重視，金桂等人此次陪嫁過來，目的就是為了幫助林頌鸞將褚家握在手裡。

林頌鸞說完後也覺得不妥。自己跟劉家沒任何關係了，以後不單自己不要提，就是旁人提劉家，她也要視而不見、聽而不聞才對，於是訕訕道：「那給我拿點吃的來吧，我餓了。」

屋裡倒是有一桌酒席，金桂挑了一點菜幫她端過去，其他丫鬟找了帕子給她擦手，林頌鸞蓋頭未揭開，將就著吃了個半飽。

才收拾完，聽見屋外傳來婆子的聲音。「九老爺要過來了，姑娘們都出來吧，外面另有酒席給姑娘們備妥了。」
金桂道：「夫人可要我們留下伺候？」
林頌鸞想了想，道：「不用，妳們都退下吧！」褚翌並不喜歡她，她卻要將他攏住才好在府裡立足。在閨房自然要小意奉承，而那等奉承話自然還是越少人聽到越好。
金桂也知不能心急，告訴自己來日方長，行了禮帶著幾個丫鬟往外走。
外面，剛才那婆子還等在廊下，身後跟著一個梳著總角的小丫鬟。
金桂上前問話。「不是說九老爺過來了嗎？」
這婆子正是褚翌在書房院子的兩個心腹之一的方婆子，她頭上戴了一朵紅花，臉上搽著胭脂，矮墩墩的，開口先帶著三分笑，教人不防備，覺得她是個好說話的。果然她見了金桂倨傲無禮也不以為意，笑著道：「怕新夫人等急了，九老爺去沐浴，一會兒就過來。」
金桂聽見褚翌在沐浴，臉上一紅。「九老爺那邊可有人伺候？要不我們姊妹過去吧？」
方婆子眼中輕蔑一閃，聲音又大了兩分。「自然是有的，姑娘不用掛心，跟著這丫鬟去吃席吧！」
小丫鬟脆生生地道：「姊姊們請隨我來。」提著燈籠在前，引眾人往後面去吃酒。
不一會兒，嚴婆子提著燈籠過來，後面引著一個戴著帽兜、穿著喜服的男人。
方婆子喊了一聲。「九老爺，這邊。」
嚴婆子就用林頌鸞能聽到的聲音「小聲」道：「喝得略有點多了。」
兩個人替新郎開了門，飛快地放下帳子，將喜燭撤到外間。

嚴婆子笑著看方婆子。「這蠟燭還不吹滅了，留著讓這兩個天荒地老？」下巴一抬，示意屋裡。

方婆子悄聲回道：「看我，忘了。」深吸一口氣，將兩根蠟燭都吹滅了。

屋裡傳來嘎吱、嘎吱的聲音，兩個人就在那裡笑著低聲咕噥。

一個道：「這床不怎麼好。」

另一個說：「林家那家底能打什麼好床？別是從劉家搬來的吧?!」

兩個人都撇了撇嘴。

半個時辰後，屋裡終於消停了，不一會兒，屋門打開，新郎從裡面走了出來。他身上還是先前穿的那身衣裳，依舊用帽兜兜住了，嚴婆子見了，忙對方婆子點了點頭，領著新郎出去，往書房院子去。

方婆子進屋，重新點燈，喊了一聲「九夫人」，床上的人並沒有回應。她走到床前，見新夫人已經昏睡過去，就將桌下的食盒拿出來，先收拾好桌上的酒菜，提到門口，然後從箱籠裡面重新拿被褥給新夫人換了。一切都安排得井井有條。

前面的酒席早已經散了，新郎沒有出現，眾人也無人置喙。

褚翌一直待在書房院子裡。

等嚴婆子領了人過來，飛快地看了他一眼，然後蹲身行禮，他臉上始露出明快的笑容，站起來道：「在書房裡面等我一會兒。」

說著他走了出去，嘴角的笑容一直未變，問武英。「隨安在哪裡？叫她過來。」聲音輕柔，如同春風拂柳。

武英張了張嘴，然後垂下頭。「奴才這就去找。」

褚翌點了點頭，復又回到屋裡。

第七十六章

男人已經重新換回囚服，垂著頭跪在屋子中間。

褚翌見他跪著，微微一笑。「你已經想到跟我要什麼了？能主動跪在地上，看來所求不小。」

那人過了一會兒，俯身磕頭道：「我一生作惡，唯獨對生養的父母有愧，害得他們香火不繼，將軍若是能圓了我的願望，我願意奉上這些年我所斂聚的錢財。」

褚翌臉上的笑容漸漸收起。「你說吧！」

那人低聲道：「若是今日能留下一線香火，懇請將軍留那孩子一命，或在府中為奴為婢，或遠遠送走，餘皆不他求……」

褚翌嘆了一口氣。「剛才你又是跪地，又是奉上家財，我便曉得你這個要求恐怕難辦，現在看來，果真難辦得很。」

那人快語道：「聞將軍在栗州衝殺東蕃人，因此活栗州百姓無數，將軍有大志向，我已經是必死之人，將軍何必為難一個嗷嗷待哺的小兒？」他頓了頓，重重在地上磕頭道：「只求將軍踐行先前的諾言。」

褚翌臉上最後的笑容也不見了，但還是說道：「我不是為難一個小兒，只是我原本的打算，就沒想留那個人活到秋天的。」

這成了一個兩難的事。

末了，還是褚翌讓步。「罷了，誰教我先前答應了你呢？我向你保證，若是果真有了孩子，我不會為難那孩子就是。」

那人沒有動彈，褚翌詫異。「本將軍都已經答應你了，你還有什麼不滿？」

就見那人臉上顯出掙扎糾結，但還是開口。「穩妥起見，求將軍以自己的子孫為誓。」

褚翌拿起旁邊的硯臺就想砸人，但終究還是從桌上花瓶裡面取了一枝蠟梅枝，起誓道：「如有違背，子孫受害。」

說完便冷冷地折斷樹枝，高聲喊衛甲。「將他帶回去！」

衛甲閃身進來，一個手刀將人劈暈，照舊纏住手腳，縛住眼睛，裝到痲袋裡面。

褚翌胸口起伏，咬牙道：「把他說的那筆錢財問出來；還有，你一直守著，明天行刑後，直接將人給我拉到亂葬崗去！」

衛甲屏氣應「是」。

褚翌心裡不痛快得很，覺得但凡沾上林頌鸞一星半點兒的就沒好事！

「隨安呢？鑽老鼠洞裡了嗎？」

武英已經回來了，戰戰兢兢地進來回話。「爺，徐嬤嬤說隨安已經請辭回鄉了……」

褚翌一巴掌拍在案桌上，新換的地磚又碎成渣。

他一字一頓、咬牙切齒道：「你，給、我、再、說、一、遍！」

武英覺得自己快被嚇尿了，一面覺得隨安姊姊不告而別忒不厚道，一面是自己小命眼瞅著難保，磕磕絆絆地開口。「徐、徐嬤嬤說，隨安已經請辭回鄉下了。」說完，額頭冷汗直流。

褚翌臉上湧起一陣潮紅，怒氣攻心。「好！回鄉是吧？衛乙！衛乙你死哪裡去了？給老子滾出來！」

衛乙剛才還覺得衛甲倒楣，要陪個死囚過最後一夜，現在輪到自己，發現還不如陪那個死囚呢！他進屋子單膝跪地，一邊哀怨一邊道：「屬下在。」

褚翌一眼看到桌上的那一疊新紙，頓時反應過來。隨安這是早就存了心思要跑路！好，很好！

他抽出掛在牆上的大刀一陣亂砍，書房頓時猶如殺雞，雪白的紙片亂飛。

衛乙欲哭無淚，心裡琢磨著，要是將軍覺得砍紙不過癮，想砍一砍他的腦袋，他到時候是反抗還是不反抗啊？

褚翌發怒，自己氣喘吁吁，等所有的紙都碎了之後，一把將大刀扔在衛乙跟前，喘著氣道：「你去，給你三個時辰，天明之前，把褚隨安給老子抓回來！要是抓不回來，你自己提頭來見。」

這把刀原來是叫我自盡用的啊，還以為是要我拿著去殺隨安呢……衛乙抓起刀，俐落地滾了。

他倒沒有笨到一個人去找隨安，但是找到隨安的時候，也已經過了六個時辰……

隨安昨天才悄悄回下裡縣，褚秋水見她不高興，也不敢問別的，只努力學習到深夜，力求在閨女面前表現得好一點。隨安在一旁陪著，也拿了本書，只是腦子裡面想著褚翌不知怎麼過他的洞房，更不曉得他得知自己請辭後是勃然大怒還是雲淡風輕？

結果這一琢磨，父女倆都睡晚了，自然起得也晚。

褚秋水打著哈欠出門，正好撞上衛乙翻牆而入。

褚秋水大叫一聲，正要暈過去，想起屋裡還有閨女要自己保護，連忙擋在門口，抖得跟篩子一樣，勉強開口。「你是誰？有事嗎？」是不是走錯路了，我們家很窮的！

褚隨安一夜都沒睡好，半夢半醒間，夢見褚翌將自己抓回去吊打，嚇出一身冷汗，推窗就見衛乙灰頭土臉地提了把刀。

大門外突然傳來砸門聲，衛乙一愣，褚秋水看了他一眼，聽見屋裡的閨女道：「爹，您看看外面誰敲門？」

衛乙聽出是隨安的聲音，心道總算是找到了，雖然耽誤了時辰，但總歸不用自己拿著刀跑出去落草為寇了。

褚秋水聽見女兒穩穩的聲音，立即有了底氣，不過還是繞過衛乙一大圈，然後飛快地跑到門口。

砸門的卻是一個熟人，宋震雲，他一看見褚秋水就急問：「哥哥沒事吧？」

褚秋水不高興。這人真不會說話，他能有什麼事？剛張嘴要教訓他兩句，想起院子裡面的衛乙，還真有事。

宋震雲也已經看到站在院子裡面的衛乙了。

隨安清醒過來便立即穿衣，然後收拾包袱，半刻鐘不到就整理妥當了，她拉開門喊褚秋水。「爹，您進來，我有幾句話說。」

褚秋水看看宋震雲，說道：「你也進來坐坐吧！」又小聲嘀咕。「是怎麼找到這兒的？」心寬地把拿刀的衛乙給忘了。

宋震雲跟著他往裡面走，然後代替褚秋水跟衛乙對視。

衛乙翻牆過來的時候，不小心踩到一塊石頭上，歪了腳，正鑽心地痛呢，因此被這一家人無視也沒有翻白眼。

隨安跟褚秋水道：「爹，您別怕，那人是小將軍身邊的親衛，不是壞人。」

褚秋水立即信了，拿起袖子擦了擦額頭。「爹就說，呵呵，看著就像好人。」

隨安將他拉到角落裡，伸手給他看荷包裡的銀票跟散碎銀子。「爹，估計是褚將軍那邊有事找我，我得跟他走，這些銀子您都收好了，千萬別再丟了。」

褚秋水不樂意，扁嘴道：「妳不是說以後都不走了？」

隨安苦笑。「此一時、彼一時，我也沒想到啊！」她覺得自己已經藏得很好，又覺得自己在褚翌心中應該沒那麼「要緊」，該說她「妄自菲薄」嗎？

隨安出了門，問衛乙。「你的馬呢？」

「門外。」

衛乙是騎著馬來的，可回去不能兩人同乘啊，幸好家裡還有一輛車，套上之後就成了馬車。不過堂堂軍馬用來拉車，衛乙嘴角止不住地抽搐。

隨安看了看褚秋水，雖然沒哭，但眼淚已經準備好了，只好對宋震雲道：「麻煩宋叔照顧一下我爹。」

宋震雲點了點頭，沒有多話。

她才提起包袱鑽到馬車裡面，褚秋水就哇的一聲哭了出來。

衛乙神奇地消了不少氣，起碼對隨安的怨氣少了。

他一瘸一拐地從褚秋水跟宋震雲面前過去。

宋震雲看了看褚秋水。這是一個瘸子啊？

褚秋水看懂了他的眼神，小聲道：「不知道，他從天而降，嚇得我老慘了。」

太陽已經升得老高，陽光直射在衛乙提著的那口大刀上，不僅街面巷子裡無人，連褚秋水都閉上嘴不哭了。

只有宋震雲開口。「褚姑娘多多保重。」

隨安露出頭來，對著褚秋水笑笑。「爹，您好好唸書啊，今年可不要再名落孫山了！」

褚秋水立即渾身一緊，眼淚嗖地沒有了——離考試還有兩個月！

衛乙的駕車技術也就是剛拿到駕照的水準，一路十分顛簸。

隨安雖然練習的機會不多，可比他強些，在車裡換了衣裳，梳成男子髮髻，她從車裡出來。「我來趕車吧！」

衛乙哀怨地看了她一眼，倒是沒問她行不行，蹺著自己的腳縮到車裡。

隨安路過包子鋪，也沒下車，買了二十個包子。包子鋪的胖老闆繞出來給她遞過來，還笑著道了一句。「小哥好眼熟。」

隨安呵呵笑。她去年在這裡買過一回包子倒是真的。

衛乙風塵僕僕了一夜，有口熱騰騰的包子吃，還是很願意的，對隨安的怨念少了，開口道：「妳怎麼跑這兒來了？」

隨安沒回答這個問題，她能說自己覺得下裡縣這地方距離京城不遠，進可攻、退可守嗎？

她反問衛乙。「你是怎麼找來的？」

衛乙頓時來了興致。雖然他找到的時候晚了點，但找隨安這事不亞於行軍打仗好嗎？隨安的老家那邊，武英是去過的，略一指點他就親自去了，結果撲了個空。

衛乙悄悄地沒驚動人，折身回了上京，找到褚秋水先前住的地方，房東老倆口都不曉得褚秋水去了哪裡，倒是把宋震雲驚動了。

宋震雲聽說他從上水鄉回來，立即著急了。衛乙鄙視他一番，然後翻來覆去地折磨他，問他有沒發現這父女倆反常的地方？

宋震雲道：「沒發現啊！」後來「使勁」想了想，道：「褚姑娘之前安頓好褚先生，然後自己折身回來……」

衛乙一想就明白了。隨安之前請假出府兩次，第二次的時候，褚翌曾經命人給她拿了一塊公牌，公牌雖然看著不起眼，但進出也是要登記的，循著這個線索一查，正好隨安買宅子用的是褚秋水的名，落戶等等辦得俐落。

衛乙一句「金吾衛公務」，下裡縣縣衙這邊的人便麻溜地給他帶路。

衛乙滔滔不絕地說完，才覺得自己似乎不大禮貌……

隨安心裡確實不大痛快，但她能跑到縣衙去扯著那些人，喊他們洩漏居民隱私嗎？不能。因為不能，所以她直接把這一節丟開，轉而問起褚翌。「將軍不是昨天大婚嗎，怎麼派人來找我？」

衛乙張嘴就要把褚翌弄個死囚跟林頌鸞洞房的事說了，可他轉念一想，覺得暫時還是不說得好，起碼不能由自己來說。

將軍的性子他也算摸出幾分，萬一自己要是說了，將軍再惱羞成怒，隨安或許無事，他鐵定要倒楣。

「回去後妳自己看吧！」

家裡，褚秋水等隨安的馬車看不見了，回去又哭了起來。

宋震雲手足無措，哄了半天不見他停下，只好無奈道：「哥哥要不還跟我回上京？離褚姑娘近點，凡事也好有個照應。」

褚秋水哽咽著道：「可我房子都退了，去哪兒住呢？」

宋震雲道：「哥哥要是不嫌棄，就住我家好了。」

褚秋水繼續哽咽。「可你家的炕頭不大啊！」

宋震雲咬牙。「我另外盤個炕給你。」

褚秋水扁了扁嘴。「好吧！」

褚府這邊褚翌一生氣，看什麼都不順眼，當夜就喊人將府裡連片的紅綢、燈籠、喜字全都撤了。方婆子一看動靜大了，唯恐新夫人醒了生氣，連忙點了一支上好的安息香進去。新夫人帶來的丫鬟金桂、銀桂等人自然也都各自安睡。

天明之後，方婆子看著時辰先叫金桂起來，金桂再去叫林頌鸞，主僕倆都有些詫異褚翌不在，不過天色確實不早了。

林頌鸞經過昨夜，雖然沒有按計畫跟褚翌談心，可瘦痛的身體卻讓心情一下子穩定下來，從從容容地訓斥方婆子。「九老爺醒的時候，合該將我叫起來，我來這家裡又不是做客的。」

方婆子忙應道：「是。」

林頌鸞見她處處恭順，心裡更是得意，慢條斯理地洗漱梳妝，一邊挑揀首飾，一邊問方婆子。「以前來錦竹院的時候沒見過妳呢？」

方婆子道：「奴婢是前些日子才被提拔來錦竹院的。」

至於徵陽館裡，坐了不少人，因為老夫人跟老太爺都面無表情，所以其他人也不敢說笑。

大夫人站著，德榮郡主雖然是郡主，也不敢坐，虛扶著肚子站在七老爺褚鈺後面，褚鈺一會兒便回頭瞅她一眼。

老太爺暗地裡嘟囔。老七雖然愛讀書，但身上不是沒有隨他的地方，譬如怕老婆這點……

而錦竹院裡，林頌鸞施施然梳妝完畢，方婆子連忙問：「夫人可要用膳？」

林頌鸞道：「不著急，妳先跟我說說這府裡各房用飯的事是怎麼安排的？」她才來，自然是隨大流了。

方婆子奉承道：「夫人英明。」

林頌鸞就有些得意。這還是她在劉家學到的，雖然無人教導，但看得多就明白了。

方婆子道：「咱們府裡極為簡單，大夫人管家，不過大夫人極為孝順，凡事都往老夫人跟前請教。各房裡都有小廚房，老夫人並不拘束各房用膳，有用膳前去請安的，也有用膳後去請安的，像咱們七夫人，大半的時間在娘家，不去請安，老夫人也不說什麼。」

林頌鸞點了點頭，低聲評價道：「老夫人寬和，只是府裡規矩也太鬆散了些。」這樣用飯，花用就多了，像劉家，大家聚在一起熱鬧，花費還極為儉省，各房有小廚房，那各房走的帳就不好管了。

方婆子不答話。這話沒法接，知道其中厲害的人，沒一個說府裡的規矩鬆散。

老太爺看似不管事，可這府裡誰不看他臉色？九老爺原來還只是脾氣不好，從軍中回來後要求更嚴苛，沒人敢在他眼皮子底下拖泥帶水地做事呢！

其他老爺們，看著好說話，可要是因此就在他們面前弄鬼，那是找死。

林頌鸞拍好最後一點口脂，扶著金桂站了起來，「哎呀」一聲，紅著臉低聲嘟囔。「我的腰！」

金桂笑道：「九老爺也太不憐惜夫人了，夫人進宮可要好好跟皇后娘娘說說。」最好是皇后娘娘讓林頌鸞替九老爺收了她進房，否則林頌鸞這樣，連九老爺何時起身走的都不知道。

林頌鸞沒聽出金桂話裡意思，笑著輕輕拍了她一下，然後看了方婆子一眼。

方婆子聽出她隱晦的炫耀，面色不變，不動如山。

林頌鸞微微驚訝，不過很快就想明白了。似方婆子這等年紀的婦人早就失去了房裡恩愛，跟她說這些，如同對牛彈琴。

金桂便道：「夫人不如先用些飯再去請安。」

林頌鸞確實身體難受，頷首允了，卻不叫方婆子下去，而是施恩道：「妳以後就留在我身邊吧！」

方婆子連忙跪下稱謝。

林頌鸞見她行動毫不遲疑，態度也算恭敬，心裡還想試試她。「那妳就去替我去取早膳吧！」

方婆子應聲而去，不過片刻，就帶了幾個提著食盒的丫鬟過來，早膳有十九道菜，異常豐盛。

第七十七章

徵陽館裡，天已經到了巳時末，林頌鸞的人影還沒到。

褚鈺見自家媳婦的額頭不停滾下小汗珠，正要開口說話，褚翌就率先站起來道：「父親、母親都是長輩，沒有叫長輩一直等著小輩的道理，我看今日認親就這樣吧！大家都來過，我自然就承了這份情。」

褚鈺便連忙開口。「父親、母親，既然九弟這麼說，那我們就先散了，晚上再來陪您兩老用飯。」

德榮郡主知道婆婆不開心，別說肚子裡面到底有沒有還不敢確定，就是真懷孕了，也不敢在這種時候拿大，聽了褚鈺的話，急忙補充道：「母親，讓七老爺陪著九弟去散散心，我在母親這裡伺候。」

老夫人搖頭。「妳回去歇著吧，若是在家裡待煩了，就回郡王府去住一陣子，家裡亂糟糟的，不利靜養。」

德榮郡主拿不准婆婆這是嫌她整日回王府，還是真的體貼自己，目光疑惑地看向七老爺。

褚鈺能怎麼樣？他也很憂傷啊！求助的目光就落到坐在老太爺下首的大老爺身上，大老爺只好站起來告辭。

幸虧前面有了褚鈺的話，他再說離開，也不顯得突兀。

這場親事，褚家眾人都覺糟心透頂，偏又是懿旨賜婚，說又無處說，個個無心多加應酬，因此新娘不來認親，眾人便都散了。

褚翌一想到自己對隨安的滿腔情誼都成了自作多情，心裡就恨不能把她撕成碎片。他胸腔裡面怒火滔天，沒奈何衛乙這個蠢蛋還沒有將「罪魁禍首」緝拿歸案，時間過去越久，他想得越多，就越恨褚隨安，恨到面上表情根本無法收斂。

老太爺跟老夫人對這個最小的兒子都是因愛而懼，又以為昨夜褚翌跟林頌鸞洞房不順，也不敢在這種時刻規勸他。

武英過來稟報。「老太爺、老夫人、九老爺，衛甲回來了。」

褚翌站起來就往外走，老太爺跟老夫人雙雙對視一眼，都閉上嘴。

衛甲是過來回事的。那個死囚果然說了自己私藏的財物所在，在午時三刻被砍頭，屍首也依照褚翌的要求扔到亂葬崗裡面。「事情已經都辦妥當了，這是所獲銀兩財物帳冊。」遞上一本薄薄的本子。

褚翌接過來隨便一翻就扔到一旁。這時候就算給他一百萬兩他也高興不起來，他的感情難道才值一百萬兩？

過了好長時間，褚翌才僵硬著聲音道：「行了，你下去歇著。」

衛甲糊裡糊塗地退下。原本以為將軍看了帳冊會開心些，畢竟這筆錢物不算少，對他來說簡直都可以算是意外之財，將軍本身又沒啥損失。

直到碰上武英，一問才曉得，原來是隨安竟然「偷溜」了。旁人不清楚，可衛甲跟武英這些心腹還能不曉得隨安跟褚翌的事？不過因為他們兩人不肯說破，所以他們也不敢說而已。

衛甲頓時對隨安深為欽佩。將軍將她看得跟眼珠子似地那麼珍惜，她竟然跑了?!

「真的跑了？」

武英撓撓頭。「可不是，前段日子她將事都交代了我們，我只以為她忙不過來，也沒多想，昨兒去問徐嬤嬤，才曉得她請辭回鄉了。」

衛甲咋舌。「將軍很生氣吧？」

衛甲瞪圓了眼睛。

武英沈重地點了點頭。「很生氣，給了衛乙大爺一把刀。」

武英接著道：「將軍說了，要是找不回隨安，讓衛乙大爺用那把刀把自己腦袋割下提回來。」

「……」他就說將軍把隨安看得跟眼珠子似的吧！眼珠子滾了，也捨不得割，倒要割衛乙這個倒楣的，哈哈哈哈哈……

「好了，將軍讓我下去歇著，我昨夜一直沒閉眼呢！」衛甲摸了摸武英的頭，笑著下去了。

林頌鸞用過早膳才來徵陽館請安，徵陽館的人早就散了，徐嬤嬤出來傳話。「老夫人昨兒累了，這會兒已經躺下歇著，九夫人自便吧！」

林頌鸞不敢硬闖，但她嫁進來是帶著任務的，要替皇后娘娘把褚家掌握住，所以最好老夫人能同意她來管家，就算剛開始不成，也要讓她跟大夫人一起管。

可徐嬤嬤擋在門口，她不好在頭一天就處置婆婆的下人，只好對徐嬤嬤笑笑。「那我晚上再來給母親請安。」

徐嬤嬤笑著道了一句。「九夫人慢走。」

林頌鸞扶著金桂的手往回走。徐嬤嬤折回身進屋，跟老夫人道：「人走了。」

老夫人揉著眉心，沒有信心地問道：「妳說他們倆真的成了嗎？」這麼個不知禮數的東西，嫁進來可真噁心人，難道沒有人教過她新婚第二日要認親？就算沒人教，她身邊那八個丫鬟難道也不懂，就沒個婆子提醒一句？

「九哥兒去哪兒了？昨天歇息得好嗎？」

「九老爺回了書房院子，我問嚴婆子，說夜裡是在書房院子歇了兩個時辰。」徐嬤嬤遞了茶給老夫人。

馬車進了城門，隨安終於有點忍不住，忐忑著問衛乙。「難道我做錯了？」褚翌都娶了妻子，她這時候抽身退步，雙方各不相欠，不是最好的結局嗎？就算他不念往昔恩愛之情，她對他好歹還有個救命之恩呢！就不能一別兩寬，各自安好嗎？

衛乙耽誤了事，還擔心自己小命難保呢！這會兒連八卦之心都滅了，又哪裡敢置喙隨安跟褚翌的感情問題？

隨安腦子飛快地轉動。當日請辭是對著徐嬤嬤跟老夫人，老夫人雖然面色不好，但終究沒有說出更難聽的話，本以為自己無聲無息地離府是最好的結局，不過事情到了眼前，不能再想過去，而要想想怎麼把眼前這關過了？

她咬牙，而後粲然一笑，聲音甜甜地開口。「哥！」

衛乙一個哆嗦。「妳幹啥?!」

「你得幫我，要不我死了，我爹會哭死的！你看見我爹的樣子了吧？你也不忍心讓他老無所依是吧？」她迫切地需要同盟。一個人死太孤單，太可怕了。

衛乙恨不能將她綁起來打包扔到褚翌面前，可隨安抓著他的衣袖，目光灼灼。

「妳、妳……想讓我怎麼幫妳？」他往後仰著頭縮著身子，彷彿受到惡霸壓制的小嬌娘一樣。

隨安衝他咧嘴一笑，露出滿口白牙在太陽下閃閃發亮。

等到了褚翌面前時，隨安已經面如菜色，腳步虛浮。

浮到什麼程度？她跨門檻沒跨過去，一個踉蹌差點跌倒在地。

褚翌聽見衛乙將她帶到，怒火一下子又洶湧起來，嘴唇緊緊地抿著，眼睛明亮像燃燒著兩團火焰，瞪視著他們兩人。

可雖然滿腔怒火，看見她要跌倒，他還是不由自主地上前將她接在懷裡，然後怒瞪衛乙。老子讓你把她抓回來，沒讓你虐待她！

衛乙跟著褚翌的時間不長，心裡沒有隨安這等好素質，垂著頭不敢接收褚翌的目光，這模樣落在褚翌眼中自然便成了默認。

「咳、咳！」隨安低聲咳嗽兩聲，拉回褚翌的心思，替她的「幫凶」分擔了一點風險。

「妳怎麼把自己弄成這副死樣子？前些日子不還好好的？」說到前些日子，褚翌皺眉一想，兩個人竟然好些日子不見！他頓時更加憤怒。「妳又把自己折騰病了？」病了之後挪出府去的？

之後又繼續懷疑地看著隨安，語氣帶了一點遲疑。「還是有人將妳趕出府去的？」

隨安偷偷抬起眼皮看了他一眼，見他面色難看，心裡一顫，而後又低聲咳嗽起來，額頭上也滾下汗珠。

褚翌將她半扶著坐到榻上，心裡怒火一波又一波，還有點心痛，更有點生氣，心痛她這副樣子，生氣自己太沒出息，明明早就想好折磨她的一百種法子，現在見了面，一種也使不出來！本想怎麼著也得打一頓才解氣，但她現在都已經半死不活了，再打一頓會不會直接死了？

可不打的話，他的怒火沒地方發洩呢！於是惡狠狠地放話。「到底怎麼回事，快點說！」

隨安剛才在府外避人的地方吐了個天昏地暗，又硬生生地嚼了一塊生薑，嗓子辣得難受，緩了口氣，抓著褚翌的手道：「我慢慢跟你說，你先給我一杯水喝。」說著又咳嗽。

褚翌起身，倒了杯水給她。
衛乙眼角餘光瞥見，頓時大為欽佩。也不知自己這輩子能得將軍倒杯水喝不？
褚翌正好看見他，立即罵道：「混帳東西！她都這樣了，不先帶她看大夫？」一眼瞅著怒火又要發到衛乙身上，隨安連忙放下水，又去拉他。「不怪他，我沒事，不用看大夫，就是趕路趕得急了些。你先讓他下去，我跟你細說。」說一句喘三喘——喉嚨太辣了。
褚翌從鼻孔裡面噴氣。「行了，下去吧！」轉頭對著隨安。「不是要喝水？喝啊！」
隨安兩隻手抱起茶杯，一邊喝一邊窺看他的臉色。一杯溫水喝下去，喉嚨更痛了，眼淚不用擠就嘩嘩往下流，心想自己這次是下了血本了。
褚翌嚇了一跳，大聲喊武英。「去找個大夫過來！」
隨安一邊痛哭流涕，一邊使勁扯他，沒扯住，反倒讓自己身子一歪，胃裡生薑經熱水一泡，再一晃蕩，一下子犯起噁心。
這番苦肉計總算沒有白費，褚翌終於相信她不是為了博取同情而裝病了。
所以當隨安跑到淨房吐過後，他福至心靈地蹙眉一問：「妳不會是懷孕了吧？」想帶著老子的種逃跑？
隨安連忙使勁搖頭，奄奄一息道：「沒有、沒有……」她要是懷孕，早帶著褚秋水跑到更遠的地方去了。
武英進來稟報。「爺，大夫請來了。」

隨安臉上糾結，心裡忐忑。

褚翌看在眼裡，面色一沈，隨安立即將手伸了出來。

老大夫把脈道：「略有些脾胃不合，又勞神，好生將養些日子，食用些溫補之物慢慢就補回來了。」

褚翌心裡遺憾。真不是懷孕？不過轉念一想也釋懷了。要是真的懷孕，他反倒沒辦法將她帶走了，去肅州這一路可是顛簸得很。

隨安也窩在床頭想自己的心事。

狡兔三窟，她被抓回來，下裡縣那個家以後就住不得了，可要她這樣跟著褚翌，打死也不願意，到底該怎麼辦呢？

老大夫開了藥方，道：「這藥用些也行，不用也可，年輕人底子好，不是大毛病。」就是嚇著了。

褚翌起身送他到院外，正好看見一個丫鬟鬼鬼祟祟地躲在一棵樹後，立即喝道：「誰在哪裡！」

金桂嫋嫋地從樹後走了出來。「奴婢金桂請九老爺安。」嘴裡說著話，眼睛微微高抬起來，眼角勾著褚翌。

武英跑過來，擋住她。「妳是哪裡的丫鬟？不知道爺們的書房院子附近不許靠近嗎？」

金桂小臉一縮，彷彿受了驚嚇，好似弱不禁風的病西施，眼睛睜得大大的。她早先在宮裡的時候就見過褚翌，對他傾心不已，甚至夜晚夢中，都要羞怯地想了又想。

褚翌見她樣子，便知她心中定然想到齷齪之處，面色一時更冷。

金桂開口。「回九老爺，奴婢是皇后娘娘所賜，現在九夫人跟前伺候的丫鬟……」聲音如黃鶯，婉轉吟翠。

褚翌沒搭理，轉身回去了。

金桂上前一步，揚聲道：「九老爺，奴婢奉命來請您去錦竹院用午膳。」踮起腳，脖子伸得老長。

武英急忙攔住。「這位姊姊止步，這裡不許進了。」

金桂瞪他一眼，甩著帕子轉身走了。

褚翌回了屋裡，桌子上放著的藥方不見了。

隨安剛才聽見金桂的聲音，心裡更是沈鬱不已。褚翌已經是已婚人士，再怎麼覺得不可思議，可懿旨已下，婚禮也已經辦了，林頌鸞就算是合法擁有褚翌作為丈夫。

「藥方呢？讓武英給妳抓藥，就在這邊煎。」

隨安搖了搖頭，隨口道：「我沒事，剛才那大夫也說了可以不用吃藥。」

可褚翌怎麼看都覺得她這會兒臉色發黃，不過吐過之後確實不再嘔吐也是真的。

隨安就試探著開口。「我想回去陪著我爹，您這裡又不缺人伺候；再說九夫人也進門了，像今天剛才那樣，若是那丫鬟衝進來，看見我在這裡，又算怎麼回事呢？」

褚翌意外，深深地看了她一眼。「她進來又如何？看見妳又如何？」

隨安悶住。她從來沒想過跟他解釋這個，低下頭，固執道：「反正我不想在府裡待著了，而且我也不是奴籍。」
褚翌覺得自己壓下去的火氣又要燃燒起來，言語平靜，冷冷地道：「妳之前是自己主動走的？為什麼？因為我要成親，還是因為妳有其他心儀之人？」
說到後面一句，語調突然拔高。隨安要是真有心儀之人，恐怕也要被他生吞活剝，挫骨揚灰。
隨安心顫。但這種事如同膿包，她裝病博取同情如同給這膿包上藥，也只能解一時危難，並不能徹底解決問題，還是需要挑破了，擠出裡面的膿水來才有痊癒的可能，哪怕以後落個碗口大的疤痕。
「是主動走的。因為什麼？就是因為你成親了，我已經不是你的丫鬟，既不想當姨娘，又不想當通房，你又不能娶我，我就走了。」
褚翌氣得笑了，抓著她的衣領一把拉到眼前。「簡直不可理喻！妳離開我，難不成還想嫁給別人？妳不怕洞房花燭夜被人發現妳的身子被我奪了？」
隨安又使勁拽回來。「我沒想著再嫁人。」
「難不成妳還想我會娶妳？」褚翌眼睛都能噴火了，心裡更是生氣。
他的質問帶著鄙夷，隨安心裡一酸，話語就有些不成調，卻還是努力讓自己堅強道：「我沒想過讓你娶我，你就算娶了我，以後也會有通房、小妾，做這樣的正室沒意思。」
「可笑！」褚翌氣得站起來，在屋裡團團轉了一圈。「照妳的意思，妳不許我成親，不許我納妾，就只守著妳一個是吧？妳倒是能生啊，老子耕了那麼久的地，一顆種子也沒發他娘的芽！」已經被氣得口不擇言。

男女之間的吵架本就是互相傷害，隨安覺得自己憋屈夠了，索性怒道：「我幹麼要懷孕？我生下來，孩子連個庶子都不如，要處處挨人白眼，被人看不起！我生他教他來這個世上受罪嗎?!」越說越大聲。

褚翌簡直想要掐死她。他自己的孩子，他會教人看不起？

說她聰明，可有時候犯起蠢來又能讓人想把她當廢物處理了。

「妳跟我說說，誰挨過白眼，誰受過欺負，誰又被人看不起了？」從哪裡來的這些胡思亂想？

「這還用說嗎，你就看不起八老爺！」

「我看不起他那是因為他太蠢！不是因為他的出身！」

門外相偕而來，剛走進院門就聽見褚翌這句高聲話的褚鈺跟褚琮。

褚琮無辜躺槍，看了一眼褚鈺。七哥叫我來，就是想看兄弟鬩牆嗎？

褚鈺能怎麼辦？他也很想哭啊！可真要是因此兄弟們之間存了誤會，那母親非要恨死他不可，他立即揚聲道：「九哥兒，你這話說得不對，八弟怎麼蠢了？」

褚翌怒火中燒，說話已經不經大腦，指著褚琮道：「你給我背一遍三字經！」

褚琮一聽就慫了，戰戰兢兢、磕磕絆絆地道：「人之初，性本善。性相近，習相遠。苟不教，苟不教……狗不叫，沒老鼠，叫之道，汪汪汪……」

本來怒火也是高漲的隨安，這會兒聽了也忍不住背過身去，低笑起來。

第七十八章

褚鈺恨恨地帶著褚琮往回走，一邊走，一邊數落。「多好的機會，你就該拿出做兄長的樣子來，好生教導教導他什麼叫兄友弟恭！現在好了，咱們當兄長的倒是友愛弟弟了，可你瞧瞧他這弟弟當得，有半點恭敬嗎？」

褚琮看了他一眼，眼神意思很明確——七哥怎麼不教導九弟？

褚鈺伸手搭在他的肩上。「走吧，咱倆是難兄難弟，喝酒去。」

褚琮就奇怪。「七哥你沒孩子的時候發愁我能理解，現在七嫂都有了，你還喝什麼悶酒？」

褚鈺嘆氣，拍了拍他的肩膀。「等你有孩子的時候，你就知道啦！」他前前後後已經素了好幾個月了，就在昨天，只是誇了一句小丫鬟的頭髮烏黑，今天那丫鬟就成了禿子，被送到廟裡去祈福了。他不光不能發脾氣，還要好生伺候媳婦的情緒，免得她氣得悶壞自己。

書房院子裡，褚翌跟隨安這場吵架被褚鈺跟褚琮一打岔，緊張氣氛被破壞了，可壞情緒還在，褚翌便背對著隨安生悶氣。

隨安則絞著手指頭，拚命想法子。氣勢這種東西，不能弱，一弱下去就完了，結果只會是一敗塗地。

過了一刻鐘，褚翌才理智地給這場談判定了調——她不著調，他「語重心長」地教導她一番就是了。

於是他冷靜開口。「等我去肅州的時候帶妳出去……」

隨安一聽肅州，詫異了一下，懷疑自己的耳朵聽錯了。肅州不是之前李玄印的地盤嗎？褚翌要是回北邊，不是應該去栗州或者華州？

可她往深處一想就立即明白了，渾身一凜。「肅州要打仗？」

「放心吧，打仗也打不到妳頭上，妳只管跟著我。」褚翌自信心非常充足。

隨安緩緩吐了一口氣。實在不想跟他糾纏到底要不要在一起的問題，就改口問起肅州事來。

「京裡沒聽說什麼傳聞啊，肅州到底怎麼了？」

褚翌辦成了幾件事，正好無人訴說，覺得不夠過癮，聽到這話，便把教導她的心先放下，笑著落坐，指了指面前的茶杯。

隨安不想動。「我還難受著，你自己倒。」

褚翌也沒生氣，只覺得這丫頭恃寵而驕，有機會得好好揍一頓。

他自己倒了一杯，喝了兩口才開口。「李玄印在肅州做了多少年的土皇帝，李程樟就當了多少年的皇太子，他別的本事不大，來往勾結的本事卻是不小得很，肅州上下沒有不怕他的。結果皇上偏令他弟弟來接任肅州節度使……」

這些事，隨安之前已經知道了。她覺得李程樟有稱王的心，也不會說全無準備，他應該籠絡了一大批人才，起碼那次褚翌受的傷就頗重，現在肩頭的疤痕還很清晰。褚翌有多麼變態，她可是領教過的，這也間接說明，傷害褚翌的那人武功不低，甚至要高出褚翌許多。

她問：「李程樟在上京安插人手，沒道理會說他的壞話，皇上應該也從臣工們嘴裡聽說過李程樟才對；相反地，李家老三大家連名字都不曉得，怎麼會教他得了這個節度使的位置？」問完，目不轉睛地望著褚翌。

褚翌神情略帶了一點小小的得意。「皇上自然是聽說過李程樟，就是聽說得多了，後來才開口試探，結果太子就撞上去，皇上的防備之心更重了。我當日請三皇子想辦法阻止李程樟上位，就是想看看三皇子會怎麼辦？沒想到三皇子四兩撥千斤，只示意幾位進宮的大臣見到皇上就唸叨李程樟人才出眾，年輕有為，把皇上惹惱了。」

「所以你就在肅州給李程樟添了一把火？」

「錯，不是一把，是好多把。」褚翌說完就自己先笑了起來，這也是他得意之處。「李程樟早有反心，可他偏偏唸書唸得太多，應了那句秀才造反，三年不成。要知道，不把狗逼急了，他是寧願鑽狗洞也不願意跳牆的。」抬頭揚了揚臉，一臉驕傲。

隨安便繼續問：「那現在肅州到底怎麼個情況了？李程樟的三弟死了？」不知道是不是自己心腸變硬了，說到一個無辜者的死亡，竟然毫無同情心。

褚翌點了點頭。「他也不是個好鳥，李家沒幾個好人，死了也是活該。這傢伙酒色、財氣無一不沾，聖旨還沒到，便在眾人面前端起節度使的架子，就是李程樟也沒他這麼高調，我都懷疑，要是沒有我們的人，他說不定也得早死。不過，我比他更等不及，只好先下手為強了。」

「皇上會怎麼辦呢？聖旨還沒到，人已經死了，這次會不會選李程樟？」

「呵呵，自然是不會的，說不定一個李家人都不選。」

「那太子呢？」

「哼，什麼太子，分明是太蠢，比蠢豬還蠢！」

隨安不說話，兩眼定定地看著他。

褚翌悠悠地喝了一杯茶，才發現她這樣子，頓時哈哈大笑，笑聲傳出好遠，外面窩在一處的武英、衛甲等人都佩服隨安的本事。

褚翌走到她旁邊重新坐下，伸手攬她。「不許跟我鬧彆扭了，不是喜歡軍中？大不了我帶妳去。」

他的手落在她的肩頭，隨安一僵，垂頭道：「我現在又不想去了。你去軍中，我自然會繼續留在老夫人身邊伺候。」

褚翌轉過她的身子，伸手捏起她的下巴，皺著眉心打量。

不知什麼時候起，她一向掛在臉上的笑容被一抹輕愁取代，溫潤的眸子裡像籠罩了一層霧氣，可就是這樣的她，他也覺得還是喜歡。喜歡到什麼程度？想衝她發火都發不出來，明明她做錯了事，一見面他就原諒了她。

他喃喃道：「妳到底怎麼了？」

到底怎麼了？隨安也說不清楚。前世的時候沒有談過戀愛，但想來失戀的感覺也不外如此。生老病死愛別離，有時候，精神的痛苦是遠遠超過身體的痛苦。

她雖然大剌剌的，雖然理智尚存，卻做不到五蘊皆空，做出離開的決定同樣會痛苦難過，若是真一點情分也沒有，又怎麼肯與他相親？

可感情便是如此，鯨吞蠶食，在不知道的時候，就已經淪陷。

明明告訴自己，他是拌了毒藥的蜜糖，可見到他的時候，心底的歡喜還是擋也擋不住地湧了出來。她喜歡他歡快的樣子，不管是做了壞事洋洋得意，還是做了好事傲慢邀功，總是教她很容易就沈迷陶醉。

褚翌見她不肯說，心底原來的篤定也變得不那麼確定，他慢慢鬆了手。

「妳身體不舒服，先在這裡歇著吧，以後的事情以後再說。」

隨安沒有說話，更不敢看他，生怕一動彈，眼淚便會掉出來。

用眼淚博取同情的時候，她沒有吝惜，可一旦眼淚因感情而生，她反而不敢哭出來。

褚翌起身出了門。

隨安也站起來，快步通過已經打通的內門，去了自己以前一直住的耳房。

耳房裡，她的東西都還在，可此次進來，卻與先前的心境大不相同。

從前褚翌沒有成親，她與他廝混，帶著飛蛾撲火的孤勇，可也有歡喜的時候；現在再見面，心裡如同灌滿了黃連水，又苦又澀。

也或許是確定這輩子在一起的念頭是自己的無望之想，她反而更加能夠正視這份感情，至少她不是一廂情願，他也不是對自己全然無情。

躺進被子裡，她強忍的眼淚終於忍不住，一點點地抽噎著流了出來。

褚翌沒有走遠，房內的啜泣聲不大，卻清晰地傳入耳中。

他抬腳就想衝進去，問個清楚明白，可也知道，她雖然看著好說話，其實性子十分倔強。

衛甲從外面跑了過來。「將軍，肅州急報，太尉大人叫將軍過去。」

褚翌立即道：「走！」率先往外大步走去。

隨安在耳房裡面聽見衛甲的聲音，連忙擦乾眼淚起身。

可一起身就覺得頭昏眼花，胃裡火燒火燎地發虛，像被烤乾了水分之後的鍋子一樣。她本來就食不下嚥，還吐了兩次，這會兒難受得不行。

過了一會兒，門外有人輕喊。「隨安姊姊。」是圓圓的聲音。

隨安強忍著難受靠在床頭，低聲道：「門沒關，進來吧！」

圓圓進門就喊。「妳可是回來了……」一看見隨安的樣子，話語一下子梗住了。

隨安衝她勉強露出個笑容。「我沒事，就是餓了，妳給我找點吃的來，粥或者麵條都行。」

圓圓遲疑地點了點頭，有些不安地轉身出去，一會兒端了一碗米粥過來。

隨安端起來，發現手都有點抖了，三兩口喝完，心裡更餓。圓圓見狀就道：「我再去給妳端點吃的過來。」

吃了一點東西，心才算鎮定下來。好不容易等到褚翌回來，隨安連忙道：「我突然想起一事想跟你說。」

褚翌的眉宇間帶了五分肅穆，靜靜聽她說話。

「我也是以前聽李小姐，就是嫁進太子東宮的那位李玄印的女兒，她的丫鬟說起的，說李程樟身邊有好幾個高人，其中一個最為警覺聰慧，不僅力大無窮，使得一手好弓箭，還有個出奇的本事，便是能將一個人記住。」

褚翌不明白，能記住人不是很容易的一件事嗎？哪怕只見一面呢，只要往心裡去，就肯定能夠記住。

隨安搖了搖頭。「不是那種記住，是看見背影、聽見聲音，甚至看到鞋印。他這種本事……」她怕當日褚翌雖然逃脫，可那人依舊將他記住……

若是上了戰場，說不定褚翌的危險就更大了。

褚翌方才正色。「我明白了。」說完就笑。「妳該對我多點信心。」

隨安心急火燎地盼著他來，他來了，她說完話又開始不自在，兩個人默默無語地站在屋裡。

錦竹院裡，林頌鸞也聽金桂說了肅州急報。

金桂道：「九老爺畢竟跟您是新婚呢，就算陛下想讓九老爺帶兵，皇后娘娘也會體諒您新婚，替您說話的。」

林頌鸞道：「妳說得有道理，是我著急了，一聽見戰火紛亂，心裡就先亂了陣腳。」說著笑道：「可見我沒有當將軍的命。」

「您已經是將軍夫人了。」金桂恭維著笑道。

林頌鸞笑容得意，想起隨安，就叫了方婆子進來。「妳知道以前九老爺身邊有個丫鬟叫隨安的嗎？」

「是有這麼個人，原是九老爺的伴讀，後來九老爺不唸書了，老夫人覺得她識字，就叫她去徵陽館伺候。」方婆子輕聲答道。

林頌鸞點了點頭，不一會兒卻說：「我知道她是九老爺的伴讀，也一直很喜歡她，以為九老爺會將她收房，沒想到竟然到了老夫人身邊。」又問方婆子。「妳覺得九老爺待她如何？我替九老爺將她重新要回來可好？」

「這個……」方婆子猶豫了一下。「奴婢實在不知。」奴婢們說主子的事可是忌諱。

林頌鸞也不勉強，叫她下去，自己琢磨起來。

她討厭隨安，明明是個奴婢，就應該對主子奴顏婢膝，而不是自信開朗；可褚隨安呢，像一朵盛開的蓮花，驕傲無瑕地直立在翠葉碧枝與水影波光之間，林頌鸞看了，總想將她拽過來撕碎。

金桂小聲來問：「夫人，這個隨安是……」

林頌鸞笑著道：「哦，從前我父親教導爺的時候，多賴她伺候，父親對她喜歡得不得了。母親身子不好，不能伺候父親，聽說了她，就唸叨著想買個差不多的，只是想法雖好，可父親習慣了她的伺候，在家裡常常唸叨……」

金桂一聽就笑了。「夫人現在是老夫人的兒媳婦，莫說去要一個丫鬟，就是要上十個、八個丫鬟也沒問題吧？」

林頌鸞笑著搖頭。「我才嫁進來。」

「這有什麼？夫人同爺那般恩愛，老夫人當婆婆的自然只有高興。」

說起房裡恩愛，林頌鸞一下子就想到昨夜那精壯中略帶粗糙的身子，頓時臉紅耳熱、心跳不止。那種感覺雖然痛苦，可痛苦中似乎又夾纏了喜悅，他得到了她，她又何嘗不是得到了他？

想到褚翌，她的理智也稍微回歸了些，仍舊搖頭，不肯去老夫人面前要人。

金桂急於在她面前表現，見她不接受，眼珠轉了轉道：「不知她家裡還有什麼人？她年紀應該不小了吧？若是家人來人想替她贖身，老夫人也沒有強硬著不許的道理。」

林頌鸞眼中一亮，臉上露出微笑。

是了，若是隨安的家人來贖身，老夫人總不好阻礙人家天倫重聚；若是老夫人真的不允，大不了她過去敲敲邊鼓就是。

林頌鸞本想叫方婆子過來打聽隨安家裡人的境況，卻多長了個心眼。她還記得當初進府時遇到的路嬤嬤，就命金桂帶錢去找這個路嬤嬤。

金桂除了見褚翌有些放不開手腳，手足無措的，在其他時候還是很會做人，能言善辯。

路嬤嬤聽金桂想打聽隨安，並未往心裡去，因為府裡知道隨安只有一個爹的人不在少數，她自問沒什麼不能說的，就將褚秋水的事告訴金桂。

金桂興匆匆地跟林頌鸞說了從路嬤嬤那裡得來的消息。「……早就死了媳婦，又是個文弱書生，聽說閨女生了病，只會哭……」

金桂一說褚秋水，林頌鸞也想起他來了。兩人曾有數面之緣，褚秋水確實長相不俗，隨安是很像他的，不過眉宇間又比褚秋水多了幾分堅毅。

林頌鸞與金桂在這裡琢磨隨安，褚翌也在徵陽館裡面跟老夫人說起林頌鸞。

「母親只當家裡養了隻狗貓就好，給她一口吃的，她說的話全然不必理會，也不用理會。」他眸子中盡是冷漠。

老夫人只覺得這幾日越來越胸悶氣短，身體也確實理會不得這些閒事，只是仍舊問道：「那三日回門？你……」

「肅州急報，太子想瞞著皇上，就不可能叫我帶兵。宰相韓遠錚韓大人推薦了做按察使的方孝盛，方孝盛跟運昌侯是兒女親家，自然不會親近我們；不過如此也好，運昌侯急於軍功，定然會抽調族中精英或者接收一些過去蹭軍功的大族青年子弟，我正好趁著這個機會將金吾衛清理一番，今晚就住在宮裡。」

老夫人點頭道：「這是正事。」什麼三日回門，就叫林頌鸞自己回去好了。

褚翌匆匆回了一趟書房院子，見隨安不在正屋裡面，心中一冷，大步走到外面準備叫衛甲、衛乙去尋人。

第七十九章

隨安正托著腮幫子在發呆。剛才褚翌一陣風似地出去，她便坐在這裡，腦子裡面紛亂一團，心頭也像被什麼東西堵住了似的，四肢無力，只有心跳忽緊忽慢。

她知道褚翌的性子，說不會去肅州，但肅州這團紛爭便是他一手促成的，他現在不去，將來也一定會去。

如果依照他所說的，她也去了肅州……不，她使勁搖了搖頭。就算是去肅州，也不能這樣自欺欺人地去，更不能不明不白地跟著褚翌去。

她已經決定要斷，就不應該繼續優柔寡斷下去。

她不禁捫心自問，為何不敢告訴他真相？為何要壓抑自己的真實情感？

終於，她明白了，是她從一開始就沒真的將自己與他放到一個對等的位置上。褚翌強勢，占了主導，而她與其說是順勢而為，不如說是隨波逐流，所以兩個人的情感才一發不可收拾，走到今天這一步。

她對他有情嗎？有。可這情愛大過天嗎？沒有；大得過她的尊嚴嗎？也沒有。

她還沒有生命誠可貴，愛情價更高的覺悟。她喜歡生命，喜歡活著，喜歡坦然而自傲地活在天地之間！

所以在愛情與生命之間，她肯定會選擇生命，不會為了愛情去要死要活，對待情感也一向以冷靜自持為傲。

想到這裡，她一下子站了起來，掀開簾子就往外走，決定去找褚翌說個清楚。

褚翌不見隨安，只覺心裡煩躁不安，也懶得喊人，就自己去茶房找人——衛甲跟衛乙他們平日就喜歡窩在這裡。

茶房的門關著，他還沒走到門前，就聽見衛乙的聲音咋呼地傳了出來。「……哎喲，你不知道，我原本以為隨安是個老實丫頭，誰想到她竟然敢在將軍面前弄鬼，聽說是將軍命我來抓她，自己把自己折騰得奄奄一息……」

衛甲「啊」了一聲，賊兮兮地跟著道：「真看不出來啊！」

衛乙深有感觸。「可不是嗎，我回來後想，要不是我武藝高強，說不定都能直接被她殺人滅口了，到時候她帶著她爹照樣天南地北地瀟灑，人家那戶貼、路引可是一項不缺，反正教我看來，她是存心不想再跟將軍了，才不是你剛才說的那什麼欲擒故縱呢！」

衛甲忙道：「你再跟我說說她是怎麼把自己折騰得那麼慘的，還有將軍又如何心疼？等等，我看看外面有沒有人……」

聽見衛甲要出門看有沒有人，褚翌一個閃身，躲回了拐角另一側。

衛甲胡亂地打開門往門外一瞧，然後又縮回頭去。

衛乙已經憋不住話，招呼他。「行了、行了，快點過來。我跟你說，丫頭片子對自己也是真狠，摳著喉嚨吐了個天昏地暗，這臉色當即就煞白、煞白的。我當時琢磨，可千萬別想不開，後來她又買了一塊生薑，足有一斤重吧，全部硬啃了下去，生嚼啊！我的爺！你知道我當時在想什麼？吃人肉也不過就這樣了吧？」

衛甲心有戚戚，點頭道：「沒準兒吃人肉還沒有這麼難吃呢，人肉頂餓啊，生薑可不頂餓，要我非吃吐了不可。」

「她可不就吃吐了？哎喲！」衛乙長長地嘆了一口氣，又小聲道：「不過她這番苦肉計也算沒有白使，將軍見了她那樣子，不知道多麼心痛咧，還瞪了我好幾眼，我腿肚子都打顫了，這丫頭主意大著呢！」

衛甲不以為然。「要不將軍怎麼愛得跟眼珠子似的，一不見了就急忙地命你去找？給了你一把大刀，還是讓你完不成任務自刎用的，嘖嘖……」

略帶著羨慕跟興奮的聲音聽在褚翌耳中，猶如雷劈。

他是褚家嫡子，是少年將軍，雖然不愛讀書，卻在武藝上天賦異稟，於軍法、陣法幾乎無師自通，模樣英俊、姿態瀟灑，從出生到現在，哪怕在戰場上，被人逼著不得不背水一戰，也沒有像如今這般狼狽過。

衛甲、衛乙說的還是隨安，可這話聽在褚翌耳裡，猶如一巴掌搧在他的臉上——從小到大，他從未受過此等羞辱。

他臉色一下子脹得通紅，下一刻就想去抓褚隨安過來掐死她。

眼珠子？哈哈，眼珠子……他才是真正的有眼無珠！這樣的眼珠子要來又有何用?!

她騙了他是不是很得意、很開心？他這樣毫無志氣地在她面前，一次又一次，旁人見了，自然是覺得他慾令智昏。不錯，他的確是慾令智昏了！可恨自己怎麼愛上這麼個東西！

就如那個該死的囚犯，他本以為是自己的得意之作，卻被一個毒誓給毀了，這次又是這樣，他明明表明了心跡，卻是被她扔到地上肆意踐踏！

褚翌心中舊恨未報，又添新仇。

就在這時，隨安從耳房穿過夾門，然後出了正屋。

兩個人四目相對。

褚翌眼眶通紅暗流湧動，手上青筋直起，胸膛起伏不止。

院子裡突然安靜了下來。

屋裡，衛甲跟衛乙的聲音還在輕快地訴說：「唉，咱們將軍，吃虧就吃在不知道強扭的瓜不甜上……」

隨安聽見一愣，突然就明白過來，定然是衛乙告訴了衛甲實情，而褚翌聽了一段牆角。

她唇角泛起一抹淺笑，只覺得心中長久以來憋屈壓抑的苦澀一下子全部都湧到喉嚨，心臟那裡一下子就空了出來，空盪盪的，毫無滋味。

褚翌卻再也聽不下去，抬腿一腳將茶房的門踹了個粉碎。

屋裡的衛甲跟衛乙頓時有種大禍臨頭的慌亂。

衛乙看了看茶房另一側的小門，示意衛甲趕緊走。

兩人避到那邊門口，果然沒有聽見褚翌喊他們，更未見褚翌進門。

衛甲就看衛乙，用嘴型無聲地問：現在該怎麼辦？

衛乙沒想到自己這張臭嘴惹來這麼大的禍事，嚥了一口口水。自己難道真的要死在隨安前面？不，不行，他的夢想是上陣殺敵，馬革裹屍，可不是死得如此窩囊。

他拉著衛甲遠遠避開褚翌，然後悄聲道：「我們先避避，等將軍冷靜下來再去負荊請罪。」

衛甲斜睨了他一眼。「老子這次被你害慘了！」

衛乙擦了擦額頭滑落的冷汗道：「你頂多算個從犯，我肯定會比你慘！」

院子裡面，褚翌盯著隨安，見她毫無反應，就知衛乙說的是實情。

他還在期待什麼呢？就算她撲過來求饒，他就會原諒她嗎？不會，他絕不會！

可隨安並沒有一如往常地撲過來求饒，她就那樣站著，站得筆直，站得一點也不愧疚，彷彿負了他的不是她一樣。

褚翌心中忽略的那些話語一下子湧入腦中。

她說「跟著你有什麼好」，還說「喝避子湯會傷身」，問他要了賣身契，那年趁著賊人入京偷偷離開。這一次她又是趁著他成親，不告而別。

哈，原來如此！

褚翌轉身往外走。君既無情我便休，不過如此。

衛甲跟衛乙不遠不近地跟在他身後，不敢遠離，更不敢靠近。

雖然離開，可胸腔裡洶湧澎湃的怒火，還是讓褚翌變得陰毒而刻薄。

錦竹院住了個林頌鸞，他就是跟褚隨安兩看兩相厭，也沒道理為了氣褚隨安或者報復她而委屈自己去將就林頌鸞。
可書房院子裡面有褚隨安，他更不願意再回去。
去徵陽館？在女人這裡受了傷去找母親獲得安慰嗎？他還沒有那麼幼稚！
褚翌一時變得茫然而無措，武英從二門拿了封信，匆忙跑了進來，一看見褚翌，忙繞過迴廊上前，行禮後將信奉上。「爺，栗州來信。」
褚翌接過來打開一看，看完便握在手裡。「走，去父親的書房。」
到了書房，老太爺被太子接進宮還沒有回來，褚翌坐在太師椅上，心思被褚越送來的消息轉移了。
李程樟果然跟東蕃早有勾結，要不是他讓褚越盯緊了，都要險些錯過，這次能夠發現，也是因為李程樟占據肅州後有些大意。
東蕃自上次大損後，沒有捲土重來，而是被李程樟重金周濟著糧草、兵馬。
李程樟的想法很簡單，等朝廷的兵馬過來，先讓東蕃的頂上，這樣有損耗也只是損耗些財物，並不損耗兵力。
他想得出神，連老太爺回來都沒有發覺。
老太爺年紀雖然不小，但往日都極有自信，一向不肯示人以弱，這次回來卻是扶著長隨的肩頭進屋子。
小廝推門的聲音驚醒了褚翌，從他坐的位置看過去，正好被屏風擋住。他正要起身，就聽見老太爺略帶了些渾濁的聲音沈沈道：「放下茶水，都出去，把院門關了，不許任何人進來。」

褚翌剛要張口喊父親，卻聽見一個熟悉的聲音緊接著道：「你沒事吧？要不要請個太醫過來看看？」

竟然是宰相韓遠錚。

父親是太尉，雖然與韓遠錚相交莫逆，可兩個身在高位的人並不多麼頻繁來往，像這種登堂入室的機會就更少了。

聽這兩個人的話語，分明是同時從宮裡出來，韓遠錚是直接過來褚府的。

褚翌已經站了起來，剛想出去看看父親，就聽老太爺道：「我沒事，就是生了些悶氣。我能有什麼事？我是擔心朝廷兵馬……」

韓遠錚嘆了口氣。「朝政如此，皇上仍舊不肯出關。你還不知道吧，竟然遞了一句話出來，說天道應有此一劫……什麼天道，分明是李程樟狼子野心！」

聽到這裡，褚翌屏住呼吸，慢慢吐出一口氣，又重新坐了下來。

屋裡的話繼續。

「太子自然是想打勝仗的，可你看看他選的那些是什麼人？人人都是一門心思地去撈軍功，這豈不是把戰場當成了兒戲？朝廷如此，難道不該教我等心寒嗎？那些為了朝廷跟百姓出生入死的將士又該如何呢？軍功是什麼？不只是榮登富貴榮華的階梯吧？」老太爺嘆息不止。他帶兵多年，若是一點私心雜念都沒有，那是不可能的，可他自問就是自己這般，也沒有到太子這地步！

要知道這朝廷、這天下，將來都是太子的，太子難不成是想做個亡國之君嗎？

老太爺雖然沒說出口，可韓遠錚明白他的意思，故此也憂心忡忡。「你說得很是，可是現在這種情況，只有陛下才能開口阻止太子，否則由你我進言，只會讓太子覺得我們是為了私心而不顧國家社稷安危，可陛下又長居深宮，輕易不可得見。」他推薦方孝盛，本也有無奈之舉的意思在裡面，可沒想到太子選定的其他人手，竟然都是太子一系的人馬，而這些人，阿諛逢迎的本事高超，真要拿到戰場上，不堪一擊，就是方孝盛再有本事也不成，何況方孝盛頂多只能算中規中矩罷了！

老太爺皺眉思索了一陣，搖頭道：「這樣由著太子，必敗無疑。後宮娘娘們那裡，不知……可能遞上話？」

「賢妃倒是見過，可是此事不成。不說賢妃一向不肯多言朝事，就是後宮不得干政這一條，便是太祖傳下來的規矩，賢妃能當得起一個『賢』字，怎麼會去觸這個霉頭？何況她還有三皇子要照顧，若是說得多了，反倒讓太子疑心上三皇子。雖說天家無情，可兄弟鬩牆又有什麼好？就是我等作為大臣，死後恐怕也沒臉去見先帝了。」

西次間的褚翌聽了這話，臉上露出冷笑。

位高如韓遠錚也免不了在背後說皇上跟太子，他此時倒是對衛甲跟衛乙背後說自己的事少了些惱火，不過恨意不減，準備攢著等以後有機會將這兩人好好操練一番。

可他聽到韓遠錚說起三皇子，卻突然有了主意。

韓遠錚又跟老太爺說了些話，不過是想從周邊彌補太子用兵的缺憾，要褚翌說，實在是連雞肋都不如，宰相這是老糊塗了！

等韓遠錚走了，他飛快地跑到更裡面的床上，假裝睡了過去。

老太爺早就看到褚翌的小廝武英在外面，還以為褚翌有什麼事，喚了武英進來，聽他說褚翌在裡間，倒是沒想到他故意偷聽，因為是褚翌先進來的。

老太爺便起身進了內間去看褚翌，見他睡得香甜，微微有點小呼嚕，笑道：「這是累得狠了。」

出來對武英道：「讓他好好歇著。」

武英張嘴。「可九老爺說他一會兒要入宮當值。」

「蠢！他要去當值，那就更應該歇好了，歇不好怎麼保衛皇宮、護衛皇上跟娘娘們？聽我的沒錯，等他睡醒再叫他去！」

褚翌在床上聽了，嘴唇微微一勾，可這個淺笑也只是一閃而過。他乾脆真的躺好，翻了個身，默默思索起如何跟三皇子說這些事情？

天黑了，褚翌進宮。

可巧一到值房，金吾衛裡面親近三皇子的一個侍衛就急急傳了信過來，說三皇子有要事要見褚翌。

三皇子不能來金吾衛，褚翌便帶著衛甲、衛乙跟在巡視的侍衛身後假作巡視，伺機半路離開去見三皇子。

衛甲、衛乙這回不能離遠了，兩個人俱都垂著頭，裝起了鵪鶉，全然沒了平日裡的靈敏。褚翌冷冷看了他們兩眼，沒有說話就走。

三皇子雖然有爭儲的心，但並非只關注宮中與眼前之事，他同樣聽說了太子在上書房裡面的種種布置，要他說，太子這是為了培植自己勢力，全然不顧其他了！

所以三皇子一見褚翌就焦急道：「褚將軍，你可曾聽說朝廷如何出兵肅州的安排？」尚且帶著稚氣的臉上的焦急不似作偽。

可此時的褚翌並不全然相信三皇子，畢竟他的眼光說起來也不怎麼好，看錯了褚隨安，說不定還能看錯三皇子。

他想要再試試三皇子。

於是抱拳行禮，沈穩而莊重地道：「下臣還沒有聽說。」

三皇子臉上便露出失落，幾乎是失魂落魄地道：「我……我是聽說，太子哥哥不聽大臣們進言，執意要委派親信帶兵，聽說連他的太傅也被認命為栗州、華州、光州的招撫使……」

一個文人去安撫起兵造反的肅州周圍重鎮，會不會起了相反的效果？

三皇子見過太子太傅，倨傲且以正統的儒士自居，目無下塵得很。

三皇子猶豫道：「我想請母妃在見到父皇的時候說一說……」說著就低下了頭。「父皇自從新年後，好久不再出來，母妃見他的次數也有限，而且不知道上回肅州這個節度使的事是不是被父皇察覺了，他已好長時間沒有再見大臣了……」

三皇子心裡內疚，懷疑自己的推波助瀾才導致李程樟造反。

褚翌不禁微笑起來。三皇子距離成長到皇上那種鐵血冷清的性子，肯定還有一段時間，這個時候的三皇子心中還是憂國憂民，很有幾分熱血的。

褚翌就比他少了幾分天真，而且自從栽到隨安手裡，他那僅存的幾分天真也不見了。

他決定督促三皇子盡快成長——萬一太子要是突然死了呢？

要是太子死於正事，死得光彩大氣，那麼皇上或許會因為思念太子而先不立儲，可褚翌已經為太子的死想了一個絕妙的惡毒主意，到時候，太子死得難以啟齒，皇上為了國家，定然會盡快再立太子。

褚翌沒有安撫三皇子焦灼的情緒，反而懇切地道：「三皇子所慮極是，只是此事微臣也才剛知道，還暫且毫無主張。聽聞賢妃娘娘一向聰慧理智，三皇子何不請賢妃娘娘賜教？」

上女人那裡去學點陰謀詭計吧！

第八十章

褚翌相信賢妃一定不會輕舉妄動，沒有一副凶狠的心腸，怎麼能夠成就大事？

他呵呵笑著，回了值房。

第二日，三皇子果然沒有再來找他商議，反而被賢妃娘娘拘在身邊學起了老莊。

太子知道後，以為三皇子是想學道藉此邀寵，不過並未放在心上；倒是他的太子太傅去了西北，這樣一來，他身邊這個職位就空了出來，下面的人爭搶得厲害……

令太子煩惱的太子太傅一職使不少人惦記，林頌鸞今天三日回門，也同樣跟林先生說起了此事。

若是平時，林頌鸞自大至此也不敢對太子太傅這個位置有想法，畢竟林先生只能算是半路出家，不夠正統；可如今不是平時，京中說起李程樟造反，竟然是興奮多過害怕，不像原來聽說東蕃占據了栗州那般恐慌，更何況她又嫁進了褚家。

她的能力已經遠遠大過了在宮裡昏沈度日的李貴嬪。

林頌鸞想試試自己的力量究竟有多大？家能給予她的，會不會比皇后娘娘更多呢？

三日回門，雖然褚翌沒過來林家，可那是因為他在宮中，林頌鸞不覺得不夠體面，何況她的身子都給了他，他還能撇下自己不成？

所以這日，她特意從錦竹院多帶了奴婢，並且留下幾個自己的貼身丫鬟看家，除了令她們好好地乘機摸一摸錦竹院的底細之外，另外便是要顯出作為將軍夫人的氣派來。

方婆子自然也在她帶來的人手之中，林頌鸞想到此便叫她進來，當著林太太跟林先生的面問：「我想給宮裡的九老爺傳話，應該叫誰去呢？」

方婆子恭敬地道：「回夫人的話，夫人告訴奴婢，奴婢再出去找護衛夫人過來的長隨即可。」

林頌鸞點了點頭，直接道：「我是聽說太子太傅一職空了出來，想替父親活動活動，不知九老爺那邊可有意見？」

方婆子點頭。「奴婢記下了，這就去傳話。」

林頌鸞的消息很快地傳進宮裡，褚翌聽了，冷冷道：「隨她的便。」

方婆子來回話，當然不能把褚翌的原話說了，而是委婉道：「九老爺並未有意見。」

林頌鸞自動轉換成褚翌支持林先生去爭取這個職位。

她問林先生，太子身邊最為親近的人是誰？她決定從這個人下手，賄賂也好，拿到他的把柄也好，總歸是要把事情辦成。

林先生皺著眉思索了一陣才道：「外甥肖舅，太子最為親近的，依我看除了運昌侯，就是太子的親舅舅，如今的承恩侯爺了。可承恩侯要錢有錢，權勢、地位無一不缺，我們如何能夠討好他？」

林頌鸞笑著搖頭。父親這是讀書太多，變得傻了。

當然，對承恩侯這樣的，就算是拿到把柄，除非是承恩侯想謀逆篡位，否則其他罪名都能間接得罪太子，得不償失，自然只剩下賄賂一途。

那麼賄賂些什麼呢？投其所好爾。

林頌鸞命伺候的下人都退下，笑著道：「承恩侯不缺財物，那我們就不送財物。可這世上東西，除了財物，還有些是財物買不到的，有些人專門就好這個，譬如不可多見的美人，或者絕世珍品的書冊，或者瓷器、玉器……」

她說一個，林先生就搖一下頭，可到了最後，卻突然睜大了眼睛。

林頌鸞便曉得父親定然想到了什麼，含笑看著林先生等他開口。

林先生道：「承恩侯所好我確實不知，但是我知道他的獨子有個愛好，欸，難以啟齒，難以啟齒啊！」

「我已經成親，弟弟也是大人了，世道艱難也該知道一些，父親不應該只把我們做嬌花嫩草看待。」

林太太搭腔。「說得對。」

林先生還是搖頭，不過，過了一會兒見林頌鸞不再勸他，他就自己說了出來。「承恩侯世子好南風，喜歡男人，是個斷袖。」

林頌鸞臉上一熱，不過很快就褪去，滿不在乎地道：「這有何難？從京中的小倌館裡面尋些清倌人給他就是了，只要他肯在承恩侯面前替我們將事情辦好。」

林先生道：「這還不是最難的，是我聽說世子爺十分挑剔，要模樣好看，又不要那些五大三粗的糙漢子，可太稚嫩的也不要，就好那些年紀略大些，在二、三十歲的青年男子，小倌館裡面的人，世子爺是看不到眼裡的。」

林頌鸞點頭。「這倒是有些為難了。」

父女倆你來我往地討論這個，倒是林太太跟林頌楓聽得有些不好意思。不過林頌鸞不在意，也不許他們離開。

末了，林頌鸞道：「此事我回家之後好好想想法子。」

說到「家」這個字，她臉上才算是露出新嫁娘的羞澀歡欣。

林太太見她這般模樣，心裡也高興，笑道：「九老爺真不錯，我當初第一眼就覺得他好。」

林先生搖頭。「有幾分機緣而已，我兒這般才情敏捷，配他是綽綽有餘了。」

林頌鸞回去之後，一面吩咐人遞帖子進宮求見皇后，一面找金桂商議，看隨安的事要何時開始下手為好？因為金桂被留在家裡，竟然打聽到隨安其實一直在書房院子裡面待著。

而這個院子，如今看管得嚴格，金桂根本進不去，她能打聽到消息，還是因為花了大錢買通了一個送炭火的婆子。

所以金桂一等林頌鸞回來，便迫不及待將這個消息告訴了林頌鸞。

隨安在書房院子的消息對於如今的九夫人來說，不過是更添了一層厭惡。

而在金桂，則是確確實實地嫉妒了。

那日褚翌對她的無視，還有褚翌身邊那些小廝的無禮，分明表明了他們對隨安的不同。

同樣是丫鬟，金桂覺得自己出身宮廷，受過宮規，禮儀周全，比一個破落戶家裡出來賣身的丫頭豈不是強出天際去，怎麼隨安偏就得了九老爺的眼緣呢？

金桂在宮裡就知道不少陰謀詭計，其中還有親自參與的，出了宮，更是如魚得水，很快就想到一個法子，低聲在林頌鸞耳邊說了。

林頌鸞不住地點頭。

隨安在書房院子，褚翌雖然沒限制她的行動，卻有個親兵守在裡面，她走了一次，被人攔住，只好又回來。

圓圓悄悄來見隨安，小聲道：「姊姊，角門那裡一個大叔說是妳爹，來看妳。」

隨安一下子站起來。「我去看看。」她走出去，那個不知道叫什麼名字的親兵也跟在她身後不遠處。

褚秋水是跟宋震雲一起過來的，隨安看了這兩人，總覺得哪兒不對勁，褚秋水面色微紅，宋震雲臉色發僵。

這回是褚秋水主動拉著她到一旁，沒等她問呢，就著急小聲開口。「隨安啊，爹想給妳贖身。」

隨安一呆，這才想起自己竟然沒有跟褚秋水說明，她剛要開口說自己是良籍，褚秋水接著道：「妳不用擔心錢的事。爹那日吧，欸，也是緣分，收留了個小寡婦，她有一筆錢財，說只要嫁給爹，就、就能拿出來幫妳贖身出來。我覺得這個主意不錯，妳看，我有媳婦兒，妳也有娘了，妳再嫁人，就是個有爹、有娘的人了。」

隨安這樣小時候沒了娘的，其實是在五不娶之內，屬於「喪婦長子不娶」。褚秋水自從曉得隨安及笄之後，就存了這點心事，有心招贅上門女婿吧，可打聽來、打聽去，這種上門女婿竟然沒幾個好的，隨安的婚事跟喪母出身令他幾乎愁白了頭。

說起來隨安回京後，他倒是沒怎麼擔心過褚翌會對隨安不利，因為褚秋水覺得褚翌滿好的，給他銀子、安慰他，還送他回家，這就是好人！

隨安疑惑道：「爹不是說不想再娶媳婦了？」不知道是不是因為林頌鸞是寡婦的緣故，現在隨安一聽寡婦，背後就發涼。

宋震雲隔了三步遠插嘴道：「褚姑娘，我也覺得不對勁……」

褚秋水立即轉身呵斥他。「你閉嘴！」而後笑著對隨安道：「妳別聽他的，他小肚雞腸，是因為人家一眼看上我，沒看上他，他嫉妒了！」

宋震雲扁了扁嘴。他媳婦去世，他是準備守三年的，根本沒準備再另娶好不好？

隨安差點被這兩人說暈，抬手先止住褚秋水，而後對宋震雲鄭重地行了個禮。「宋叔，我爹不會說話又小肚雞腸，你千萬別與他一般見識。」

宋震雲先點頭，連忙又搖頭擺手。「我不怪他。」

褚秋水這會兒倒是明白了，怒目。「你也覺得我小肚雞腸還不會說話？」

隨安皺眉。「您閉嘴。」

褚秋水聽話地閉上嘴。

她問宋震雲。「宋叔，你覺得哪兒不對勁？不瞞你說，我爹除了長得好看點，要說養家餬口那是不大能夠的，寡婦再嫁，不是應該更慎重點嗎？」

宋震雲悄悄看了一眼褚秋水，見他噘嘴生氣，表情生動，心中一軟，道：「褚哥哥是心底無私天地寬，且是個善良的人……」

褚秋水小聲嘀咕。「不用你給我說好話。」

隨安沒理他，等著宋震雲繼續道：「褚姑娘那天走了之後，褚哥哥也要回來，回來沒地方住，就先住到了我家。我們那次想見妳，沒見成，只好託角門一個送炭的婆子幫忙給妳帶句話，想著告訴妳一聲。」

隨安蹙眉。她並不曉得褚秋水又回了上京，沒人給她帶話，不過她這些日子都在書房小院，說不定那傳話的人根本無法見到她，這種可能也是有的。

宋震雲抿了抿唇，接著說：「就是今兒上午，我們倆都在家，有人敲門，進來之後，我看是個婆子跟一個年輕媳婦，就沒讓她們進，誰知她們硬擠了進來。她們見到褚哥哥，跟他討水喝，說著說著，那小媳婦就哭了起來，說自己命苦，空有大筆嫁妝無數財產，卻遇不到像褚哥哥這樣的良人……」

宋震雲說著就低下頭。

然後就是褚秋水也哭。他本來就天天落淚，現在有人先哭，他的淚落得更多了，哭著哭著，就把自己的心事也說了出來，最後竟然跟那婆子和小媳婦相談甚歡起來。

宋震雲完全成了路人，不，連路人都不如。那一刻，他感覺自己就是路旁的一株野草、一塊石頭，根本引不起那三人注意，雖然那三個人待的是他的家，站的是他的地。

宋震雲沒有添油加醋，也沒有說自己的看法，只把他們的對話一五一十地說了出來。

隨安也覺得不對勁，總感覺像仙人跳，但又說不上來這些人目的何在？

不過騙子想騙人也得讓人先上當，只要心中存了正義跟正氣，不去理會騙子，騙子也無計可施。

因為前世的經歷，隨安對騙子深惡痛絕，可也對那些被騙的人有些憤恨。大部分騙子都是先讓人覺得自己能占便宜，繼而唬人上當，遇到這種情況，只要不貪小便宜就能不被騙！

對付褚秋水，隨安還是有些辦法的。

她拉著他到一旁，細細告訴。「您才是我爹，就算贖身，也得用您賺的錢來贖身吧？自古以來，男人要是花用女人嫁妝，會被人笑掉大牙，笑得不敢出門的！您用了旁人的錢替我贖身，那我要是真贖身後，是不是就欠了人家的人情？萬一人家要我去做些壞事，我去還是不去呢？反正我知道，爹要是用自己賺的錢給我贖身，那肯定不會叫我去做壞事的，可旁人都不是您啊！這世上只有您才是對我最好，只有您不會同我計較我花多少錢，對吧？」

甜言蜜語加迷魂湯一灌，褚秋水就醉醺醺了，臉上笑容止也止不住。

可隨安雖然勸服了他，仍舊憂心忡忡，實在是不放心得很，只得囑咐宋震雲。「麻煩你幫我多看著他些，免得他做出錯事，後悔莫及。」

又殷殷地囑咐褚秋水。「您好生唸書，考了功名出來，主家自然會賞我賣身契。」

褚秋水雙眼發亮。「真的啊？」

隨安見他被自己唬得毫無自覺，又是心酸，又是無奈，攬住他的胳膊道：「當然好好唸書是應該的，可您也要注意身體，我給您的錢不要不捨得花；還有，既然現在住在宋叔家，不如直接拿出些銀子，叫他管著你們兩人的伙食。」

褚秋水撇了撇嘴問隨安。「妳是不是覺得他比我可靠？」他本是躊躇滿志得來，可在家裡就受了宋震雲半日嘀咕，來見閨女，又被閨女一通訓斥，脾氣再好也有點憋屈了。

隨安差點朝天翻白眼。這還用說嗎？不過誰教自己攤上這麼個親爹呢？

「我雖然覺得宋叔人不錯，但爹心地也不差啊，剛才宋叔不是說您心底善良？您要是心地不好，相信他也不會願意多來管你的。」

褚秋水的臉上露出明快的笑容。

他到底還是跟著宋震雲走了，到街口的時候，還轉身朝隨安揮手。

隨安直直站在門口，目光一直盯著，腳步情不自禁地就想往他們那邊邁過去，身後的咳嗽聲傳來，才把她驚醒了。

可到了夜間，她突然做了一個夢。

夢中，爹娶了後娘，後娘很會挑唆，結果爹爹就不喜歡她了，還到處追打她。她努力解釋，終於挽回了爹爹的心意，可爹卻仍舊不要她，對她說：「我爹就要來接我了，他要是再不來，我就不理他了！」

隨安剛說了一句。「您爹不就是我爺爺嗎？」

前面突然來了一輛華貴的馬車，裡面坐著一個幹練精明的老爺子，褚秋水飛快地跑了過去，將十歲的褚隨安撇下在空曠的曠野裡。

隨安醒了還是十分不舒服，彷彿心被人摘了去似的。

醒了便再也睡不著，她坐了起來，剛披上衣裳，就隱隱聽到彷彿有人在大聲喊叫。「褚隨安！褚姑娘！」

隨安一下子恐慌起來，提起鞋子就往外跑。

第八十一章

天色已經發白，角門那裡被敲得砰砰響，看門的婆子睡得鼾聲震天。

隨安連爬帶滾，剛到角門那裡，角門就被宋震雲踹開了。

兩個人四目相對，只見宋震雲鼻青臉腫，右眼下面還有血跡。

隨安一下子撲了過去，雙手抓著他的胳膊。「我爹呢？我爹呢?!」

宋震雲雙眸通紅，喉嚨似吞了火炭般吃力地道：「是、是……昨夜，一個侯府世子突然帶人上門，不由分說……」說著就哽咽了，五大三粗的漢子一下子癱軟在地上，幾乎也將隨安帶倒。

隨安從地上爬起身，茫然四顧，似乎不相信又不敢置信，張了張嘴，使勁抓著理智開口。「然後呢？」

宋震雲垂著頭。「……在我家裡……」

隨安拔腿就往宋震雲家裡跑去。

衛戌，也就是看管她的那個親兵，其實並非受褚翌支使，而是衛甲跟衛乙覺得隨安留下，事情或有轉機，就命他在隨安離開的時候攔住。

衛戌輕功好，隨安往外走的時候就跟上了，自然也聽見宋震雲的話，他見隨安出門，沒有繼續攔著，而是繼續跟了上去。

宋家，大門歪歪扭扭地掛在一旁，路上不停有人指點。

隨安喘著粗氣一路跑回來，進了門，顧不上喘氣就大聲喊。「爹！爹您在哪裡？」

院子裡一點動靜也沒有，屋裡像是沒有人一樣。

她的腿如同灌滿了鉛，心也跟著膽怯了，一步一步像是走在深淵旁邊，一不留神就要跌落下去。

早晨的風還有些涼，吹得屋門也往外透著絲絲寒氣。

她一把推開門，轉頭望去，褚秋水安靜地躺在宋家的炕上，脖子上的血一直蔓延到被褥之上，浸濕了厚厚的褥子。

她曾經愧疚過自己傷了褚翌的心，可老天不應該降下這種懲罰啊。絕情、無情的是她，老天若是看不過去，儘管降下懲罰給她好了，不應該給褚秋水……

「爹……」眼淚流了出來，聲音哽咽痛楚。「爹——」

她抖著唇，一步一步地走過去。「我是隨安啊，兒來了！兒來……晚了！」

香魂一縷隨風散，愁緒三更入夢遙。

門外的衛戍聽見隨安痛喊，急忙往屋裡看，看見褚秋水模樣，大吃一驚。

這顯然不是正常死亡，要麼他殺，要麼自盡，可不管怎樣，現在他也脫不了罪過了——若是他沒有攔著隨安，說不定他們父女就不會天人永隔！

他見屋裡隨安撲在褚秋水身上哭得厲害，自己也忍不住紅了眼，等宋震雲進了大門，看了他一眼便咬牙走了，徑直往宮門去。

褚翌又看見衛甲跟衛乙在那裡嘀咕，這次他是真怒了，難道他身上還有比被隨安那蠢丫頭拋棄更大的話題讓他們倆討論？

他挑起腳踏就往門口砸去。「你們兩個有事進來說！」聲音暴怒，不加掩飾。

衛甲看了衛乙一眼，衛乙的愧疚大過衛甲，便先進門，戰戰兢兢地道：「將軍，隨安的父親被人殺害了……」

褚翌一怔。「你再說一遍。」

衛乙硬著頭皮道：「衛戌過來說的，說好似是什麼侯府世子看中了……看中了褚秋水……不從……」

褚翌一下子站了起來，拳頭砸在案桌上。

金吾衛值房的地磚並不比褚府書房的地磚堅實，碎得更別致，跟蜘蛛網似的。

褚翌一想到隨安，心中仍舊有痛，只覺得心顫抖，手也顫抖。他為了她生氣，為了她心痛，現在又為了她憤怒，可要他一點也不去管她……

過了一會兒，他才生硬地開口。「你去，查查到底是怎麼回事？」

這邊，隨安也在問宋震雲。「好端端的，怎麼突然就……那承恩侯世子到底為了什麼要這樣害爹爹？」平日沒聽說他有什麼劣跡。

「我也覺得奇怪，前些日子一點徵兆也沒有，要說奇怪，就是那個婆子跟寡婦進門之後。可是妳不同意，回來後她們雖然又來，褚哥哥也沒理會她們，其他的事，就是很突然。當時，一些人從外面嬉笑著撞開門，我正給褚哥哥洗頭髮，那會兒才用帕子擦了半乾，然後就被人一拳打倒。我平日裡沒有仇家，褚哥哥更是深居簡出，不曾得罪什麼人……我被人按著，跪在地上，後面就聽褚哥哥叫嚷了一聲，有人繼續打我，等我從昏沈裡醒來，聽見有人說話，說什麼世子快走、侯爺生氣之類的，我再睜開眼看，褚哥哥就……」

宋震雲顫抖著回憶完，問道：「褚姑娘，咱們要不要先報官？」

隨安搖了搖頭，雙手胡亂摸了一把眼淚。「不成，既然是侯府，說不定官府會包庇。」

宋震雲心裡湧起一股不悅，剛要說他不怕他們，就聽隨安惡狠狠地道：「我們不報官，直接報仇！不殺了他，枉為人子！」

褚秋水是她的根，是她在這世上唯一的牽掛，是她活下去的希望跟勇氣，她要是不能替他報仇，她就要爆炸了。

「可我們還不知道那些人是誰，怎麼報仇？」宋震雲問。

隨安握著褚秋水的手，只覺得冰涼刺骨，一陣尖銳的疼痛湧上胸口，令她恨不能將那些惡人抓過來撕碎。

壓回在眼眶裡打轉的淚水，她的背挺直，聲音凜冽如寒冬臘月裡的冷風。「先去找那個湊過來的婆子跟寡婦，她們就算跟此事沒有直接關係，也肯定有關聯，說不定會知道些什麼。」

宋震雲就是一個普通人，在這種事上，既不夠聰明也不夠機靈，聞言就問：「那找到她們之後應該怎麼問？」

隨安道：「我只是猜想，不過她們一看就不安好心，肯定有什麼齷齪，你把她們抓來，我來問話。」

宋震雲動了動嘴，想說私設刑堂是不對的，可看著隨安的樣子，就什麼也不敢說了，答應了一聲就要往外走，這時衛乙跟衛戌從外面進來了。

衛乙是把隨安找回來的人，雖然是聽了褚翌的吩咐，可現在人家爹死了，衛乙心中也覺得難受彆扭，不敢看隨安，就對著宋震雲道：「我幫你抓人，你只要指給我看需要抓的人長什麼模樣就好。」

宋震雲連忙點頭。「我知道她們住的地方，好像離這兒並不遠，就在後街上。」

衛乙看了一眼衛戌，示意他留下，自己跟著宋震雲走了。

衛乙出馬，宋震雲打下手，兩個人費了一番周折，總算抓住了想要逃跑的兩個婦人。

衛乙一瞧她們包袱裡全是金銀財物，又見她們目光閃躲，就知這兩人肯定不是什麼好人，畢竟他長得這麼正義，要是好人，怎麼會看見他就害怕？

他直接將這兩人敲暈了，讓宋震雲從街上直接雇了一輛馬車，拉回了宋家。

隨安正在院子裡面磨刀，霍霍的聲音讓衛乙情不自禁地打了個寒顫。

隨安磨的是一把帶了彎鉤的柴刀，因為許久沒用，上面鏽跡斑斑，衛乙到來的時候，她正好磨得光亮，拿在手裡對著陽光打量。

衛乙跟宋震雲從馬車裡抓小雞似地抓出兩人，衛乙出手粗暴，直接把人給摔醒了。

宋震雲沒把人摔醒，可他把趕車的人打發走了，並且關上了門。

隨安站起來，走到其中一個容顏俏麗的婦人跟前，捏著她的下巴，問宋震雲。「這就是那個想嫁給我爹的寡婦？」

小寡婦還沒醒，可她身旁的婆子醒了，看見隨安手裡的柴刀，一開始還嚷著。「還有沒有王法?!」被隨安一刀揮過去將頭髮砍散了，立即委頓在地，什麼也不敢說。

隨安便拖著那個俏麗的媳婦往屋裡走。

衛乙上前，默默道：「我來。」

隨安放手，率先進屋。到了屋裡，找出茶櫃裡面的茶壺，也不管水的溫熱，掀開蓋子就往那人臉上潑。

年輕的媳婦膽子畢竟小，醒了剛要叫，看見炕上躺著的褚秋水，先瑟瑟發抖了。

隨安就笑了，蹲在她面前，歪著頭，神情很是天真地問道：「聽說妳想嫁給我爹，還想替我贖身？心地這麼善良的人，我還沒見過呢！不過現在我爹死了呢，妳說，我是把妳大卸八塊送妳下去，還是直接將妳扔到油鍋裡？」

那個自稱是「寡婦」的婦人哭得撕心裂肺。「我不知道，我什麼也不知道……」

隨安冷笑，通常說自己不知道的人，知道得肯定比一般人多。

「妳不知道沒關係，我會好好提醒妳。」她站起身，居高臨下。「就從妳這一頭秀髮開始如何？」

跪坐在地上的婦人滿臉驚恐，搖頭大哭起來。

隨安朝她揮了揮手裡的柴刀，不耐煩地道：「妳閉嘴，吵得我爹睡不好！」

「姑奶奶饒命，不是我殺的，真不是我殺的！」

隨安只是笑。「我當然知道不是妳殺的，這不是看見我爹生前還特意唸叨著妳，想著他一個人孤孤單單的，又聽他說妳是誠心誠意地想嫁進我們家，就想著不如成全了妳的這份誠心。」

婦人痛哭流涕，慌忙道：「姑奶奶明鑑，我不是，是、是有人讓我這樣，不是為了嫁進來，是為了將姑奶奶從府裡贖出來……」

「哦？我做了什麼好人好事，教人這般為我著想啊？」她拿著柴刀，慢慢圍著那婦人的脖子轉了一圈。

那婦人更加驚恐了，抖著唇道：「求、求姑奶奶饒命，我、我什麼都說……」

隨安挑了下眉，作勢用柴刀背砍了一下她的脖子。「若是有一星半點兒的瞎話……」

「不敢，我絕對不敢，嗚嗚……求姑奶奶饒命。」

「行了，妳這是想做壞事未遂，只要妳說了實話，饒妳一命也不是不可以。」

那婦人聞言，臉上露出一個驚喜的表情，可立即又看到她手中明晃晃的柴刀，立即道：「是，我說！我是西城那邊百花樓的一個窯姊兒，就是昨兒，有個人不知怎地找上了我，說讓我來這裡，只要想方設法說動了那、那位先生，然後將妳贖身出來，就給我五十兩銀子……」

「誰找妳？那人長什麼樣？姓啥名誰？」

「我、我不知道。」

「嗯？」

「姑奶奶別急，我再想想……對了，那個人說、說姑奶奶識文斷字，要給什麼人當小妾，再不濟賣、賣到窯子裡面，也能賣個好價錢……」

隨安哈哈笑了起來。這世上能惦記著賣了她或者叫她去給人當妾的，還真有個熟人！

「指使妳的人在什麼地方？狡兔三窟，我不信妳沒留個後手。」

那婦人瑟縮著。「姑奶奶，我真的都說了，我、我可以發誓！」

「發誓？」隨安搖了搖頭。「不好，到時候應了誓言還得麻煩老天爺，不如我一次處置了。」

她並不是說著玩的，果真朝她腿上砍了一刀，雖然沒砍在要害處，卻染紅了地面。

那婦人嚇得掙扎著往後，尖叫道：「我說、我說！」

屋外的婆子聽見了，連忙對衛乙道：「這位大爺，我也知道那個人，我能帶你們去！」

衛乙將那婆子拎起來，要脅道：「要是妳膽敢說謊，我可沒有時間跟妳囉嗦，直接擰斷妳的脖子！」

那婆子機靈得很，連忙點頭。「我知道、我知道，大爺們一看就不是會遷怒的，我們雖然不無辜，可確實沒成事……想偷東西跟已經偷了東西，那都不是一個罪名……」

衛乙呿了一聲。沒想到這婆子竟然還懂點律法，揚聲喊隨安。「隨安，外面這個知道！」

屋裡那個婦人也爭先恐後地道：「姑奶奶，是我先說的，是我當初存了個心眼，求姑奶奶饒命……」話音戛然而止，就像被人硬生生地砍斷了一般。

外面的衛乙跟宋震雲等人都是渾身一震。

衛乙立即想到，隨安要是真的殺人，將軍應該能擺平，沒見將軍都把他派來處置了嗎？

隨安一個人從屋裡出來，柴刀上血跡斑斑。

饒是衛乙剛才設想過她或許會殺人，也被她現在的樣子給嚇住了。

宋震雲更不必說，他甚至懷疑，褚秋水身上的男子氣概是不是都長在隨安身上去了？

林家自從小李氏進宮，而後林頌鸞二嫁，漸漸興旺起來。

正所謂一人得道，雞犬升天，雞犬下面的小雞、小狗也跟著沾光，林家興旺，自然也帶動了在林家做活的奴婢們家裡跟著興旺。

邢材家便是跟著升天的小雞、小狗們的其中之一。邢材家的閨女跟在林太太身邊，邢婆子也時常奉承林太太，時不時給林太太辦些事，領點小錢花花。這幾日，邢材家的格外興奮，因為只要她做成了一樁大買賣，就能得到至少一百兩的好處。

這天上午，不過剛過辰時，邢材家的正要出門繼續去林家奉承太太，就見一個婆子畏畏縮縮地過來了。

她皺著眉上下打量她一番。「妳這是？昨兒不是說事不能立時就成嗎？害得我在太太跟前也沒了臉面。」

婆子穿得單薄，牙關有點打顫道：「這……我覺得也不是不能想想辦法，只是這銀子上……」

邢材家的立即警惕了。「不行，說好那麼多，再多我就找別人了！」

婆子道：「我是怕那府裡壓著不肯讓她贖身，想著多多買通幾個人，到時候也好有人幫著說好話。」

邢材家的就笑了。「這個不用妳擔心，只要妳們過去替她贖身，屆時自然有人在旁邊敲邊鼓。」

那婆子諂媚地笑道：「既然府裡有人，何不就讓府裡直接賞了身契，還能免了那麼多贖身銀子，不知府裡的人是哪位管事嬤嬤？」

邢材家的高傲地斜睨她。「什麼管事嬤嬤，是我們家的姑奶奶，如今是當今金吾衛副指揮使褚大人的夫人，也就是褚家的九夫人！」

衛乙張大了嘴，心道，這下子壞事了！

那婆子受隨安交代，不敢不把話問全，就道：「哎喲，這可是那個人家常說的誥命夫人吧？得幾品啊？有五品嗎？」

邢材家的得意，如同那誥命就在自己身上。「正三品。」

隨安從邢材家口中聽見是林頌鸞設計要害自己，心中怒火一波接一波，卻沒有立時發作，而是壓住火氣繼續聽下去。

衛乙擔心地看了她一眼，見她模樣冷靜，轉念又開始替褚翌發愁。這麼個狠心的小娘子，將軍究竟能不能吃得消？自己是見慣了死人的，也見慣了看見死人或受傷的人就驚嚇莫名的小娘子們，但像隨安這樣，哭泣的時候教人痛心，狠起來的時候教他這個男人都看著揪心的，可不多見。

婆子被那正三品給嚇到，臉色都發青了，鼓了半天勇氣，咬牙道：「我得把這事辦得妥妥當當了，否則還怎麼在這上京混？您說呢？」說著從荷包裡面拿出一塊五兩重的銀子給邢材家的。「好姊姊，以後還要您在太太跟九夫人跟前替我多多美言。」

邢材家的沒想到顯擺姑奶奶的身分、地位還有這等好事，頓時開心不已。剛才這婆子還想跟她要錢，沒想到一聽說了姑奶奶的身分，就立即換了嘴臉，不僅表態要把事情辦好，還退了銀子給她。沒想到她也有收人錢財的一日，五兩銀子可夠過好一陣子的了！

因為收了銀子，也不好直接打發了人家，她便拿起架子跟那婆子多說兩句。「我們家太太體弱，不能伺候老爺——對了，妳還不知道我們老爺是誰吧？就是當今太子殿下的師傅，從前也是教過我們姑爺學問的，我們老爺從前教姑爺的時候，就是那個丫鬟伺候，我們姑奶奶有孝心……」

那婆子點頭道：「我明白了，姑奶奶確實好，是不是想贖身出來，悄悄轉送給老爺？要我說，這可比直接從婆家要個丫鬟來得巧妙，您說是吧？」

邢材家的道：「可不就是妳說的這件事？要我說，其實就是姑奶奶直接要也沒什麼，一個姑爺半個兒，孝順老爺一個丫鬟又是什麼大事？姑爺難不成還能為了這事跟姑奶奶計較？再有，前幾日我們姑奶奶三日回門的時候，想著太子太傅一職空了出來，想替我們老爺打點關係，問了姑爺，姑爺也沒說個不字咧！」

「哎喲！」婆子驚叫。「這可是大事，讓我們做這樣的事，怕是再來十個我也辦不成。不過你們姑爺乃是金吾衛副指揮使，想來對他來說不是大事……」

「哪裡？這事我們姑奶奶可沒麻煩姑爺，我們姑奶奶一個人就能處置了。」

婆子做出不信的樣子。「這太子太傅可不是小官。」

「現在太子監國，太子太傅是誰來當，還不是由太子說了算？」邢材家的咂嘴。「我們姑奶奶已經給承恩侯府的世子爺送了一份大禮，說不定啊，妳還沒給那丫鬟贖身出來，我們老爺就已經當上太子太傅了，到時候，那丫鬟就只能當個侍婢，端茶倒水而已，想成為我們老爺的妾室？哼，還搆不上了呢！」

第八十二章

衛乙實在沒想到，這邢材家的婆子竟然知道那麼多，他一面冷汗淋漓，一面低聲安撫隨安。「將軍只是沒有管她，何況將軍一聽說妳家出了事，就令我過來幫忙……」

聽到衛乙說話，隨安緩緩轉過頭來，目光平靜地看了他一眼。「嗯，我知道。」

按理說，她這樣的回答應該算讓衛乙達到目的了，可衛乙總覺得不對勁，有一種毛骨悚然的感覺遍布周身。

婆子終於跟邢材家的說完了話，戰戰兢兢地過來見隨安。

隨安衝她笑笑。「妳現在開始跑路吧，我找不到妳，就不會殺妳，妳要是不信，不如問問我身邊這位軍爺是誰的人？」

衛乙凝聚氣勢。「不怕死的只管留下。」

隨安將婆子嚇唬走了，衛乙就道：「這樣的人不如殺了算了。」留著滿天下地追殺，好麻煩的。

隨安淡淡看了他一眼，很是從善如流地道：「你說得有道理。」而後道：「走吧，我們去會會這位承恩侯世子爺。」

衛乙見她神色平靜，根本不像親人才去世一般，心裡拿不准，低聲問道：「隨安，妳要是想哭，就好好哭一哭吧！我想就算將軍知道了，也肯定會為妳做主的。」

隨安垂下頭。「林頌鸞能不用將軍幫忙就幫她爹求官，我也一樣不用將軍出面就能給我爹報仇，何況將軍還將你打發了過來。」

她的聲音完完全全地冷靜了下來。

起碼在這一刻，身邊能給自己幫助的人是褚翌打發來的，衛乙過來幫忙，不是因為她跟他有什麼情誼，而是因為褚翌的支使。

她看得很清楚、很明白，一碼歸一碼的道理，她很懂，很懂。

簡單的律法她是知道的，譬如挑唆與支使他人從事什麼犯罪的，就以什麼罪名論處，所以林頌鸞也該死。

至於承恩侯世子，哪怕他是太子呢，她也不怕，從來就不怕！

這世間唯一能令她無所畏懼的，便是褚秋水，是爹，是親人，是血脈，是根源！

衛乙就道：「衛戌的輕功最好，讓他帶妳進去，還是咱們把那個什麼世子弄出來？」

「先看看情況再說。」

承恩侯府的防衛並不怎麼森嚴，也難怪了，皇后娘娘的娘家、太子的外家，雖然說不是多麼顯赫，可這京中無人敢惹。

承恩侯世子年紀並不大，十五、六歲的樣子，臉色蒼白地躺在床上，他身邊還躺了一個面容姣好的男子，正輕輕拍著他，不住地親吻他的臉頰，低聲安慰他。

衛戌看了一眼隨安，不知道接下來該怎麼辦？

隨安終於明白，林頌鸞準備給承恩侯世子的大禮是什麼了。

原來林頌鸞不僅想算計她，還想賣一贈一，將褚秋水推給這個好男風的承恩侯世子……

衛乙讓衛戌帶著隨安毫無聲息地進了承恩侯府，自己則轉身進宮。

事情牽扯到林頌鸞，他覺得很有必要跟將軍說說，何況隨安的樣子絕對不像會善罷甘休。

褚翌這幾日一直待在宮裡。征討逆賊李程樟的大軍已經出發，可太子依舊忙碌，這幾日不停有人被打發出去，又有不少人鑽營上來。

不過，至少表面上看來，朝廷還是沒有任何問題。

衛甲跟衛乙過來時，值房的桌上已擺了飯食，但褚翌站在開著窗扇的窗前，沒有坐下。

衛甲先看了他一眼，見他表情平靜，才垂頭恭聲道：「將軍，衛乙回來了。」

「叫他進來。」褚翌回身對著門口。

衛乙進門，見褚翌在不遠處站著，連忙上前兩步，而後朝褚翌行禮。「將軍，事情已經查清楚了……」

站在承恩侯府的屋頂上，隨安心裡的怒火一波接著一波，幾乎想不顧一切衝進去將那個什麼世子先弄死再說。

衛戌突然道了一句。「直接殺了他，會有麻煩。」

這個不怎麼愛說話的人突然開口，雖然說得十分冷血，卻令隨安精神一震。單死一個就把自己賠進去，確實不划算，因為還有林頌鸞呢！

她死死地攥緊了拳頭，骨節那裡的皮肉彷彿都要被撐開，過了好久，才開口。「你說得對。」

衛戌的臉上幾乎沒有表情，聽到她這麼說，臉頰的肌肉還是微微緊了緊，不過，再多的話，這個漢子也說不出來了。

隨安跟衛戌回去，就見宋家院子擺了一口漆黑的松木棺材。

宋震雲紅著眼眶從屋裡出來，看了隨安一眼，說道：「是壽材店裡現成的最好的老房，花了十兩。」

隨安眼睛一酸，臉上流露出痛色，幾乎想自己爬進去，不再出來。

她的聲音帶著顫抖。「爹……爹！」

雖然知道要好好活著，可還是想不要活了。

她遊魂一樣地走進屋裡，褚秋水還在炕上躺著，身上換上了一件素白的中衣，旁邊是寶藍色的壽衣。她沒有哭出來，可眼淚流著，聲音顫抖，比嚎啕大哭讓人看了還要難受。

宋震雲過來拉她，抖著唇道：「不要把眼淚流在他身上，他會不好走。」

隨安蹲在地上，將頭埋在胳膊裡，嗚嗚地哭了起來。

明明人還在，可屋子裡面的歡笑沒了，那種帶著小心眼的喜歡沒了，那倨傲又耿直的脾氣，她是再也見不到，再也不能嫌棄了……

「爹爹……爹爹……」

她曾經擁有的、為之努力的、心心念念著的，雖然氣憤、吃苦、受累，依舊歡歡喜喜的爹爹啊……

宋震雲帶了幾個婆子過來給褚秋水盛殮。

原來租房子的房東老婦人也過來了，看見隨安，眼裡也噙著眼淚去拉她。「孩子，妳爹知道妳的孝心，要節哀。」

隨安用手背擦眼淚，起身對眾人行禮。「多謝各位嬸子了。」

她的眼皮又紅又腫，被淚水浸過後顯得格外地顯眼，如同桃花落在白紙上，惹人可憐。眾人不免道：「一個好閨女……」

「是當爹的沒福氣……」

隨安充耳不聞，她跟著一旁的婆婆幫忙，有知道世情的婦人過來拉她。「哎喲，妳還沒有成親呢，小心沾了晦氣，再說這孝心也不在這上面。」

隨安道：「沒事，我不怕這個。」依舊幫著褚秋水擦拭穿衣。

褚秋水脖子上的傷口已經不流血了，可血肉翻著，還是很嚇人。隨安直起身看了一眼宋震雲問：「宋叔，能不能叫個大夫來幫我爹把這裡縫好？」

宋震雲點頭走出去，可過了一會兒又回來，吶吶道：「這個，不大行……」

隨安點頭表示知道，也不強求，自己去包袱裡面找出針線，親自給褚秋水縫合。

她樣子平靜，可這樣一個年紀不大的小姑娘在皮肉上穿針引線，還是嚇得眾人不輕。

宋震雲忙扯了幾個相熟的，叫了過去，領著謝禮白麵饅頭，眾人這才慢慢退出來，將屋子留給這對父女。

褚翌來得輕車簡從。

算是半個主事的宋震雲見到他，神情一滯，還是衛乙上前一步，低聲對他道：「這是我們將軍，來看看褚先生。」

宋震雲張了張嘴，又慢慢地閉上，他心裡怪自己，可也怪著褚翌。

要不是褚翌命人將隨安抓回來，要不是自己帶褚秋水回來上京，褚秋水父女根本不會被人算計，可說到底，還是怪自己多，恨不能一起死了才好！

褚翌沒有理會宋震雲，徑直來到掛起了白幡的宋家正屋。

隨安正在低聲嘟囔。「……我得先把裡面的縫好，要是只縫上外面的，可不能夠長好，您要是痛就跟我說一聲……」

她垂著頭，手裡拿了一根穿了白棉線的細針，歪著頭，眼淚一滴滴打在那棉線上，嘴裡卻仍舊道：「其實縫合傷口用桑皮線最好，不過這個一時好難找到，好在白棉線也不錯，我縫得好看些，免得留下難看的疤痕……」彷彿褚秋水仍舊活著一般。

褚翌已經打定主意不再理會她，可看見這一幕，心還是如同浸在三九天的冰水裡，冰涼到了極點，生出密密麻麻的刺痛。

衛乙已經將她所做的事都告訴了他。

他從來也沒小覷過她的本事，原本是應該為了她自豪或驕傲的，可是現在完全提不起那樣的心來。

他站在門口許久，她都沒有注意到他。

褚翌身體高䠷，宋家的屋子門框低矮，他沒有低頭進去，一直站著，直到站得腳都麻了，沒了知覺。

這一刻，兩個人，一個屋外、一個屋裡，明明距離很近，卻像是隔了千山萬水。

這一次，他低頭走到她面前，卻是越走越冰涼，越走越悲傷。

始終高傲，就算聽見自己被一個婢女擺布捉弄，也不曾動容的褚家九郎，終於在這一刻，如同摔落在地上的玉珮，面上的表情紛紛碎裂了。

宋震雲的痛苦不亞於隨安，他甚至懷疑自己是個不祥之人，靠近誰，誰就要倒楣。先是父母早早過世，後來妻子也走了，連一兒半女都沒有留下，他幾乎將自己累死的時候，褚秋水拉了他一把，略帶著耿直與天真的性情，毫不修飾的話語，卻讓他覺得溫暖。

褚秋水給他飯吃，為了他，小心翼翼地跟閨女借錢，對他的態度從來都是一個樣，有一點看不起，但心地不壞，不會故意欺負他。

棺材被衛乙幾個抬進了屋裡。

隨安的哭聲很小，可眼淚一滴一滴打在褚秋水微微僵硬的手指上，窗外的褚翌突然轉過臉去。

宋震雲上前拍隨安的肩膀，有個婦人過來，哄著隨安道：「閨女，咱們起來，讓妳爹好好地走。」

宋震雲彎下腰將褚秋水抱到了棺材裡。

隨安跟了過去，看著褚秋水孤零零地躺下，茫然四顧，耳邊有人在說：「運回老家，跟他媳婦合葬。」

是了，她這一世，沒了娘，也沒了爹，原來失去親人這麼痛啊！

有個哽咽的人拿帕子替她擦眼淚。「孩子，咱們不哭了啊！」

隨安張了張嘴。怎麼能不哭？她不會啊……

她伸出手背，將眼淚擦去，然而眼淚還是繼續流出來。

褚翌不想再看下去，他突然明白，當初她在他面前所流的眼淚，根本與現在不同。如果說褚秋水的死，她流得是十分真心，那當日在他面前那些，不知道有沒有半分？或者根本連半分也沒有。

或許，她當日救他，也只是不得已而為之，可笑他還把這個當成是上天恩賜的緣分……

原來一廂情願的夢醒了，是如此地難堪。

「支一百兩銀子給衛乙，讓他在這裡幫兩天忙再回去。」他交代武英，算是自己對褚秋水的一份心意。至於林頌鸞與隨安的恩怨，他既然已經決定放手了，就不會再管。

隨安報仇也好，報仇後被律法懲治也好，是她選擇的路，他不會再插手。

再說，他有什麼資格插手呢？她全程都對他視而不見。

不知道是什麼人說過，男女之間，誰先愛上，誰就更倒楣。

年輕不懂事的時候，一個人就能成為另一個人生命裡的全部。

在歲月裡，飽經風霜之後，他或許會說一句，那時候是眼瞎了才看上她；可是，就是這樣的年輕時候，甚至不用她說話，只要她一個動作，一個視而不見的眼神，都能深深傷透他的心。

褚秋水並沒有回上水鄉。

隨安將他寄放在大慈安寺，寺裡的地藏菩薩殿有專門存放棺木的後殿。

幽深陰沈的地藏殿絲毫沒有降低她身體的溫度，她清晰地感覺到，那種血脈流淌的奔湧騰躍。

在地藏菩薩像前，她跪下，磕了一個頭，而後返身回去，一身麻衣地在褚秋水的棺木旁邊坐了下來，倚靠著他的棺材睡了過去。

大梁正德六年六月，圍攻肅州的大梁軍隊潰敗，方孝盛被刺殺而死。

消息傳來，舉國譁然，街上鬧巷裡人人痛罵李程樟反賊，不配為人。

隨安穿過大慈安寺一旁的街道，小跑著從寺廟的側門進去。

宋震雲正在裡面燒紙錢，棺材前的鐵盆裡已經積攢了厚厚的一層紙灰。

隨安手裡攥了一個荷包，抿著唇，嘆了一口氣道：「宋叔，西北那邊現在又不太平，你去那邊做什麼？要是想離開上京去外面討生活，還不如去下裡縣，那裡有處宅子——」

宋震雲搖了搖頭，打斷了她的話。「我沒事，去西北就去西北。」

因為求了支籤，就要聽話地去西北，在隨安看來，跟主動尋死也沒什麼區別。要知道，宋震雲雖然年輕力壯，可他不會武功，手無寸鐵，遇到帶著兵器的人簡直毫無還擊之力。

褚秋水死了，隨安跟宋震雲雖不能說相依為命，可宋震雲還是將隨安當成親姪女照顧。隨安畢竟不是褚秋水，她從來也做不到心安理得，而宋震雲見她確實用不到自己，才慢慢地不再繼續。

隨安使勁想了想，回想她當初替褚翌畫的地圖，皺眉道：「你乾脆從肅州西邊繼續往西走，那裡好像跟苗寨搭界，要是可以，就在那裡住一陣子。」說著，她將手裡的荷包遞了出去。「我這裡還有一百四十兩銀子，正好我們倆一人七十兩。」

宋震雲吃驚，連忙擺手。「我不要。」

「那我就不要你的宅子了，這點錢還不夠買你的地呢！」

宋震雲唯恐隨安無家可歸，只好接了過來，卻是打定主意要給隨安留著。他覺得褚秋水死了之後，自己對隨安便有了一分責任一樣。

隨安摸著棺木，輕聲細語。「爹，您不要怕，我一定將欺負您的人都抓過來給您賠禮道歉。」

一陣暖風席捲進來，吹拂著她因為沒有打理而顯得有些毛糙的頭髮。

第八十三章

正德六年七月，大梁的軍隊源源不斷地派到了肅州，宰相韓遠錚在朝上進諫，太子簡直就是拿傾國之力在打李程樟，這比當初打東蕃出動的兵力還要多，損失的錢糧還要廣。

李程樟負隅頑抗，一面聯絡了東蕃策應，一面寫信給劉傾真，希望他能夠幫助在太子面前講和。

而褚翌終於等來機會，李程樟的親筆信落在了他手裡。

幾日後，太子接到了這封信，興奮不已。

李程樟在信中不僅表示了臣服之意，還說太子是真龍天子，他不過是泥地裡面的蝦魚，若是太子能夠親自帶兵，他一定聞風而降。

太子其實在朝堂上已經很沒有面子，這封信簡直如一劑強心針，將太子身為皇儲的自信又找了回來。

他當即修書一封，命人送給李程樟，表示若是李程樟能投降，他一定保他不死云云。

褚翌得知了這封信的內容，卻沒有掉包，信使順利地送到了李程樟那裡。

太子沒有繼續等李程樟的回信，開始整裝待發，集結朝廷裡能夠用得上、被他帶出去的人手。

這一日，褚翌下值的時候，不甚驚馬，跌傷了腿。

已經是太子太傅的林先生，也幫著商量。

林太傅現在的自信一點都不比太子少。這才短短幾年，他進了京，又在太子身邊站穩了腳跟，雖然現在還有些人腹誹他的出身，對他當日嶺王叛亂時望風而降不齒，可林太傅正好藉機說話，嶺王非正統，不願意追隨乃是符合人倫世情云云。

林太傅的自信還體現在對待褚家的態度上。

他笑著對太子道：「舉賢不避親，臣本來想舉薦自己的女婿，他當日在華州也是一員猛將，雖說有勇無謀了些，可給太子助一臂之力還是可以的。」語氣裡很是睥睨。

太子簡直覺得天下人心盡歸，他決定要出兵，雖然有些人極力反對，可更多的人卻努力來到他身邊，毛遂自薦。

褚翌任金吾衛副指揮使不過盡職而已，又不會奉承，太子雖然心裡想拉攏，看見他那一副冷冰冰的模樣也沒了意思。

「可是不湊巧得很，不過想來以後還有機會。」太子淡淡道。等他收服了李程樟，那時候天下歸心，小小的褚翌照樣也要跪在他腳下稱臣。

林太傅遂不再說話。現在奉承太子，他是真心實意的，不比之前在老太爺處，覺得屈才抱屈，所以太子的話，林太傅都不會反駁。

七月有驚雷，太子要出征，韓遠錚在階前死諫，回家後便臥床不起。

老太爺想去看他，被褚翌攔住。

太子還是知道韓遠錚忠心，但覺得韓遠錚太過愚忠，不知變通。太子對韓遠錚的愧疚之情很快就被另一個消息給取代了。

「太子大喜！李程樟在西北的一處糧倉被天降雷火給燒毀了，這正是老天看不過眼兒，要收服這逆倫之子！」

太子等不及了，立即召集人馬，命欽天監盡快選定一個最近的日子，準備出發。

中元節一過，太子便率領軍隊祭拜了天地，浩浩蕩蕩地出發了。

至此，金吾衛對皇宮幾乎形同軟禁的把持才算鬆懈下來，皇后也才知道太子出兵的消息。

不同於太子的意氣風發，皇后大為震驚，她立即召見宰相。

韓遠錚聽到太子出發的當日就吐血了，老太爺這次非要去看他，褚翌淡淡道：「父親，韓大人必死無疑，就算他現在不死，將來得知太子殞命的消息傳來，一樣要死。」

老太爺怒道：「你——」

「不是我，我沒有害他，是他自己轉不過彎看不到明主。父親見了他，不妨問問，今上前面的先帝是嫡還是長？太祖是何人，高祖又是太祖的嫡還是長？」

人只有一個父親，但父親，卻能夠有許多兒子。

老太爺是為了褚翌驕傲，可讓老太爺為了褚翌的野心從而將整個褚家陷入危險之地，他肯定不願意。

褚翌也不太在意。

皇上在深宮裡面閉關，太子又一直瞞著消息，瞞得那麼盡心盡力，金吾衛都不用做什麼大動作，就事半功倍。

「難不成三皇子就一定是明主？」

褚翌輕笑。「這個我不敢保證，不過現在看來，三皇子比太子好。咱們家又不想造反，在沒得選的情況下，選一個相對而言比較聰明的，這不就是矬子裡面選將軍嗎？」

老太爺還是想去，褚翌點頭。「多事之秋，您不如約上幾個人一同去勸慰宰相，反正您不要單獨同宰相見面。」免得世人將宰相之死扣在他頭上。

老太爺大怒。「小崽子翻了天了，老子難道是怕事的人?!」

老太爺也是有了年紀，老得比在戰場上還快，見了韓遠錚，剛問完病情，沒等說上幾句，韓家下人過來稟報，皇后娘娘有口諭。「宰相大人好好將養。」

韓遠錚面無表情地聽了，那下人又繼續道：「皇后娘娘急召承恩侯進宮，商議監國之事……」

韓遠錚本還強自忍著，可哪裡忍得住，一口心頭血，葬送了他的命。

褚翌覺得，韓遠錚才是一個純粹的忠臣，像他，絕對做不到那樣，不過他能理解韓遠錚的想法。

正統繼位，維護天下大道，皇位只有一個，皇上卻不會只有一個兒子，繼位的人是嫡子，那麼就斷絕了其他皇子的非分之想，皇子們便會安分守己，不會為了皇位你爭我奪，如此社會就安定了，人人守著尊卑，不會逾越禮制。

這種想法很好，但架不住太子實在太蠢，蠢得連平民百姓也不如。

不過有時候褚翌也會想，太子若是生在尋常百姓家，恐怕還沒有這般眼高手低、狂妄自大，所以，太子也有點無辜，不是嗎？

可誰能終生不受一絲傷害呢？

八月初，太子的先鋒軍進攻肅州成德鎮，成德收復，太子大喜，捷報源源不斷地送到上京。

八月十五，上京桂花飄香。

太子在成德駐紮，一面準備以成德為突破口，另一面言辭犀利地討伐逆賊李程樟。

八月十六，太子部署兵力，將大軍分三路，北路進攻李程樟主力，東路軍聯合劉傾真圍攻李程樟之子所在的西槐，西路軍策應北路。

八月二十，北路軍先攻破肅州外城，但隨即大敗。

太子因為重甲上陣，退後逃跑的時候，不幸被李程樟活捉。

褚翌接到褚越的來信，笑道：「真是不幸啊！」他特別想看看太子的表情，也特別想知道太子此刻的心理，因為只有這樣，他才會開心。

尚且不足二十歲的褚翌，經過戰亂、經過「背叛」，隱隱如開了刃的利劍，神情裡露出鋒利的光芒。

褚翌仍舊在「床上」養著，而老太爺也病了。

有被韓遠錚的結局嘔著的意思，另外更深層的，老太爺也真覺得屬於自己的時代已經過

關。

去了。

老驥伏櫪，志在千里，可千里之後呢？老驥終有一日是走不動了。

在讓承恩侯掌權跟救回太子之間，皇后娘娘終於發揮了自己的母性，親自去求皇上出關。

道長說：「陛下出關，必將對大千世界有一番更新的認識。」

果然，皇上的認識可不是「萬象更新」！

皇上的震怒可想而知，修的養生之術全都白費，先去查那道士，查來查去，發現是太子跟皇后送到自己身邊的，再一細查，發現竟然是李程樟的詭計，而且還是從太子納李玄印之女開始，就一步步布局的詭計。

皇上對太子被俘虜的心痛，很快就轉為對太子有眼無珠的憤怒。

「朕教導了他多少次！他倒好，沒學會真本事，卻學那些鬼蜮伎倆來蒙蔽朕！想學螳螂捕蟬，也要看看是不是黃雀在後！」

皇上當即要召見老太爺，老太爺在床上寫了辭表。

朝廷上的臣子被太子帶走了大半，剩下的不是想議和的，還是想議和的。

褚翌靜靜等待著自己的機會。

同他一般安靜蟄伏的，還有隨安。

「時間已經過很久了呢……」她喃喃笑道，而後輕輕拍打著桌子。「可是，我怎麼覺得一切還像是昨天？」

時間久了也有好處，事件的脈絡終於漸次清晰。
林頌鸞知道褚秋水身死，並非無動於衷，但行徑比無動於衷更可恨。她派人去了承恩侯府，對承恩侯道：「是褚家老夫人身邊一個得寵的丫鬟的親爹，這事可怎麼壓下去？」
承恩侯不僅命人送了她兩千兩銀子，還答應只要不讓事情鬧大，就替林先生在太子面前說好話，讓他成為太子太傅。
林頌鸞本來以為隨安要鬧，沒想到隨安悶不吭聲，也不回府當差，府裡全當沒了她這個人一樣。
林頌鸞就心安理得地收下銀子。
隨安能知道這個消息，還是衛戌來跟她說的。
說不上來為何，衛戌那麼罕言寡語，兩個人竟然還能坐在一起說兩、三句話。
她雖然跟褚翌分道揚鑣，但奇異的，衛甲跟衛乙還有衛戌、武英幾個，都仍舊跟她來往。
她沒有向他們詢問褚翌的事情，他們也不會說，大家所能做的，就是安靜地陪伴或者無聲地路過，進門來看一眼。
隨安認識了許多人，其中有給褚府送菜、送炭的人，有在林家做工的僕婦，還有其他一些在世家高門裡做活的人。
她自己花費節儉，對待這些人卻毫不吝嗇。

林家一個婆子陸陸續續地借了五兩銀子都沒還，她也從未開口提一個錢字。

褚翌在等待一個一飛沖天的機會，而隨安，比他更有耐心，她在等待一個一擊即中的機會。

八月二十八，這日子相當吉利，百事百順。

林頌鸞得知太子被俘虜，就毫無聲息地叫了馬車，準備回娘家。

她的肚子已有五、六個月大，褚翌看見她的樣子就煩，她也以為是因為自己懷孕變醜，褚翌才不喜，不大出錦竹院。

褚翌沒有明面上限制她的自由，可整個錦竹院上下，連同後罩房裡面兩個通房，都不談論林頌鸞的肚子。

林頌鸞統統對這些視而不見，從這一方面來說，她也是個內心強大的人。

林家附近的一個小乞丐跑來跟隨安說話。「姊姊，林家的姑奶奶歸寧了，我還看見他們家裡的下人出來買肉。」

隨安正啃著火燒，聞言，用油紙包了其中一個給他。「嗯，這是給你留的。」

小乞丐猶豫。「姊姊吃吧，我今兒要得多，吃飽了。」

隨安往他手裡一塞，繼續啃自己手裡的火燒。「這個是肉的，我不吃肉。」她只想啃林頌鸞的血肉。

小乞丐也知道。說起來，兩個人認識還是因為一個肉火燒。隨安當時買了一個火燒，沒想到火燒店老闆拿錯給了她一個肉的，她啃了幾口皮，就看見這個眼巴巴地看著自己的小乞丐。

她掰開火燒，將有肉餡的那一大半都給了他。兩個人便因此成了朋友，小乞丐雖然是乞丐，也有理想，想加入丐幫，不說做個幫主，至少做個副幫主。

隨安向他認真取過經，心想若是亡命天涯，說不定自己也會用上。兩個人蹲在地上吃了一頓午飯，隨安給了他十文錢。「幫我牽一條狗來，最好是無主的狗，不過你要注意別被咬。」

「嗯，這樣的狗好養活，有剩飯就給牠點，放出去讓牠自己找吃的就行。」

隨安抬頭看天，將眼中的淚眨了回去。

她走的時候回頭看了一下。這是宋震雲的房子，宋震雲也是倒楣，遇到了她爹，吃了剩飯不說，最後連容身之地都留給了她。

她以為自己夠堅強，不會輕易哭泣了，可只略一回想一點回憶，眼淚還是瞬間洶湧而出。

褚翌發現，這一天衛戌從自己窗前經過了三次。

衛戌這個人跟其他親兵一樣，沈默寡言，比不上衛甲、衛乙的機靈活潑，但時間久了，也覺得沈默有沈默的好處。

太子被俘虜以來，上京頗有些震動不安，褚翌一直在等宮裡消息，以為衛戌也因此煩躁，因而在衛戌正準備第四次經過的時候，叫了他一聲。

沒想到衛戌很快進來，朝褚翌抱拳行禮。「將軍。」然後主動抬頭看了他一眼。

褚翌神情訝異，因為衛戌的目光裡面帶著祈求，這種表情太難得了。

褚翌很快恢復平靜，淡淡問道：「什麼事？」

衛戌垂下頭。「回將軍，屬下聽說，林氏回了林家，褚隨安帶了一把匕首去了林家所在的胡同……」府裡也就錦竹院的人喊林頌鸞夫人，其他人，尤其是褚翌身邊的人，都只喊林氏，就連方婆子出了錦竹院跟嚴婆子聊天，也是一口一個林氏，或者只用「那位」來代替。

衛戌沒有任何添油加醋，但聽在褚翌的耳朵裡，卻像是被一根針扎了一下。

褚翌並不在乎林頌鸞的死活，要不是當初發的那個毒誓，他早就將林頌鸞弄死了。

但他不在乎林頌鸞，難不成就在乎隨安了？

隨安是他目前為止唯一的女人，在她之後，他懶得提起興致，再也不肯使用婢女，有事情能自己做的，都自己做了。

衛甲等人不在隨安面前提他，同樣地，他也從來不曾再提起過她，彷彿兩個人相忘於江湖。

靜養無事，褚翌倒是真的讀了許多書，《莊子》裡有一篇〈大宗師〉裡寫著：「泉涸，魚相與處於陸，相呴以濕，相濡以沫。」是講泉水乾涸之後，有兩條魚未能及時離開回歸大海，終受困在陸地的小窪之中，這兩條魚朝夕相處，只能相互把自己嘴裡的泡沫餵到對方嘴裡，互相濕潤，彼此以求生存。

這樣的情境彷彿感人，可這個故事最後，還有一句：「不如相忘於江湖。」

褚翌從來乾脆俐落，對待感情也如是，他並不願意做那塵世裡苦苦掙扎的癡男怨女，決定讓這段感情終結，讓彼此相忘於江湖，相忘於塵世。

畢竟世間可以追求的東西很多，除了美人還有名利，除了名利還有權勢，不是嗎？

第八十四章

褚翌在這一刻，心中升起的並不是在乎，而是好奇。隨安從前到現在，總是能給他驚喜，若非兩人有一段情，褚翌甚至覺得自己應該會很欣賞她。

正好，他覺得自己的心還不夠狠，去看看這個女人會做到什麼程度，他也順便讓自己「進修」一下。

「去看看。」他說道。

衛戌點了點頭。

走了兩步，突然停住問衛戌。「衛甲跟衛乙也知道？」

褚翌呵呵一笑。「她不是很會做人嗎？」

很會做人，連平日交情最好的衛甲、衛乙都沒來幫忙說話，反倒是衛戌這個悶葫蘆說了一句。

身後不遠，衛甲跟衛乙同時看向猜拳猜輸了的衛戌。

隨安在現代的時候，曾經跟著一個師傅學過小擒拿，她只學會三招，可以說當時只學會招式，不懂技巧與使力。

她曾經將現代的種種忘記，可褚秋水去世後，報仇的念頭一日強過一日，她很快開始思索如何報仇？

褚府應該不難進，可林頌鸞死在褚府，褚府裡眾人不會無動於衷，後續的麻煩事太多了。

在林家殺林頌鸞，勝算也不大，林家的下人自然都是向著林頌鸞的，她雙拳就算能抵四手，也抵抗不了八隻手甚至十隻手。

這樣，只好在道路上設伏。

平常林頌鸞帶出門的人不會太少，除非她走得匆忙，或者事情有些不好，她不想太多的人知道……

不過就算這樣，她也至少會帶兩個人出門，一個趕車的，另一個是丫鬟。這樣至少要對付三個人，兩個可以打暈，隨安便要學出奇制勝的功法。

她請衛戌指點自己，衛戌結合她自身特點，幫她修改了動作跟要領，她便日夜不停地練習自己僅會的三招。

車伕有可能是個男人，所以她的小擒拿是用來對付車夫的。

林頌鸞沒有在林家逗留太久，隨安找好了伏擊地點，便靜靜等待。

而後，爛熟於心的練習，讓車夫的抵抗甚至沒有發出多少聲音就暈了過去。

馬車停了下來，車夫跌落在地上，馬車裡的林頌鸞一把掀開車簾。

褚翌過來時，正好看到這一幕。

自從知道林頌鸞懷孕，他就只見過她兩次，每次都皺著眉，並不是嫌棄她醜，也沒覺得她多麼漂亮，就是單純想起自己當初自搧耳光、自作自受，作繭自縛發什麼毒誓，所以深深厭惡自己愚蠢。

尤其是林頌鸞一挺肚子，對他來說更是加黑、加重、加粗地提醒他愚蠢！

林頌鸞作為他人生的一大污點，他很想抹去，當然，到了時候也絕對會毫不留情地抹去。

但，褚翌沒有想過，隨安也算是自己的污點，是他原本以為握於股掌之上，到頭來卻發現是離心離德。

林頌鸞看見隨安，皺眉道：「隨安？」

隨安沒有跟她寒暄，臉上沒有表情，手中的匕首一下子朝她快速地刺去。

不知道林頌鸞是不是壞事做多了，心裡警惕，她一把拉過旁邊的丫鬟抵擋，而後大聲喊救命。

明晃晃的匕首刺到金桂跟前，金桂一翻白眼，暈了過去。

隨安將她扔在地上，兩刀割壞了轡繩，馬車車轅轟然落地，林頌鸞一聲尖叫，滾了出來。

衛乙握拳在空中一揮，道：「幹得好！」說完悄悄看褚翌，褚翌的臉上沒有表情。

林頌鸞驚叫。「隨安！」

亮晃晃的日光下，是隨安那張平靜到冷淡的臉，略顯蒼白的唇緊緊抿著，整個人顯得沈悶，只有一雙眸子似乎有火。

她一把掀開車簾，發現裡面沒有旁人，立即回頭，手中利刃出手，直刺林頌鸞，沒有任何猶豫拖沓。

林頌鸞從來不是個坐以待斃的人，車轅一擋，她驚叫。「妳發什麼瘋！妳爹是自己撞到刀上死的，可不是我害死的！」

原來她也知道！

匕首一刺落空，隨安仍舊沒有緩下動作。她一身衣裳簡單幹練，林頌鸞身上繁複精緻、遮掩大肚的衣裳反而成了累贅，她捧著肚子一下子摔倒在地上，隨安眼裡只要見血，緊撲過去，匕首扎到她的小腿上。

林頌鸞發出一聲慘叫，未受傷的右腿胡亂蹬，一下子踢到隨安的肩膀上。

林頌鸞衣襟大開，露出微微凸出來的肚子。

鮮血噴濺在隨安臉上，一瞬間令她噁心作嘔，不過她很快爬起來，顧不得擦臉，就要再次撲殺。

林頌鸞又痛又急。「妳放肆！奴婢刺主，我——」想起自己的肚子，眼中頓時冒出精光，故意往上挺起肚子，又快又急地說：「妳不是最忠心褚翌，妳看看，這是他的孩子！妳殺啊！妳殺了我，孩子也活不成！褚翌是不會原諒妳的！」

她提起褚翌，隨安的眸子閃過一絲異樣，不過念頭不曾動搖，她拾起剛才掉落在地上的匕首，就要往林頌鸞心臟處插去。

聽見林頌鸞這麼說，衛甲、衛乙雙眼都悄悄看向褚翌，只有衛戌，眼睛緊緊地盯著隨安跟林頌鸞。

衛戌的心在那一刻忘記了林頌鸞跟褚翌的關係，他攥起拳頭，為隨安的心無旁騖驕傲，也為她默默鼓勁。

在衛戌看來，隨安這樣報仇本就是理所當然，就連褚翌也不應該插手。

而站在最前面的褚翌卻淡淡開口。「看夠了嗎？還不上前分開她們？」

衛甲剛要行動，就見衛乙衝他微微搖頭。不錯，衛戌對隨安，是有種相知相惜的感覺，而衛乙對隨安，卻是有許多愧疚。

三人當中，或許只有衛乙是考慮隨安的感情，希望她能手刃仇人。衛甲關心隨安，衛戌關心的是隨安報仇的過程，而衛乙卻希望隨安能夠達到最終目的。

如今距離她實現目的，不過一步之遙。

三衛不聽使喚，褚翌的臉上波瀾不驚，不知他心裡是被林頌鸞的話噁心到，還是對隨安毫不猶豫的反應給傷到，也或許是他以往過於膨脹的自信，在這兩個女人爭鬥的過程中突然消了下去。

林頌鸞跟隨安，一個與他名義上有關。雖然成親時他沒有親迎，也沒有拜堂，但名義上，林頌鸞確實是占著他身邊的位置，是他的夫人，並不是他不承認，世人就會跟著不承認的。

另一個，曾與他朝夕相對，言笑晏晏，他引以為知己；他見了她，有時候會快樂，有時候心會沸騰，有時候覺得相見恨晚……

褚翌不知道，到底是愛比恨深，還是恨比愛深？

他曾經覺得，她既然想與他分道揚鑣，自己也不會有什麼不捨得，更不會窩囊地流連、追回。

他的表情越來越冷漠，心思也越來越難以捉摸。

就在隨安幾乎得手的瞬間，他突然出手，一個小巧的東西打向隨安的匕首。

衛戌的心裡在那一刻感覺到英雄末路，而衛乙，甚至帶上了恨意。

褚翌的力道有多大？隨安握著匕首一同摔了出去。

那個擊中她匕首的小東西落在她身邊，是一枚「鷹擊長空」的小巧閒章。

不過方寸大小的青田石，是她曾經沾沾自喜的東西之一。

世事有情、無情，其實不過是方寸之間。

當她看到林頌鸞懷孕、聽她說懷了褚翌的孩子時，她仍舊不遲疑、不猶豫的行動已經表明，她對他，已經沒有了愛意。

或許真的有過，只是她以為沒有；也或許從未有過，只是她以為應該有。

但如今是很確定了，一點都沒有了，彷彿是燃燒到天明的柴火，一陣晨風吹來，連最後的餘燼都消散在曠野中。

林頌鸞看見褚翌後，臉上迅速回暖，她一邊遮掩著肚子，一邊收拾著紛亂的髮絲，就像想用自己最好的形象來迎接相公的尋常婦人一樣。可她張了張嘴，卻突然不知道該喊什麼？是相公還是官人，九老爺或者將軍？

渴望。

她拚命回想，竟然想不出兩個人相處時，她都是怎麼稱呼他的？

不過，這不要緊。「九郎！」她覺得自己終於找到正確而親密的稱呼，她的聲音充滿了渴望。

「九郎救我！褚隨安瘋了，你快叫人殺了她！」

隨安剛才倒在地上的時候，胳膊撞到一塊石頭上，鑽心的痛令她理智回籠，手依舊沒有鬆開匕首，冷冷地看著林頌鸞。

林頌鸞有了底氣，還在呼痛。「九郎，我的腿受傷了，快帶我去看大夫，叫侍衛們殺了她就行，你不要弄髒了自己的手！」

褚翌蹙著眉，低頭看了她一眼。他從前有一段時間是真的很想殺了褚隨安，但他同樣也想殺了林頌鸞。

這兩個女人，不管是主動還是被動地出現在他生命中，帶給他的都是屈辱。

「衛甲、衛乙帶林氏回錦竹院。」他的聲音沒有一絲起伏。

隨安緩緩抬起頭，她看見衛乙帶著焦灼的目光，看見衛甲帶著同情的目光，看見衛戌望過來的擔憂而可惜的眼神，最後定在褚翌的臉上。

衛甲、衛乙將林頌鸞扯了起來，林頌鸞沒有計較他們的粗魯，反而踉蹌著步子，撲過來抓褚翌。「九郎，你不能原諒她，她剛才要殺死我，殺死我們的孩子！九郎，這是你的孩子，她是你的奴婢，我知道你喜歡她，可再喜歡也不能縱容奴婢行凶！」

對於林頌鸞的叫囂，隨安充耳不聞。

她的腦子在那一刻只想著，若是錯失了這次機會，等到下一次又要等多久？可這次，假若她再拚一下呢？衛甲跟衛乙當然能擋住她，但是假若他們肯稍微放水呢？她心裡有一點點慶幸，可旋即又搖頭。不，若是這樣，同樣會給他們帶來麻煩。

可就這樣放棄這次難得的機會？

不！

哪怕衛甲、衛乙要攔住、要阻擋，她也還要去殺林頌鸞！

她的腦子飛快地轉動。要怎麼才能一擊即中？哪怕之後死了，她也要將林頌鸞拖進地獄，絕不能放過！

林頌鸞看見她湧動著血色的眸子，閉上眼大叫。「快殺了她、快殺了她！她已經瘋了！」

隨安覺得自己確實瘋了，起碼，離瘋不遠了。肉體支配靈魂，她揚起手中的匕首就撲了上去。

林頌鸞閃到褚翌身後。「救命啊！九郎救我！」

衛甲、衛乙互相看了一眼，眼裡都有憂愁；衛戌動了一步，極輕的一步，卻也停住了。

他們三個沒動，褚翌卻動了。

隨安的動作快，他的動作更快，一把抓住了她揚起的手腕，聲音有著暴風雨欲來前的寧靜。「妳夠了沒有？」

隨安揚起臉。「沒有，她殺的不是你爹，殺的不是你娘，不是你全家，你可以無動於衷，我不能。」

她的聲音鈍鈍的，帶了一點暗啞，一點也沒有先前暴起的那種激憤。

褚翌聽了，突然覺得有些不舒服。他的手一鬆，立即又緊緊地握住，皺著眉道：「五個月，五個月後，我不再管妳找誰報仇。」

林頌鸞大驚。「九郎，你不要聽她胡說，我沒有殺人，是褚秋水自己撞到刀上死的。」

隨安幾乎要笑。「妳沒有殺人，妳爹怎麼當上太子太傅？妳沒有殺人，承恩侯怎麼給妳送兩千兩銀票？我什麼地方得罪了妳，妳這樣坑我們父女！」

林頌鸞此時才將褚翌的「五個月」聽到耳裡。也就是說五個月之後，褚翌就不會管她？

「九郎，你不能不管我，我是你明媒正娶的妻子，是你孩子的母親！」她去抓褚翌的胳膊。「要是我死了，只留下孩子在世上，孩子沒了母親，多麼可憐！」

衛乙心裡憤恨。孩子沒了母親可憐，妳害死了人家父親，隨安難道不可憐？

褚翌不耐煩，一把將林頌鸞甩開，要不是衛甲、衛乙正好在背後，林頌鸞這次又要跌出去。

林頌鸞被褚翌這一甩，彷彿甩醒了，忽然就笑了，被衛甲、衛乙架著胳膊，哈哈大笑起來。

她惡狠狠地看向隨安。「我為何要害妳？我恨不能撕了妳！妳是個什麼東西，敢在我面前擺架子！賤奴！我才是褚家九夫人，妳是誰？連個通房、妾室都不是！妳該死，妳跟妳那個爹統統都該死！」

她胸口起伏，話語如刀，直到把最深的惡意都說了出來。

手腕上微微一緊的動作令隨安抬起頭，褚翌的手還攥著她的手腕。

其實他們已經好久沒見，此刻本是如陌路，應該遠遠相離，可他們又靠得那麼近，觸手可及，呼吸相交。

這一番掙扎刺殺，隨安早已狼狽，臉上還有幾滴血珠。

可褚翌還是一下子想起很久之前，他睡在她的小床上，現在她身上微微散發出來的，就是與那時的她棉被上留存的、一模一樣的味道。

歡喜、喜悅、緊張不安，還有洶湧澎湃……

不過都是回憶。

他以為忘記，卻是沈澱泛起。

隨安的眼睛看向他，又看向他身後不遠處比自己還狼狽的林頌鸞，洶湧而至已經湧滿了眼眶的淚水，被她強壓著，一點點地壓回心裡。

有些渙散的目光回神，她沒有回林頌鸞的話，卻突然笑著對褚翌道：「我知道你在乎這個孩子，但我不在乎，我連你都不要，我會憐憫你的孩子？」

褚翌的心頭突然湧上一陣尖銳且密實的刺痛，他一把將她放開。

隨安被推得退後兩步，繼續笑道：「你看，不當你的妾室、通房，還要被人坑害，要是當了，想來我早已屍骨無存了吧！」

褚翌沒有制止她的話語，就直挺挺地聽著，一種悲涼蔓延到他的眼底深處，卻又被瞬間掩藏。

「你恨我不肯安生地待在你的後院，可你知道為什麼嗎？你知道我為什麼要執意離開嗎？這就是原因！女人的嫉妒、恨意、勾心鬥角，這就是原因！」她一字一頓。「我爹因此而死，你也有責任！

「你知道我最大的後悔是什麼？」

褚翌已經知道了。在很久的一段時間裡，不僅是她了解他，他又何嘗不是知道她？

隨安卻沒有停止的意思。「我後悔在富春救了你，你應該死在那裡！」

她終於說出來。

褚翌的臉色很白，彷彿知道早晚有這麼一天。

隨安應該覺得痛快，可看向他的時候，還是狠狠地顫抖了，不是怕，是一種不顧一切的悲傷。

「你既然想留下我，那你應該殺了你爹、殺了你娘、殺了林頌鸞！世道如此，人心如此，你只苛求我一個，你從來沒有替我想過……」

她不再詰問，反而像是孤注一擲，將所有後路都斬得一乾二淨。

第八十五章

褚翌的唇角突然浮現一股極小的笑意。

原來傷人的東西，除了欺騙，除了蔑視，除了輕賤，還有這麼一種。

他雖然沒有給她正室的名分，但他也期待過擁有兩人血脈的孩子。在歡好過後，在她睡熟之後，他的目光所落之處，曾經滿懷歡喜，希望有個孩子孕育而生。

他一定是可愛的，活潑機靈調皮，說不定還有一點賤兮兮，當然，賤兮兮這個特點肯定是隨了母親，作為父親的自己可是從來正經。

褚翌只覺得眼前一片模糊。或許他這種人，不應該有子嗣，這應該是上蒼對自己的懲罰，因為他不是純粹的好人。

他許下誓言，把誓言存在心上，他當了真。

他為何當真？他在期待什麼？

這段鏡花水月，在她，不過如迷障一般；在他，卻是入了魔障，無法回頭了。

自以為花鋪滿路，其實路途早已荒蕪……

衛甲、衛乙將林頌鸞扶上車，又去找跑到路旁啃草的馬。

褚翌站在隨安面前，兩人距離不過一丈遠，可好似這一丈下面是萬丈深淵，只能退後，不能前進。

喘息平定過快的心跳，褚翌望著隨安，目光裡面帶著俯視，半晌重複道：「半年。」

沒等隨安做出任何反應，他快速地繼續道：「妳不是喜歡軍中？那就去軍中待半年，只要妳沒死在戰場上，半年後妳回來，林氏這裡隨妳報仇，我不再管；而承恩後世子那裡的仇，我來幫妳報。」

隨安一愣，繼而明白過來，探視的目光落在林頌鸞的肚子上，只覺得脖子上的動脈突突地跳了起來，終於對自己剛才所說的那些話感到些微的愧疚，可很快，她便將這愧疚壓住。再怎麼，他的爹娘都活著，可是她爹卻沒了，再也不能看書、不能說話、不能吃到美味就笑瞇了眼。

她的指尖冰涼，目光很快凝結成冰，並不為褚翌的三言兩語而動。

褚翌嘴角緩緩挑起一個蔑笑。「還是妳說喜歡軍中，其實也是迷惑我的手段之一，不過是葉公好龍？」

衛乙一邊假裝綁馬車韁繩，一邊偷偷看著褚翌那邊。他跟衛甲知道，林頌鸞肚子裡面的孩子不是將軍的，可現在將軍的話，豈不是讓隨安誤會將軍是個打算去母留子的人？嗯，雖然將軍確實有這打算，但這孩子不是將軍的啊！

衛乙有點後悔。自己當初怎麼沒有告訴隨安，把事情講清楚，或許隨安就不會說那些傷人的話了。

褚翌見隨安一直盯著馬車，繼續道：「妳很清楚，我想做的事沒有做不成的，不過就半年的時間，妳已經等了半年，難道怕等上另一個半年嗎？」

「好。」隨安突然道。

褚翌聽了她的回答，立即對衛戌吩咐。「你帶著她，一起編入西路兵中，看好了她，別教她半年之內回來。」

衛戌上前來拉隨安，連他都覺得這裡一刻也待不住。

隨安掙開他的手，站著不動。

褚翌不再看她，轉身走到馬車旁，車廂上掛著的車簾已經掉了下來，衛甲剛才把暈倒的丫鬟也弄了進去，林頌鸞靠著丫鬟，咬著牙發抖。

褚翌面上表情不變。「妳最好護著妳的肚子，別教人知道妳懷孕了。」

「我不！這個孩子來得光明正大，我為何要這樣？你……還有沒有心，你為了一個丫鬟，竟要害死自己孩子的母親！」

「那妳就說吧，昭告天下。不過我也提醒妳，不要忘了宮裡還有個李貴嬪，妳對李貴嬪做的事，妳覺得她會不會看在妳是她外甥女的分上放妳一馬？妳現在行動不便，進了宮……自己想想吧！」

林頌鸞這下驚恐地摀住嘴，拖著受傷的腿不住地往後縮，自以為天衣無縫的妙計一下子被褚翌戳穿，她顫抖著道：「你、你在說什麼，我不懂？」

「妳當然不懂，否則我真想不出妳怎麼有腦子能幹出這樣的事？」褚翌氣笑。「謀害皇嗣的罪名，就連皇后都不敢擔，妳覺得到時候事情爆發，皇后會護著妳？說不定皇后頭一個就先把妳處置了，我反倒有點擔心妳活不過半年……」

他退後一步，離開車旁，吩咐衛甲。「你帶林氏回去，禁足錦竹院！」

林頌鸞一把撲過來。「我不！」

褚翌充耳不聞，大步離開。

衛甲扯了扯之前替林頌鸞趕車的車夫的耳朵，低聲道：「行了啊，你再裝，小心我讓你一輩子都閉著眼。」

車夫連忙抹了把臉起來，恭敬且哀怨地祈求。「衛甲大爺，小的——」

「行了，趕車回去。記住，你什麼也不知道。」

「是、是，小的什麼都不知道。」

褚府的馬車慢慢地駛走了。

隨安的眼淚也乾了，風一吹，臉上僵硬得難受。

衛戌在一旁，喊了一句。「隨安。」這是他第一次喊她的名字。

喊得隨安眼眶一酸，連忙轉過頭，說道：「我回去收拾東西就跟你走。」反正上京也沒什麼留戀的了，她留在這裡，還不如暫時離開。

衛戌點頭。

隨安剛走了兩步，想起什麼，突然停下步子，走到自己原來摔倒的地方，俯身將那枚閒章撿了起來。

兩個人去了宋家。衛戌等在院子裡面，隨安找了幾件俐落的男裝，又換了一身衣裳，將剩餘的銀票也帶在身上，把能存放起來的東西都存放好了，屋子裡收拾得乾乾淨淨，才出了門。

衛戍看見她，平靜的眼中一下子閃過驚訝。「妳……」

隨安摸了一把髮梢，笑道：「長髮打理起來麻煩，不如剪短了舒服。」

衛戍想鬆一口氣，卻怎麼也鬆不下來。

「妳先在這裡等我一等，我回去辦入軍籍的手續。」

隨安點頭。「你快去吧，我正好去跟鄰居說一聲，讓他們有事幫著照看一下。」

衛戍大步往門外走去，隨安便坐在院子裡面，從井裡裝了一桶水上來，重新洗了把臉，拿著水瓢喝了幾口，而後默默發呆。

衛戍回了褚府，衛甲也回來了，正在茶房裡面蹲著。

衛戍問：「將軍呢？」

「進宮去了，皇上要讓將軍領兵。」

衛戍點了點頭，突然道：「隨安將頭髮剪了。」

衛甲瞪大了眼睛。「不是吧！」

衛戍白了他一眼。「我能騙你？」

衛甲嘆氣。「唉！」他是沒轍了。「你說將軍會不會心疼？」

衛戍悶悶道：「不知道，隨安把那枚章給撿了回去。」

衛甲拊掌，然後肯定地道：「她這是對將軍還有情啊！這女人，就是愛說狠話！」

衛戍撇嘴。他欣賞隨安的，在於她說做就做，不拖泥帶水、猶豫不決，但同時，他知道她是個女人，心裡也希望她能將日子過好。

已經成了將軍的人，還能怎麼把日子過好？當然是跟將軍重修於好啊！而且衛戍覺得，將軍讓隨安去軍中，本就是為了照應她。

衛甲想得多。「你說她心軟吧，也夠狠心的，我覺得將軍是被她傷到了。明明隨安都以為林頌鸞的孩子是將軍的了，還毫不留情地要殺林頌鸞，你說這事換了哪個男人能受得了？」

衛戍鄙夷。「要是你媳婦懷了別人的孩子，你會為了那是你媳婦的孩子，就對那孩子好？」

衛甲大怒。「當然不能！老子一定將姦夫淫婦還有他們的小崽子全都殺了！」

衛戍給他一個「那不就結了」的眼神。

衛甲疑惑地道：「如此看來，隨安那樣也沒錯了？」

衛戍沈重地點了點頭，心道，要是將軍也有衛甲這麼笨就好了，然而將軍並沒有。

皇上剛剛出關就得知噩耗，心情可想而知。殺了那道士之後，不顧眾臣反對，提拔了褚太尉之子褚翌為梁軍統帥，平定肅州。

老太爺在家嘆息道：「李程樟稱王之心非突發奇想，日益積累，九哥兒此去，不知幾年能回？」

徐嬤嬤從外面進來，先看了老夫人一眼，老太爺道：「有什麼話直說，難不成還要背著我？」

老夫人也衝徐嬤嬤點頭，徐嬤嬤低聲道：「錦竹院裡面，林氏脫簪披髮，求九老爺一定要救回太子、救回林太傅……」

老夫人悶著一口氣。「這個賤婦！毫不知恥！妳去，嚴令錦竹院眾人，不得對外透露一句，否則別怪我心狠！」

林頌鸞在錦竹院裡不顧腿傷地哭了半日，無人理會，還是方婆子勸道：「夫人還應該顧著自己的身子些……」

林頌鸞這才順勢起來。

等回了屋裡，屏退眾人，只與金桂商議。「褚家得勢，太子危難，我雖然是褚家夫人，可皇后對我有知遇之恩，我不能不報答。為今之計，便是先救出太子，至於如何救出太子，我這裡有幾個主意，不過還是要等著皇后娘娘拿主意，而今我又行動不便，妳替我進宮一趟……」

方婆子在窗戶下悄悄聽了，等金桂出去後，就叫了人把金桂拿住，搜出林頌鸞讓金桂帶的信，奉上給褚翌。

褚翌看了冷笑。想讓皇后封她為義女，這樣太子就成了他的大舅兄，若是他不救出太子，便是罔顧人倫。

林頌鸞到現在還不忘利用皇后保住自己，成為皇后的義女，就好比成為皇家公主，這是想著他到時候就不敢讓隨安殺她了。

「將金桂灌了啞藥，送到林家，告訴林太太，說是林氏送過來的，至於原因，金桂年紀大了，不守貞潔，意圖勾引府裡侍衛……」

方婆子渾身一凜。九老爺這是不打算再讓林氏活著出府了。

九月十一，李程樟霸住肅州以及肅州周邊三十餘縣，稱地為「淮」，自命「肅王」。

九月中旬，褚翌率討淮大軍開拔。

隨安比大軍開拔提早了十日。她與衛戌一起，就像褚翌之前安排的，排入了西路軍，西路軍的統帥是令廣安，隨安並未聽說過這人，不過副統帥她卻認識，乃是褚家八老爺褚琮。

她沒想著上前去混熟。

每日趕路都是辛苦，夜裡也只有睡兩個時辰，又要起來。

雖然西路軍中有車、有馬，但大部分人還是只靠兩條腿趕路，衛戌在一開始曾經想讓隨安坐馬車，但她的情緒太差了，上了馬車，反而會讓同車的人看出不對勁來，不如大家一起趕路，風塵僕僕的，可以掩蓋臉上的情緒。

步兵的速度並不慢，因為不用負重，兵器、糧草等都是馬車拉了，大家就揹著各自的水囊就好。

可是頭一日的時候，衛戌就發現了一個嚴重的問題。

大家沒想到軍中有女人，想尿尿、屙屎了，都在路旁田間解決，有人還故意喧譁，比長短力度遠近……
衛戌看到的第一反應，是想遮住隨安的眼睛。
沒想到隨安仍舊面無表情地看了，繼續趕路，臉色毫無變化。
一向淡定而自傲的衛戌也忍不住在心裡哀號。將軍當初送隨安入軍中，有沒有想過會遇到這樣的情境？
褚翌沒想到，但衛甲跟衛乙想到了。
這兩人可是把隨安當成妹子看待，急得不得了。
「要不將人悄悄調到咱們這邊？」
「對，跟著灶頭兵也比現在強，只要將軍看不見她不就成了？」
兩個人商量著主意，但是調撥人手的手令上，非要有將軍印記不可，兩個人不敢造次。
衛甲被衛戌當初的一番話說得分外同情隨安，蹙眉冥思苦想之後，深沈地說：「咱們讓將軍知道不就成了？」
衛乙很笨，問：「怎麼能讓將軍知道呢？」
衛甲垂下眼皮，咬牙道：「此事不難。」
第二日，褚翌乘坐的馬車壞了。
衛甲跟衛乙爭執。「怎麼能讓將軍步行呢？不行！」
衛乙爭得臉紅耳赤。「可是將軍說不定得徵用其他人的馬車啊！」
褚翌解下韁繩上馬，沒管這兩個蠢貨，自己走了。

不過衛甲跟衛乙的目的總算是達到了，褚翌沒等中午午飯就發現了這個問題。

論理，他早年就在軍中待過，應該早就想到，可他那時候真沒遇到過，出征不是待在馬上，走在前面，就是待在馬車裡面。

但是要為了褚隨安就將隨地大小便這一點上升到軍容、軍紀？而且他要是特意調動她，她會不會誤會自己還是依舊在乎她？

一想到這裡，褚翌哼出了一聲冷哼。她巴不得他不在乎她呢！

將軍大人跟兩個親兵為了這件事絞盡腦汁的時候，隨安正問著衛戌關於戰場上的事，譬如怎麼保住性命？兩人對敵，高壯者有優勢，但低矮者也並非毫無贏面。

這日，他們剛走了不足五十里，天上開始濃雲密布，大家剛支起雨帳，豆大的雨滴就砸了下來。

隨安的臉這些日子已經曬紅、曬黑了不少，此刻站在帳篷口，用雙手接了雨水洗臉。

衛戌在另一邊帳篷裡面喊她。「隨安，過來！」

然後就聽到一個「咦」，隨安順著聲音看去，原來是褚琮。

褚琮對隨安挺有好感，哦，不對，是他親娘柳姨娘對隨安挺有好感的。

柳姨娘對林頌鸞的惡意著實不少，自從聽說隨安她爹的死跟林頌鸞有關，更加不喜歡林頌鸞了。

對此，褚琮十分無奈。不過柳姨娘再不著調也是親生的娘，褚琮也不敢多說什麼，本來想叫妻子說，妻子表示她不敢，褚琮也不勉強。

但這次見到隨安，褚琮還是十分訝異。

天上雨水越下越大，他乾脆進了帳裡。

衛戌也走了過來，隨安看見他，心情微定。

衛戌真的是個很好的夥伴，要是在現代，衛戌定是個沈默寡言但內心柔軟的硬漢。或許他不會錦上添花，但一定會雪中送炭。

褚琮聽到褚翌的拜託，立即答應了。不知道是懾於褚翌往日淫威，還是他確實看著柳姨娘的面子，對隨安有些許好感，略一思忖細心道：「我手下正好缺了一個文書，妳既然會寫會唸，不如幫我整理一下來往官文？」

隨安不確定應不應該應下，她本能地看向衛戌。

褚琮發現了，眉頭微微一挑，心裡好笑。九弟這是派了個牢頭看管隨安，還是弄了個人來照顧她？他看見隨安跟衛戌互動，總是感覺九弟頭上綠油油的。嗯，這種感覺略爽。九弟從小高傲，能有人不如他預料般行事，想來他肯定十分憋屈。

衛戌覺得這安排挺好。隨安確實有所擅長，而且單靠武力，她能比得過大部分女子，卻絕對超越不了身強力壯的士兵，不如發揮自身優勢，避開劣勢，而且有更多時間，他或許能教她更多的武藝技能傍身。

隨安行了個軍禮。「感謝將軍栽培。」

褚琮「嗯」了一聲，剛要走，又轉身道：「對了，衛戌也去吧，我帳中正缺一名侍衛。」

隨安跟衛戌恭送褚琮離開，不一會兒，來人交代他們以後各自要做的事等等。

隨安就這樣從一個普通士兵轉到褚將軍帳下，有人羡慕，也難免說些酸言酸語。

衛戌看了，想去教訓一頓，沒想到隨安突然開口。「沒事，不用理會。」

第八十六章

褚琮跟褚翌確實是不一樣的性子，褚翌喜歡自己的東西整整齊齊，要是亂七八糟，寧可不要；褚琮在這一點上就隨和得毫無次序，他帳下的書信等物都是「堆」到一起。

隨安作為文書，自然有車坐，還是一輛帶著車篷的車。當然，這是給那堆書信的待遇，隨安只是附帶而已。

不過就算這樣，她也鬆了一口氣，因為她的小日子突然來了。

自從褚秋水去世之後，她心情大起大落，小日子也不準，沒想到這樣跋涉竟然還能來，可見現在的身體雖然疲累，卻比之前悶著要強。

她在車廂裡換好布條，又把換下來的捲起來，密密實實地收好，這才出去透氣。

外面的衛戌雖然知道，但是臉不紅、氣不喘，隨安也自在些。

衛戌突然道：「他們近來都不說妳了。」

隨安疑惑。「為何？」軍中都是漢子，即便是走路也是汗水淋淋，嘴裡還要時不時地叨唸幾句髒話。

衛戌道：「將軍帳下有個副將去跟那些人說，要是他們識字，也可以過來。」

當時還有人笑道：「我比褚將軍知道的也就少幾個吧！」

「褚琮將軍也就認得幾個字，這還是他親口承認的。」

有膽子調戲褚琮，衛戍當時覺得，褚琮八成真的是脾氣很好。

不過這年頭大家對讀書人還是有些尊敬的，當隨安下馬車的時候，走在旁邊的士兵問：「喂，聽說你唸過書，為何不去考功名？」

隨安腦子裡面正想事，聞言道：「我喜歡殺人。」

結果把那士兵嚇跑了。

這年頭，兩軍對壘，就算是勝利的一方，一般也不會將失敗的一方全部殺了，十個人裡殺兩、三人就可以，所以有的新兵說不定要過好幾年、成了老兵之後，才會遇上殺人的機會。

衛戍沒有動，基本上他很少勞動自己的情緒。

隨安也沒有繼續說話，過了一會兒，快到駐紮的地方，她才問他。「軍中太監很多嗎？」

衛戍的眉頭輕微地皺了一下。

隨安笑了，原來衛戍討厭太監。

衛戍沈默片刻，突然道：「那些人不是人，妳見到就知道了。」

隨安想說「我寧願不見」，但想起今日褚琮接到的書信，信中說雁城軍中使要來拜見褚琮將軍。

衛戍又開口。「妳替我寫幾句話，我要傳給衛甲。」

隨安一愣，旋即明白。她這算待遇提高，但也要讓褚翌知道，萬一褚翌不許……

算了，不想那麼多，反正她不是沒用腿走過路。

衛戌也是認字的，但不喜歡寫，而且隨安現在就跟他的徒弟一樣，所以有事弟子服其勞，他很自然地支使起隨安來。

西路軍早出發，也算是先鋒軍了，跟褚翌所在的中路軍，書信往來十分密切。

衛甲收到衛戌的消息後，就叫衛乙過來商量。

「這件事不能瞞著將軍……」

衛乙翻了個白眼。誰敢啊，將軍現在雖然面上看不出火氣，但他還怕將軍突然爆發呢！

「咱倆抽籤吧，抽到『去』的就去跟將軍說。」

「幹麼這麼文謅謅的，還是划拳快。」衛乙說著就捋袖子。

帳中的褚翌冷聲道：「你們倆滾進來！」

衛甲、衛乙戰戰兢兢。

「什麼事？說。」

「回將軍，衛戌說隨安被褚琮將軍收入帳下，做了一名文書小校……」

褚翌站起來就往外走。

衛甲一下子撲過去。「將軍息怒，有衛戌看著呢！」衛戌應該不會眼睜睜地看著隨安給將軍戴綠帽。

褚翌一腳將衛甲踹出老遠，咬牙道：「出去巡視！以後每天提前半個時辰駐紮，你們負責操練！」

衛甲、衛乙哀哀地應是。

等褚翌走了，衛乙去拉衛甲，問：「咱們這算不算為朋友兩肋插刀？」

「回頭寫封信問問隨安，她跟咱們是朋友嗎？」

隨安覺得應該是。

她並不要朋友時時處處的幫助跟慰藉，也不喜歡菟絲花跟大樹那般的依賴，她只是覺得，在自己需要幫助的時候，有人看到而沒有袖手旁觀，這人便是朋友。

衛戌看了一眼她手中由衛甲傳來的紙條，冷漠的目光掃過，吐出兩個字。「無聊。」說完用竹板敲了敲隨安的肩膀。「起來練習。」

就算隨安在褚琮帳下，但真到了戰場上，她一樣免不了危險，與其等待別人救援，不如自救。

隨安的毅力終於顯現出來。

她不說累，也不喊苦，衛戌教導她的不是刺殺技巧，而是讓她練習紮馬步。「下盤要穩當，別在能避開武器的時候，腳下一個踉蹌，反倒自己撞上去死了。」

經年累月的被褚翌毒舌荼毒，衛戌幾句話，聽在隨安耳中竟然覺得很順耳、很有道理。

就在他們快抵達離肅州最近的一個雁城重鎮時，當日隨太子出征的宦官中使帶了一隊散兵過來了。

明明已經到了九月下旬，但天氣異常炎熱，褚琮環顧帳中，心中也是煩躁。

統帥令廣安不知道是皇上從哪個犄角旮旯弄出來的，萬事不管，做事全依賴自己。這種事要是換了旁人，說不定人家會如魚得水，但褚琮不是那樣的人，他也不喜歡這樣大包大攬。

想著隨安從前跟著九弟也算見多識廣，就叫她過來。「隨安跟衛戌和我一同前往迎接中使。」

隨安默默跟著衛戌上馬。她分到了一匹溫順、體力又好的母馬，褚琮不經意的照顧令她十分感激，但同時心裡也默默地起了一點愧疚。當日她跟褚翌說話，是說得狠了些，起碼不應該牽累他的家人。

這位中使宦官面白無鬚，臉頰上的肉不多，皮肉耷拉著，明顯是突然暴瘦導致。也難怪了，太子被俘虜，這些宦官們當初可都是太子爪牙，太子若是沒有好下場，爪牙們自然就更沒有好下場了。

「褚將軍。」

「魏大人。」

兩方行禮過後，褚琮正讓著中使大人落坐，就聽衛戌一聲厲喝，說著徒手向前去抓魏中使的人，原來那人在魏中使身後拿出匕首要行刺褚琮。

兩個人纏鬥在一起，褚琮抽出隨身大刀，看了一眼魏中使，魏中使連忙道：「褚將軍，這人一定是混進來的刺客，將軍不要放過！」

隨安近距離地觀摩了一場精彩絕倫的格鬥。

衛戍將人抓住，先卸了下巴，伸手讓那人嘴裡一掏，摸出兩粒毒藥，一片刀片……

隨安雖然頭一次看到這種事，但還是忍不住小小地讚嘆了一下。人才啊！

刺客是人才，衛戍更是人才。

衛戍招呼隨安。「過來將他砍暈。」

隨安早就躍躍欲試，當然也知道自己斤兩，所以沒衝動，此時聽見衛戍招呼便跑過去，以手肘為刀背往那人頭下一砍，五大三粗的刺客竟然真的被弄暈了。

衛戍還特意檢查了一下，確定是真的暈了，才喊人來把他拖走，下去刑訊。

魏中使抖著身上僅剩的幾兩肉，先前凝聚的一點氣勢全都沒有了。「褚將軍明鑑，這人真不是我的人……」

褚琮悶悶點頭。

旁邊衛戍低聲對隨安道：「有時候用胳膊不方便，下次妳可以試試用腳踢，正好檢驗妳下盤穩固的程度，別沒把別人踢暈，自己先摔倒了。」

衛戍聽見魏中使跟褚琮的話，看了魏中使一眼，彷彿他替隨安找的下一個挨踢的人選就是魏中使。

魏中使立即覺得危險了，恨不能躲到褚琮身後。

褚琮苦笑。看衛戍這種教法，就讓他想起母獅子教小獅子。他這會兒也不想理會魏中使了，只想問問褚翌，到底對隨安是個什麼打算，這是要將隨安當士兵培養嗎？

自家的妻子拿不動刀槍，褚琮都覺得有點難以消受，要是隨安成了個女暴龍……九弟可不是個講理的人，到時候再怪到他頭上……

褚琮憂愁得很，覺得此事比去打仗還教人煩惱。

相隔不到百里遠的一個大城內，一男一女頭挨著頭，默默籌謀。

「怎麼將她叫到這邊來呢？唉，不知多麼傷心呢！」

「要不就說實話？」

身穿王服的女人斜睨男子一眼。「你覺得她會相信？」

男人煩惱地撓頭，又道：「那說我被綁架了，綁匪請她來付贖金？」

女人鄙視地一哼。「那還不如說實話呢！你以為你有這麼大臉啊，還想讓我閨女來贖你？快點再想辦法啊！」

「要不說我被人坑了些錢，讓她過來幫我打官司？」

「你以為我閨女是訟師啊！再說你有錢嗎？還被人坑。」

「那妳說怎麼辦吧？我聽妳的。要不我就回去一趟？我早就說了，我回去跟她說，想來她是會相信的！」

「不行！你要是撇下我，不回來了可怎麼辦？」女人邊說邊動手，拉下男人好幾根頭髮。

男人抽一口氣，耷拉眼皮。「我沒辦法了。」

「這樣吧，就說你借了我的錢，然後我把你扣下，非要讓你入贅……你瞪眼做什麼？你以為我願意啊！」

「哦。」

「寫多少錢適合呢？要是三、五兩太少了，我閨女也不會來啊！」

「寫一千兩？」

「你討打！她哪裡有那麼多錢，你想讓她去搶還是偷？」

「那寫多少，妳做主！」

「就寫個兩百五十兩吧！你也就值這麼多了……」

於是，一封普通又普通的家信被人送到了大梁上京的宋家，但宋家已是人去樓空。送信的人只好詢問鄰居，鄰居又輾轉幫著打聽，終於，這封信到了武英的手裡。

武英一瞧，心想隨安她爹的鄰居宋震雲不是一般的臉大，在外面欠了銀錢，倒是好意思來跟隨安討要。

錢倒是不算很多，可他支取錢財要跟將軍說一聲，幸虧現在他給將軍寫信容易得很。

褚翌很快便回信。「給他兩百五十兩。」

可隨安並不知道有關這兩百五十兩銀子的前因後果。

在褚翌看來，自己只是隨手處置了一點小事，免得她分心又回上京報仇，不僅是因為誓言，而是現在的林頌鸞活著比死了有用。

林頌鸞這寡婦是皇后所賜，褚家都好好對待，讓她懷孕生子，沒道理褚家會害太子，是吧？所以太子要是死了，絕對跟褚家無關。

褚翌只是深恨李程樟。抓都抓了，還不趕緊殺了，難道要留著等他來了，放在陣前嚇唬他嗎？

但李程樟還真是這種主意。他不能挾天子以令諸侯，難不成不能挾太子以令諸將？當然李程樟一方為王，自是沒有太子那麼慫，人家一上來不會這麼幹，得等到快要完蛋的時候，將太子推出來做為保命的東西。

不過褚翌也不是全無準備就是了。

中路軍快到華州時，褚家老六褚越悄悄帶了一千兵馬來接應褚翌。

衛甲用胳膊肘子撞了撞衛乙，低聲道：「瞧瞧人家，出門還帶了兩個丫鬟。」

衛乙瞇起眼。「哪裡有丫鬟？」

「蠢貨，那兩個！你沒看見胸前兩座山啊！」

「陳兵跟老程也這樣啊！」

「滾犢子，他倆能餵奶啊？」

衛乙氣悶。「……你想打架？」

「來啊！」

兩個人在開戰之前先打了好幾次。

衛乙轉了轉胳膊，躺在綠油油的草地上，突然嘆了一句。「旱的旱死、澇的澇死！」這澇的自然是褚越，旱的嗎……呵呵。

衛甲心有戚戚焉。

褚越也在跟褚翌說話，當然說的不是這個。

「這一千人馬都是我精選出來的。」

「無令調兵，你不怕掉腦袋？」褚翌沒好氣地瞥他一眼。

外面進來兩個小兵，褚翌本沒在意，沒想到兩個人一開口竟是女音。

「將軍，到換藥的時辰了。」其中一個低聲道。

褚翌看向褚越，目光中滿是不滿。

褚越也委屈。六夫人去了栗州，本來沒什麼不適應，沒想到過了一個月突然水土不服起來，叫了大夫來看，有喜了。六夫人倒不是個醋的，又找了人伺候他，沒想到過了一月，小妾也懷孕了，正室跟妾室都懷孕，還有丫鬟們頂上。

可大概褚越今年合該命裡有子似的，六個伺候的丫鬟，四個先後有孕，一時間，屋裡孕婦滿天飛。

他上一陣子跟東蕃有小範圍的衝突，背上被箭擦傷，六夫人頓時像去了半條命似的，不許他這個、不許他那個，出門非要讓他把那兩個沒懷孕的丫鬟帶上；他不要帶，她就鬧騰，一屋子孕婦跟馬上就死了相公一樣……

沒辦法，帶上吧，兩個丫鬟也是他的人了，不能半路扔了。

好歹知道褚翌脾氣不好，進來的時候給她們換了衣裳，重新梳了頭髮。

褚翌起身，一拽他衣裳，頓時更怒，那傷都好了七、八成，留下點痂皮而已！

「帶上你的兵馬給我滾回去！」

褚翌大步出了營帳。衛甲立即把嘴裡叼著的狗尾巴草吐出來，衛乙湊上來，兩個人目光毫無交集，只用嗓音交流。「我說將軍肯定要生氣，但沒想到這麼生氣。」

「行了，願賭服輸，今天晚上你給將軍打洗腳水。」

兩個人嘟嘟囔囔。

褚越到底還是帶著人馬走了，去策應東路軍去了。

褚翌寫了個摺子，上表奏請朝廷，調集栗州、華州士卒，步騎五千人，以求增強東線軍力，如此褚越調兵之事便掩蓋了過去。

西路軍到了雁城，衛戌帶著隨安去看那個刺客。

衛戌扳過刺客的脖子給隨安看，然後一邊指著一處紅腫，一邊告訴隨安。「……下次妳擊打的時候，位置還要往下點，這樣力道可以少一半，效果是一樣，如果用腳踢，腳尖的位置正好打在這裡……」

隨安的腳趾頭在鞋子裡動了動，心想力道都是相互作用的，她把人家踢暈了，她的腳估計也要半廢了。不行，還得做雙釘子鞋才好，起碼鞋頭要包成尖鐵。

刺客已經被刑訊過，此刻聽了衛戌跟隨安的話，雙眼通紅。「你們沒有人性！」

隨安佩服。「你都敢來殺人了，還要我們有人性啊？」

不知道是隨安的樣子刺激了刺客，還是刺客的怒火憋住了，他梗著脖子怒吼。「我殺的是朝廷派來的狗官！是為民除害！狗太子跟他的隨從們被抓了，我們雁城人就差舉城慶祝！」

衛戌無語，隨安吃驚地張了張嘴。「原來李程樟這麼得民心啊？」那他們過來，豈不是成了反派？

隨安的樣子太呆，刺客翻了個白眼。「李程樟算什麼東西？是狗太子來了之後，帶著他那群宦官整天不幹人事，幾次大戰，都是他娘的讓一群底下無肉的太監監陣。他們懂什麼是陣法、兵略？略有小勝，功勞就被太監底下的人都冒領了，要是有一次不利，就等著倒大楣吧！」

隨安看了衛戌一眼，衛戌像是知道此事一樣，仍舊沒有說話。

第八十七章

隨安心裡就有底了。要是刺客說得是真的，那實在夠窩囊、夠冤屈的，怪不得人家要殺人。

她想了想，蹲下來跟刺客道：「你說得都是真的？如果是，我可以轉告褚將軍，就是那日來接魏中使的褚家褚將軍。」

刺客不領情，轉頭到一旁。「告訴他有什麼用？都是一路貨色，一丘之貂……」

隨安忍不住笑了一下，見刺客怒目，連忙道：「我不是笑話你，嗯，我是想你可能認錯了字，是一丘之貉，不是一丘之貂。突然聽你說貂，我就笑了，對不住啊！」

刺客目光惡狠狠，眼神意思很明確。「你有文化！」

隨安突然覺得，自己跟這個人應該很有話說，心裡都委屈、憋屈，都怒火滔天，都覺得無人理解。

她撓了撓臉頰，低頭沈思片刻，道：「我覺得褚將軍不是那樣的人。太子是太子，將軍是將軍，再說現在皇上主持朝政，皇上也不允許這種事發生啊！」

她雖然跟褚翌對立，但自問還是有幾分知他，褚翌絕對不是會在這種事上妥協的人。

刺客哈哈笑了一陣，模樣是根本不相信隨安，他輕蔑地道：「將軍能聽你的？」

隨安抬頭看了看衛戌，衛戌依舊面無表情，她就對刺客道：「我還不確定你說的是不是真的，當然是要先調查，若是真事，自然要上報將軍。可話說回來，畢竟將軍事多，總不能聽我在一旁胡言亂語一番，我也要將事實跟證據都呈報上才行，免得耽誤了將軍的時間；而且你說你要刺殺，怎麼不直接幹掉那個魏中使，反倒來我們將軍面前，我們將軍可沒惹著你……」

衛戌站在一旁，聽隨安一口一個「我們將軍」，聽得眼皮跳了好幾下。

刺客這次不說話了，歪頭到一邊才使勁地「哼」了一聲。

隨安站起來，看了看刺客身上的傷痕，問衛戌。「先給他上點藥吧？萬一他說的是真的，我們可就是自相殘殺啦！」

衛戌點頭。刑訊之後，有的犯人會有上藥的待遇，免得人死了；不過這個刺客油鹽不進，刑訊後便沒管。刑房裡面有些金創藥之類的東西，當然藥效也是霸道，只講究外傷，不管內傷的。

衛戌找出來給隨安，隨安看了看，沒看出不妥來，就給刺客用了，一邊用藥一邊很隨和地問道：「你怎麼稱呼啊？我總不能整天刺客、刺客地叫你？」

刺客刺了她一句。「你想做什麼？滅我九族啊？」

隨安瞬間想起某人，心中一惱，手下沒了輕重，倒了半瓶子藥到那人傷口上，疼得他汗珠子都出來了。

上完藥，衛戌道：「走吧！」

隨安便跟著他往外走。

刺客在後面喊。「喂，我姓陳！你姓什麼？」

隨安臉上一動，腳下頓了頓。「我姓褚。」

陳刺客在後面不怕死地問：「你姓褚？跟褚將軍有什麼關係？」

衛戌極低、極淺地笑了一聲。

隨安攥了攥拳頭，轉身回去，皺著眉，噼哩啪啦地問道：「我姓褚是因為我爹姓褚！你不是寧死不招、不是油鹽不進的嗎？怎麼這會兒話這麼多？」

陳刺客縮了縮，半天憋出一句。「我這不是吃軟不吃硬嗎？」

隨安覺得自己要氣得偏頭痛了，揉著額角，道：「你好好在這裡待著吧！」

從刑房裡出來後，她問衛戌。「你說咱們應該從哪裡下手查？夜裡將魏中使抓起來，嚴刑拷打一番？」

「雁城軍中應該有不少人知情，一個不說，多問幾個就是了。」

隨安遲疑道：「這個魏中使……」

「不足為懼。」

魏中使帶的隨從裡出了刺客，只要將軍想追究，一追究就是個死，魏中使就算到了朝堂上也是說都說不清楚。

隨安舒一口氣。「我不是擔心這個，我是覺得那刺客有點蠢啊！他既然看不慣那些太監們，直接幹掉魏中使等人不就好了，怎麼還想著殺了將軍？」

衛戌倒是比她想得遠。「他認為再來一個還是太子一樣的人，所以直接殺賊先殺王。」

隨安握拳低咳。「你說得對。」

衛戌問：「怎麼，殺賊先殺王不是一句詩嗎？」

隨安垂頭。「是。」她不敢像教訓刺客一樣教訓衛戌，總覺得衛戌像個師傅一樣，不管師傅說什麼，都應該受到尊重。

她這樣說了，衛戌就不再多想，而是道：「明晚雁城守備會給將軍設接風宴，到時候看看他請了哪些人，又有哪些人沒有被請，咱們去打聽那些沒有被請的人。」

隨安連忙點頭稱是，回了營帳便琢磨到時候怎麼跟那些知情人套話？

衛戌也回了自己帳篷，之後接到衛甲私下傳遞的消息。好好地照顧隨安，將軍似乎對她仍舊有情。

衛戌八百年不動的好奇心突然上來，回信問衛甲。為何這麼說？

衛甲將褚翌替隨安還了兩百五十兩債務的事說了，然後反問衛戌。你覺得將軍會替我還債務，還是會替你還？

衛戌覺得挺牽強的。從兩百五十兩銀子的債務看出將軍對隨安仍有情誼？或許將軍只是多一事不如少一事呢？

所以，衛戌根本就沒把這事跟隨安說。

再說又有什麼可提的？將軍這個出銀子的人都沒說話，隨安占了便宜，最好是權作不知，反正衛戌覺得自己不會多管閒事去說這個。

褚翌確實沒有在意。中路大軍雖然出發晚，但因為跟西路軍要到達的地方不一樣，所以褚翌這會兒也已經駐紮下來。

太子對肅州用兵數月，他不是會用兵的人，導致兵力匱乏，周邊之城民力困頓，褚翌反倒要先將太子留下的爛攤子收拾了，才能夠心無旁騖地對付李程樟。

自然也有主戰的將領反對。「將軍何不立即用兵？肅州軍被太子攻打，現在已是窮途末路，正該一鼓作氣，攻下肅州才是。」

太子都被俘虜了，還有這等人睜著眼說瞎話，附和褚翌決定的將領紛紛不齒。

褚翌拿眼睛瞧了說話的人一眼，一看竟然是個熟人，不對，應該說是個他爹的熟人，運昌侯家的一個子姪。

「李將軍的話也有道理，那就以李將軍為先鋒軍帶兵前去圍堵肅州軍，想來以李將軍之大才，一鼓作氣定能攻下肅州。」

這位李將軍能來，自然是受皇后跟運昌侯重重拜託的，總之救出太子是首要的事，可要是讓他拿自己的性命、前程去救太子？李將軍也不幹。

「這個，末將本領經驗不足，實在不敢為先鋒，耽誤了將軍大計。」

褚翌的意思表示得很清楚，誰有想法可以說，但說了之後他聽不聽，那是他的事。

多虧太子之前領兵出征時，將能帶走的活泛人都帶走了，剩下這些將領大多是原來的副手提拔上來，對褚翌的決定無敢不從。

褚翌便親自巡視，慰問有功將士，存恤安撫傷病員，有功的先行論賞，當罰的卻緩一步執行，許他們將功折罪；至於病號傷員也親自去探視，將帶來的傷藥都拿了出來，並不藏私。

那位李將軍看他不疾不徐，自己心裡倒是急了，可也沒辦法，只能一封信、一封信地往京中送。

雁城這邊，隨安跟衛戍幾乎沒費太多力氣就打聽出實情。

太子喜愛奉承，臣子們因為不能常在太子身邊，沒啥奉承機會，可宦官們有啊！

宦官們說，軍中糧草發下去，將領們多有貪污，最好有太子派人監督。太子心想，這有道理，就委派身邊的太監出去監軍，不僅要督促軍中糧草，之後連戰場上的將士們進退也管了。

那些心思活絡的就拿錢賄賂這些太監中使們，這樣有了軍功也不怕被人冒領，可那些心思不活絡、一根筋的，往往不是打了勝仗被冒功，就是打了敗仗被凌辱。

隨安聽得義憤填膺。

她若是在上京，若不是親眼所見、親耳所聞，只是聽人轉述，就像聽個故事一樣，說不定沒有這麼些衝動；可如今事實擺在眼前，看見那些日子困難的將士們，她心裡起的念頭就是把太子跟他的太監們一起幹掉！

「這些人絕對不能放過。」她在衛戍面前團團轉，最後站住問衛戍。「你說呢？」

衛戍點頭。「嗯，妳想殺人練練手的話，我們可以先拿魏中使開刀。」

隨安搖搖頭。「殺一個怎麼成？必須撥亂反正，將所有這些中使給撤了才行。」

衛戍蹙眉。「這個皇上說了算。」

隨安鼓著腮幫子。「那就上摺子，反正讓我眼瞅著這種事發生，我受不了。」
「要不妳先殺幾個人解解氣？」
「……」
隨安想要去跟褚琮說，衛戌不想去，她就道：「你去了給我壯壯膽。」
「妳還怕？」衛戌問。
「我不怕，我是擔心自己去了，說不全，到時候你替我補充。」
褚琮最近事多，帳中人來人往，拜訪的絡繹不絕。
隨安在外面等了一會兒才進去，進去後，帳中寂靜，她一緊張，眼睛看也沒看，低頭噼哩啪啦地將自己跟衛戌打聽到的事一股腦兒地全說了。
說完只見褚琮滿臉不自在，低聲咳嗽一下。「還不見過王中尉。」
隨安這才發現褚琮的下首還坐了一個人，是王子瑜。
王子瑜已經站了起來，衝她微微一笑，臉上盡是和煦的春風。「隨安，好久不見。」
隨安嘴唇動了一下，剛才還侃侃而談的自信全都沒有了，抖了兩下嘴，才喃喃道：「表、嗯，王中尉……」
褚琮也只好站起來，笑著打圓場。「都不是外人，隨安坐下說吧！」
衛戌就見隨安的臉慢慢紅了起來。
衛戌雖然沒經歷過情愛，但是沒吃過豬肉，還沒見過豬跑嗎？他幾乎是本能地覺得隨安跟這個王中尉之間有事。像隨安見了衛甲、衛乙，包括他，都屬於那種臉不紅、心不跳、氣不喘的，然而這個王中尉就不一樣了，隨安有了嬌羞……

衛戌想了想，心裡麻溜地為褚翌點了一排蠟燭。

隨安已經將話說了，再坐下也不過是又慢慢重複一遍，把自己因為何事去見刺客，刺客又是如何說的，他們又是如何去打聽的，一五一十地講出來。

褚琮表示知道，但還要再問詢一下，當然，這是應有之意。

隨安告退，等她出來，站在門口略一猶豫的工夫，王子瑜也跟著出來了。

隨安還是有點無措，笑著先問：「表少爺一向可好？」

王子瑜臉上的笑容卻收了起來，心底嘆了口氣，目光望著她的頭頂，緩緩道：「我去了南邊一趟，回來才知道妳家的事……」

隨安眼眶一酸，強忍著沒有掉淚，困難地重新擠出一抹笑。「我沒事了。」

不管過去多長時間，不管關係深淺，跟她說這種事，還是像揭開傷疤，像在心口插刀。

王子瑜想張嘴說哭一場吧，又覺得交淺言深，恐怕隨安更不自在。要是當日兩個人在一塊兒，他逼著她，令她大哭一場發洩、發洩也好。

一時間，兩個人站著，卻又都沈默了。

隨安待了片刻，等情緒下去，才轉身往自己帳中走。

王子瑜腳步一個遲疑，跟了上去。衛戌看了他們兩人一眼，也跟過去了。

隨安的帳子極為簡單，她提了一壺熱水給王子瑜先倒了一杯。「表少爺去南邊，去的是什麼地方？等以後我有了機會也要去走走。」

「還是原來想去又未去成的地方，巴蜀確實好山水。」他看了一眼旁邊坐著自顧自擦劍的衛戍，問道：「妳剛才所說的都是自己查出來的？不瞞妳說，我也有所耳聞，今日妳來之前，不少人找褚將軍，要處置了那個刺客。」

隨安一驚。她覺得那人不該死，可又不知道該怎麼說？

這件事一打岔，先前的那種尷尬也慢慢消散了。

王子瑜笑道：「褚將軍也不同意，畢竟沒有這樣的道理，此人按照律法要押解進京的。」見隨安一臉猶豫，就問：「還是其中有其他什麼不妥？」

隨安斟酌字詞，道：「是覺得有些不忍心，罪不致死的。」

王子瑜聞言，臉上露出一個笑容。他當日告白被拒絕，雖然覺得難堪了些，可心裡還是惦記著隨安的好，覺得她有一顆爛漫的赤子之心，沒有當下人的那般利益計較，所以這次回來也是認真打聽了，聽說隨安來軍中，他也動用關係，將自己調來了西路軍中。

「此事倒是不急，不過妳想過沒有，這邊褚將軍就算證實妳說的是實情，他也不能上奏摺？」

褚琮被褚翌管轄，所有的事務得透過褚翌上奏。

王子瑜說得沒錯，過了不久，褚琮就找隨安，命她寫一封信，向褚翌詳加說明，說完就看著她。

隨安一臉木然。寫就寫啊，她難道還怕？反正也撕破了臉，褚翌將她弄過來不就是要看著她，不讓她回上京嗎？

褚翌聽說是褚琮那邊傳來的信，拆開看，一見是隨安的筆跡，從鼻子裡面哼了一聲氣，倒也沒有不看。反正她敢寫，難道他不敢看？

中使一職絕不可留，留下遺害無窮。太子之前幾近舉國之力對抗肅州，功敗垂成，肅州軍又正是強將強兵，氣焰正盛之際，若新軍到來，軍容、軍紀依舊不改前路，此戰難了。戰事艱難本就非一日之功，若是仍舊留著這些宦官中使在軍中，名為監督糧草，實則貪污受賄；名為指揮戰事，實則隨心所欲，無異於在目前已經不堪的形勢之上雪上加霜，火上澆油。

褚翌匆匆掃過一遍，接著立即像看見信紙中爬著蟲子似的，把個信紙揉成一團，抬手待要扔了，卻只是揚了揚手，又放到一旁。

這些太監中使，他早就不想留了，不過是因為大軍剛到此處，要收攏之前太子留下的游兵散將，要安撫傷員病號、穩定軍心，沒有大張旗鼓地動這些人。現在時機也算是差不多，不過是抬手寫封奏摺的事，還能順便在太子罄竹難書的惡跡上再添一筆。

按照褚翌以往的性子，他憋了心火，一來肯定是一場酣戰。

可如今，他極力地壓制著眾將領，何嘗不是在壓制著自己，偏不許自己去發洩？

他很快就上了摺子，摺子中提到，諸路軍中皆有宦官中使監陣，糧草軍餉由宦官把持，貪墨良多，將士們進退均取決於宦官，勝則被中使冒功，敗則被其凌辱；又舉了曾被中使們坑害的證人無數，言道軍中將領兵卒怨聲載道，善鑽營者想著如何冒功，不善鑽營者又恐自己被人坑害，誰也不願出力奮戰。

不過這個摺子是秘密上奏，不僅褚琮那邊沒有給予任何回應，連中路軍中有人發現中使的問題，褚翌也沒怎麼理會，軍中便漸漸傳出大將軍親近太監中使的話。

——未完，待續，請看文創風618《ㄚ頭有福了》4（完結篇）

2018年2月出版

卿本娘子漢

文創風 606～610

虧她乃將門虎女，先是誤信閨密，後來錯嫁薄情郎，
把人生好局打到爛，真是愚昧得可以！
如今重生後她脫胎換骨了，
還不運用謀略，好好博一把來改寫人生？

巾幗本色，萬夫莫敵／鴻映雪

想她顏寧前世就是蠢死在身邊人的算計下，
縱然她擁有一身武藝謀略及大好家世背景，
最終卻遭廢后慘死、抄家滅族，
想想自己一手好牌能打成這樣，
無怪乎老天爺也看不下去，給她重生的機會。
而今她洞燭先機了，翻轉顏家命數是勢在必行！
於是，她一方面對昔日閨密和薄情郎還以顏色；
另一方面跟鎮南王世子培養出患難與共的情誼……
在步步為營、處心積慮的算計之下，
顏家最終趨吉避凶，她也一戰成為巾幗英雄，
人生至此看似春風得意，感情也有了著落，
無奈再如何封賞，都難以改變男人納妾乃天經地義。
看來要讓未來夫婿與她實踐一生一世一雙人，
只好祭出顏家老祖宗的規矩——打趴他，讓他立誓永不納妾！

2018年1月出版

鎮家之寶

文創風 602～605

歷經追殺禍、土匪難，雲水瑤好不容易與親人再聚首，
可前方卻是危難重重，她不得不殺出一條血路……

有勇有謀成事，相知相惜成雙／皓月

雲水瑤身為堂堂名門閨秀，被人用一碗毒藥作踐，
如今重生歸來，又淪為被追殺的目標，還被迫與家人分離！
前世，一樣的慘案，一樣的結局，她至死都尋不回自己的親人，
今生，她誓不再重蹈覆轍，那些未果的恩怨，她都要一一討回。
可一個落難千金淪落農家，就算有才有謀也難以施展，
加上養母雖待她好，可養母的家人卻是一肚子壞水，
她一面要解決家裡的糟心事，一面要想法子賺錢，
好在她運氣不錯，地主家的兒子自己撞上門來，
還有個衣著普通、相貌與氣質卻不凡的少年出面幫襯，
怪的是，這位名為江子俊的少年好神秘，莫非是個不簡單的人物？

為流浪貓狗加油 和貓寶貝 狗寶貝

廝守終生(一定要終生喔！)的幸福機會

對人來說，貓寶貝狗寶貝只是生活的一部分，但妳(你)對牠們來說，卻是生活的全部，領養前請一定要考慮清楚——

▲ 想當狗界網帥的男孩 Butter

性　別：男生
品　種：米克斯
年　紀：11個月大
個　性：溫和安靜，喜歡與人互動，非常會拍照。
健康狀況：2017年底已接種疫苗。
目前住所：台中市霧峰區

『Butter』的故事：

Butter的麻麻是中途原本在餵食的浪浪之一，曾幾度試圖想要誘捕結紮，沒想到牠卻伶俐得次次躲過，結果在2017年的春天，牠生下了五隻小幼犬，Butter便是其中一隻。山郊野嶺的環境並不適合幼犬們生存，因此中途就將這些狗寶寶帶回狗園照顧。

在五隻幼犬中，Butter是最嬌小的，性格也和牠的兄弟們大相逕庭。Butter總是喜歡獨自趴在樹下，較少與其他幼犬奔跑玩鬧，但只要一看到有人接近，牠就會親暱地搖著尾巴上來撒嬌，中途說，那模樣真是可愛到不要不要的！中途還特別提到，Butter在拍照時很懂得看鏡頭，每次一眨眼、一笑開嘴，他們就好像看到了一隻有企圖當小網帥的狗兒（笑）。

Butter的個性屬於乖巧文靜型，也相當親人且懂事，是個不可多得的乖寶寶。若您覺得可愛的小Butter有眼緣，歡迎來信leader1998@gmail.com（陳小姐），或傳Line：leader1998，或是私訊臉書專頁：狗狗山-Gougoushan。

認養資格：

1. 認養者須年滿20歲，有穩定經濟能力，並獲得全家人的同意。
2. 須同意簽認養寵物切結書，並讓中途瞭解Butter以後的生活環境。
3. 同意送養人日後之追蹤探訪，對待Butter不離不棄。
4. 同意讓Butter絕育，且不可長期關、綁著Butter，亦不可隨意放養。
5. 為讓中途對您有更深入的瞭解，中途會先有份線上問卷請您填寫。

來信請說明：

a. 個人基本資料：姓名、性別、年齡、家庭狀況、職業與經濟來源等。
b. 想認養Butter的理由。
c. 過去養寵物的經驗，及簡介一下您的飼養環境。
d. 若未來有結婚、懷孕、出國或搬家等計劃，將如何安置Butter？

文創風 617

丫頭有福了 3

國家圖書館出版品預行編目資料

丫頭有福了 / 秋鯉著. --
初版. -- 臺北市 : 狗屋, 2018.03
冊 ; 公分. --（文創風）
ISBN 978-986-328-842-8（第3冊 : 平裝）. --

857.7 107000508

著作者 秋鯉
編輯 張蕙芸
校對 沈毓萍 簡郁珊
發行所 狗屋出版社有限公司
地址 台北市104中山區龍江路71巷15號1樓
電話 02-2776-5889～0
發行字號 局版台業字845號
法律顧問 蕭雄淋律師
總經銷 知遠文化事業有限公司
電話 02-2664-8800
初版 2018年3月
國際書碼 ISBN-13 978-986-328-842-8

本著作物由阿里巴巴文學信息技術有限公司授權出版

定價250元
狗屋劃撥帳號：19001626
網址：love.doghouse.com.tw E-mail：love@doghouse.com.tw